KAPITEL 1

Das Leben ist eine Wundertute.
Man wundert sich immer wieder.

Das Erste, was mir an diesem Montagmorgen buchstäblich ins Auge springt, als ich die Schule betrete, sind folgende zwei Sätze:

ICH FÜHL MICH KRANK.

ICH GLAUB, ICH HAB MONTAG.

Sie prangen in Großbuchstaben auf Pauls Sweatshirt.

Selbst wenn ich wollte, könnte ich sie nicht übersehen. Und natürlich muss ich lachen. Schließlich hab ich jeden Montag Montag; besonders wenn Schule ist. Wer kennt das Gefühl nicht?

Paulchen Hauser, mein ältester Freund, Nachbar und Schöpfer origineller Zitate, steht wie ein Fels in der Brandung in der Eingangshalle unseres Gymnasiums und hat die Stöpsel seines Handys in den Ohren. Sein Gesicht ist konzentriert. Sein linker Turnschuh wippt im Takt zu Was-auch-immer-er-gerade-hört. Der Schülerstrom, mit dem ich mich durch die Tür schiebe, muss sich teilen, um an ihm vorbeizukommen. Einige motzen. Paul bemerkt es nicht.

Ich kichere immer noch, als ich bei ihm ankomme.

Wenn es Paul und seine Sprüche nicht gäbe, wär's an manchen Tagen wirklich öde in der Schule. Heute hat er sich bei der

Klamottenwahl aber auch besonders große Mühe gegeben. Als er mich endlich sieht, dreht er sich um und präsentiert mir seine Rückseite:

DARF ICH NACH HAUSE GEHEN
UND NIE MEHR WIEDERKOMMEN?

„Cooler Spruch! Von mir aus gerne. Wartest du zufällig auf mich?", erkundige ich mich. Ich trete ihm aus Versehen auf den Fuß, weil mich jemand anrempelt.

Paul schüttelt den Kopf, nimmt einen Stöpsel aus dem Ohr und späht angestrengt über meine linke Schulter, was ihm mühelos gelingt. Er muss sich dazu nicht mal auf die Zehenspitzen stellen. In den letzten Wochen hat er einen gewaltigen Wachstumsschub gehabt und jetzt überragt er mich um geschätzte zwanzig Zentimeter.

Unsere Direktorin Frau Dr. Möller wirft im Vorbeigehen einen kurzen Blick auf seinen Rücken. „Die Antwortet lautet nein", sagt sie freundlich und geht weiter.

Paul zieht eine Grimasse.

Die Direx verschwindet im Lehrerzimmer.

„Ich warte auf Nicole", bequemt Paul sich endlich zu einer Antwort. Eine knappe Millisekunde später erhellt sich seine Montagmorgenmuffelmiene.

Ich wende mich um und sehe ein zierliches Mädchen mit kurzen braunen Haaren direkt auf uns – beziehungsweise eher auf Paul als auf mich – zusteuern.

Paul grinst wie ein verknalltes Meerschweinböckchen.

Ich glaube, ich bin hier überflüssig.

„Tschüss dann. Bis später." Ich wedele mit einer Hand vor

seiner Nase herum, aber er reagiert nicht. Fehlt nur noch, dass er anfängt zu sabbern.

Nicole lächelt mir zu, als sie uns (beziehungsweise Paul) erreicht.

Ich lächele zurück und trabe los. Es hat gegongt. Wir schreiben in den ersten beiden Stunden Franz. Da möchte ich nicht unbedingt zu spät kommen.

*

„Bonjour, Mademoiselle Klawitter", begrüßt Lena mich, als ich kurz darauf meinen Rucksack auf den Tisch knalle und mich auf den Platz neben ihr fallen lasse.

Ich antworte mit einem Seufzen.

„Ist was?", fragt sie neugierig.

„Nur Montag", antworte ich. „Wie jeden Montag um diese Zeit."

Sie nickt verständnisvoll, als wüsste sie genau, was ich meine.

Hinter mir liegt ein sterbenslangweiliges, grottenödes Wochenende, das ich größtenteils in Gesellschaft ausgeliehener DVDs, meiner Schulbücher, meines Laptops und meiner Familie verbracht habe. Es gibt heutzutage Spannenderes, ich weiß. Aber ich musste wirklich lernen. Den letzten Franztest hab ich total verhauen. Der Test heute ist echt wichtig für meine Halbjahreszensur. Ich brauche eine Zwei, mindestens. Lena weiß das. Wir haben in letzter Zeit viel zusammen geübt.

Ich unterdrücke einen weiteren Seufzer, als unsere Lehrerin um die Ecke geflattert kommt und uns in formvollendetem Französisch einen wunderschönen guten Morgen wünscht. Ich erwidere ihr Lächeln.

Positives Denken ist die halbe Miete, versuche ich mir einzureden, während ich den Füller zücke.

Neunzig Minuten später geht's mir besser. Ich habe ein gutes Gefühl, als ich mein Heft abgebe. Ein sehr gutes sogar.

Lena klatscht mich ab und stopft sich ihre iPod-Stöpsel in die Ohren. Ich packe mein Pausenbrot aus und beiße schnell einen Happen von meiner Pausenstulle Marke Tomate-Mozzarella-zwischen-extra-dick-Vollkorn ab, bevor ich ihr in Richtung Pausenhalle folge.

Weil wir als Nächstes eine Doppelstunde Sport haben, nehmen wir unsere Rucksäcke mit und machen einen kurzen Abstecher zu den Schließfächern, wo wir sie gegen die Sportsachen austauschen.

An der Innenseite von Lenas Spindtür klebt eine zerknitterte Postkarte mit einem grinsenden Buddha. Lena hat den dicken Kerl mit Filzstiftherzchen umrahmt und eine Holzperlenkette daneben gehängt. Manchmal stellt sie sogar ein Schälchen mit Blütenblättern in ihren Spind, als wäre der ein heiliger Schrein oder so was. Es würde mich nicht wundern, wenn sie demnächst vor Klassenarbeiten noch Räucherstäbchen abbrennen und wundersame Beschwörungsformeln murmeln würde. Sie ist echt eine verrückte Nudel.

In meinem Spind hängt nur ein kleines Foto von Phillip, meinem Freund. Klar, von wem sonst. Es zeigt ihn an einem unendlich langen, unendlich breiten und unendlich sonnigen Strand in Kalifornien. Mit seinen wilden Locken und so knusprig braun gebrannt sieht Phillip einfach zum Anbeißen aus. Immer wenn ich meinen Spind aufschließe, strahlt er mich an und bringt den Tag zum Leuchten – ganz egal, wie mies ich mich fühle.

Bevor ich die Tür wieder schließe, hauche ich schnell einen unauffälligen Kuss in Richtung Foto-Phillip. Dann hüpfen Lena und ich die Treppe hinunter in die Pausenhalle, wo Anna neben einem Abfallkorb steht und eine Banane entblättert. Sie (also Anna, nicht die Banane) begrüßt uns mit einem konzentrierten Kopfnicken.

Lena nickt zurück und geht rüber zum Getränkeautomaten, um sich einen Kakao zu holen.

Ich beiße von meiner Stulle ab.

„Gibt's was Neues von Phil?", fragt Anna mich.

„Wasch meinscht du?", frage ich mit vollem Mund zurück.

„Kommt er wirklich erst im Januar zurück?", präzisiert sie ihre Frage, bevor sie sich ein Stück Banane zwischen die Zähne schiebt.

Ich starre sie an. Mein innigster Wunsch, mein Freund könnte seinen Schüleraustausch vorzeitig abbrechen, um mit dem nächsten Nonstop-Flieger in meine Arme zurückzukehren, wird sich nicht erfüllen. Das weiß Anna ganz genau. Phillips Rückflugticket ist für den 6. Januar gebucht. Bis dahin wird er dort bleiben, wo er seit den letzten Sommerferien ist: in Berkeley, Kalifornien, USA. Und ich bleibe hier. Es sei denn, es gelingt mir noch irgendwie, meine Eltern zu überreden, mich in den Herbstferien zu Phillip fliegen zu lassen. Aber die Chancen stehen schlecht. Auch das weiß Anna.

„Ja, am sechsten", antworte ich für den Fall, dass sie es vergessen haben sollte. „Warum?"

Sie macht ein Gesicht, das ich am ehesten als mitleidsvoll bezeichnen würde, und erwidert: „Dann bist du Weihnachten also allein? Und Silvester etwa auch?"

Fehlt nur noch, dass sie ‚Du Ärmste' hinterherschiebt.

„Du Ärmste", fügt sie hinzu und guckt mich an, als wäre ich eine misshandelte Labormaus mit gentechnisch gezüchteten Puscheln an den Ohren, die im Dunkeln neongrün leuchten.

„Hä?", mache ich. „Wieso ich Ärmste?"

Neben mir prustet Lena in ihren Kakao.

Anna wirft uns einen eingeschnappten Blick zu.

„Also, ich fände es ziemlich schrecklich, Weihnachten und Silvester ohne meinen Freund zu verbringen", zischt sie in meine Richtung. „Dass dir das gar nichts ausmacht, so ganz allein zu sein!"

„Ich bin aber nicht du", erwidere ich, so nett ich kann. „Und alleine bin ich auch nicht. Ich hab meine Familie und meine Freunde und überhaupt …"

Anna winkt ab, als wäre es sinnlos, sich länger mit mir über dieses Thema zu unterhalten. Vermutlich hat sie Recht. Meine Glückseligkeit hängt schließlich nicht davon ab, mit meinem Freund unterm Weihnachtsbaum zu hocken und in der Silvesternacht irgendwelche dämlichen Böller in die Luft zu jagen. Nein, ganz gewiss nicht. Höchstens nur ein kleines bisschen. Na gut, vielleicht ein kleines bisschen mehr. Aber das muss Anna nicht unbedingt wissen.

Ganz kurz denke ich an Finn, mit dem ich im Sommer einen etwas einseitigen Flirtzusammenprall hatte. Spielt Anna vielleicht darauf an? Denkt sie etwa, ich verzehre mich heimlich danach, die Feiertage mit ihm zu verbringen, wenn schon nicht mit Phillip? Dann hat sie sich gewaltig geschnitten. Die Finn-Episode hab ich längst überwunden. Nur leider hacken meine Freundinnen trotzdem hin und wieder noch darauf herum. Besonders Anna. Wann kapiert sie endlich, dass ich nicht mehr darüber sprechen möchte?

Zum Glück kommt in diesem Augenblick Billi aus der Cafeteria und gesellt sich zu uns. Die große Pause ist die seltene Gelegenheit, bei der ich meine besten Freundinnen auf einem Haufen sehe. Anna und Billi gehen in Lenas und meine Parallelklasse. Dina besucht seit einiger Zeit die Fachoberschule für Kunst und Gestaltung in der Nachbarstadt. Wir sehen uns zwar noch regelmäßig, aber nicht mehr ganz so häufig wie früher.

„Was geht ab?“, erkundigt sich Billi.

„Nichts, außer dass die Sonne immer noch nicht scheint“, gibt Lena zurück, während sie melancholisch aus dem Fenster der Pausenhalle schaut.

Ich kann ihren Trübsinn gut nachvollziehen. Es ist grau, es regnet, es ist windig, es ist kalt. Es ist eindeutig Herbst. Seit Tagen schon. Schön ist was anderes.

Lena schnappt sich den Rest meiner Stulle und schiebt ihn sich so schnell zwischen die Zähne, dass ich überhaupt nicht reagieren kann. Dafür klaue ich ihr den Kakaobecher und trinke ihn fast leer. Mit einem leisen Rülpser reiche ich ihn zurück. Sie grinst.

„Hab ich euch eigentlich schon erzählt, dass ich Post bekommen habe?“ Sie zieht einen Briefumschlag aus ihrer Jackentasche und wedelt damit herum.

„Nein, hast du nicht“, sage ich.

„Dann tu ich’s jetzt: Ich habe Post bekommen. Ratet mal, von wem. Darauf kommt ihr nie!“ Sie legt den Brief auf ihre Handfläche und streckt sie uns entgegen.

Der Umschlag sieht geschäftsmäßig aus. Lenas Anschrift ist mit dem Computer geschrieben. Der Absender ist ein Designbüro namens *Casagrande* in Hamburg, wie ein verschnörkelter Aufdruck verrät.

„Was hast du denn mit einem Designer zu schaffen?“ Anna verrenkt sich fast den Hals, um den Absender entziffern zu können.

Lena zieht ihre Hand zurück und macht ein bedeutsames Gesicht. „Er. Ist. Mein. Vater“, sagt sie mit dunkler *Darth-Vader*-Stimme.

„Was? Wer?“, kiekst Billi.

Lena hebt ihre Augenbrauen und grinst spitzbübisch.

Ich glaube, ich starre sie an. Jedenfalls sagt sie zu mir, ich soll meinen Mund zumachen und aufhören, so unanständig zu glubschen. Ich befehle meinem Unterkiefer, wieder einzurasten, und schlucke trocken.

„Wovon redest du?“, frage ich, als ich wieder sprechen kann.

„Nicht wovon, sondern von wem“, erwidert Lena. „Von meinem Daddy, meinem Erzeuger, meinem Papa-Papi-Vati-Vater. Von dem winzigen Tropfen im Reagenzglas, der zu meiner Zeugung beigetragen hat. Er ist Möbeldesigner und lebt an der Elbe.“

„Aber, aber –“, setzt Anna an.

Es schnarrt über unseren Köpfen, dann gongt es zur nächsten

Stunde. Wegen akuten Lehrermangels haben wir vorübergehend zusammen mit unserer Parallelklasse Sport. Welch glückliche Fügung! So können wir uns auf dem Weg zur Sporthalle von unserer ersten Überraschung erholen und anschließend in der Umkleide und während des Warmlaufens weiter über Lenas plötzlich aufgetauchten Vater sprechen.

Wenn nur unsere Sportlehrerin Frau Springer nicht wäre! Nicht umsonst trägt sie den Spitznamen Sprinter. Und ausgerechnet heute macht sie dem Namen alle Ehre, indem sie uns von einem Ende der Halle zum anderen scheucht und uns dabei einen Hindernisparcours überwinden lässt, der es echt in sich hat.

Sogar die Jungs geraten außer Puste, obwohl die durch ihr Fußballtraining eigentlich ziemlich fit sind. Pauls Kopf sieht aus, als könnte er jeden Augenblick explodieren.

Egal. Lenas Brief ist wichtiger. Viel wichtiger!

„Was hat er denn geschrieben?", japse ich zwischen zwei Schlusssprüngen über eine Bank.

„Er hat mir zum Geburtstag gratuliert", ächzt Lena hüpfenderweise zurück. „Und mich zu sich eingeladen."

„Was? Wie? Wohin?" Billis Stimme klingt abgehackt.

„Zu sich. Nach Hamburg." Lena trabt rückwärts um ein paar Hütchen herum. Ich folge ihr.

„Als Geburtstagsgeschenk?", japst Anna. Ihre Wangen und Ohren sind ähnlich gut durchblutet wie Pauls.

„Jepp!", macht Lena. Sie dreht sich um und sprintet locker voraus. Sie ist vor ein paar Wochen sechzehn geworden. Ist man mit sechzehn fitter als mit fünfzehn? Scheint so.

„Aber wieso denn so plötzlich?", frage ich und hefte mich an ihre Fersen.

Lena zuckt mit den Schultern. „Es gab wohl ein Abkommen mit meinen Müttern, dass ich erst an meinem sechzehnten Geburtstag erfahren soll, wer damals der Samenspender war."

Ich glaube, an dieser Stelle muss ich etwas erklären: Lena ist das Ergebnis künstlicher Befruchtung. Sie hat zwei Mütter – Sünje und Hannah –, die miteinander verheiratet sind und als ganz normales Ehepaar zusammenleben. Ihren Vater hat Lena bis heute nicht kennengelernt. Er hat sie bisher auch nicht interessiert. Wenn sie von ihm gesprochen hat, war er immer nur ihr ‚Erzeuger' oder ‚der Tropfen im Reagenzglas'.

Ich finde es ziemlich cool, wie sie damit umgeht. Immerhin entsprechen weder die Umstände, die zu ihrer Geburt geführt haben, noch ihre Familienkonstellation den gängigen Mustern. Anna, Billi, Dina und ich kommen dagegen aus stinknormalen Familien. Genau wie die Jungs. Natürlich gibt es in unserem Freundeskreis auch die üblichen Scheidungsopfer. Phillip zum Beispiel. Er lebt bei seinem alleinerziehenden Vater, wenn er nicht gerade in Berkeley ist. Aber das ist ja doch was anderes als eine künstliche Befruchtung und gleichgeschlechtliche Ehe; zumindest in unserer spießigen Kleinstadt. Mag sein, dass es woanders inzwischen längst normal ist. Warum auch nicht?

Wie gesagt: Ich find's cool. Und meine Freundin Lena ist der beste Beweis, dass es funktioniert.

Anna stolpert über ihre eigenen Füße und gerät kurz ins Straucheln. Billi hält sie in letzter Sekunde am Arm fest.

„Du fährst nach Hamburg?"

„Mal sehen. Vielleicht", antwortet Lena vage.

„Krass!", meint Anna.

Ich kann ihr nur Recht geben. Es ist wirklich krass, dass der Typ sich nach so langer Zeit gemeldet hat. Abgesehen davon, dass ich es mir überhaupt nicht vorstellen kann, wie es ist, mit zwei Müttern und ohne Vater aufzuwachsen, frage ich mich, wie es wohl ist, den leiblichen Vater nach so langer Zeit endlich persönlich kennenzulernen.

„Aber der ist doch ein komplett Fremder für dich", sage ich zu Lena, während wir nebeneinander hertraben. Sie nickt.

„Sicher", sagt sie locker. „So what? Wenn ich tatsächlich von ihm abstamme, wird es wohl irgendwas geben, das uns verbindet, oder? Und wenn's die Blutgruppe oder die Länge unserer mittleren Zehen ist. Ich werde das überprüfen."

„Die Zehenlänge?"

„Klar. Die auch." Sie wischt sich den Schweiß von der Stirn und nickt noch einmal. „Das Leben ist echt 'ne Wundertüte, was? Man wundert sich immer wieder!"

Ich kann ihr nicht widersprechen.

Nach dem Duschen trennen wir uns von Anna und Billi. Lena hat den Brief aus Hamburg fein säuberlich zusammengefaltet und in ihre Jeansjacke gestopft. Er schaut oben heraus und winkt mit einem zipfeligen Eselsohr. Ich zeige darauf.

„Ist der Inhalt eigentlich genauso formell wie der Umschlag?"

„Du meinst, ob seine Sekretärin ihn geschrieben haben könnte?"

„Ja, so in etwa."

„Gut möglich“, nickt Lena. „Willst du ihn mal lesen?“

Sie zieht den Umschlag heraus und hält ihn mir hin, aber ich schüttele den Kopf.

„Nee, lass mal. Das ist mir zu intim. Was steht denn drin?“

„Liebe Lena, herzlichen Glückwunsch zu deinem sechzehnten Geburtstag. Sicher fragst du dich, wer ich bin und warum ich dir schreibe.“ Sie schultert ihren Rucksack und hält die Tür mit dem Ellbogen auf. „Bla, bla, blubber.“

„Blubber?“, grinse ich.

„Blubber“, bestätigt Lena.

Wir reihen uns in das Schülergewusel ein und lassen uns mit ihm Richtung der Naturwissenschaftsräume treiben, wo wir in den Physiksaal abbiegen, ein paar Stufen zu den oberen Reihen hinaufsteigen und uns auf zwei freie Plätze fallen lassen.

Lenas Locken sind noch feucht vom Duschen. Sie streift sie aus dem Gesicht und wirft sie nach hinten. Dann seufzt sie.

„Ich weiß echt nicht, was ich davon halten soll. Ich meine, wie würdest du reagieren?“

„Wenn mein unbekannter Vater nach sechzehn Jahren auftauchen und mir zum Geburtstag gratulieren würde?“

Ich denke darüber nach, aber wie ich schon sagte: Es fällt mir echt schwer, mir so eine Situation überhaupt vorzustellen.

„Zutiefst und über die Maßen verwirrt“, sage ich schließlich.

„Bingo.“ Lena nickt.

„Was sagt Krischan denn dazu?“ Lenas Freund ist ein paar Jahre älter als wir und verfügt möglicherweise über etwas mehr Lebenserfahrung.

„Er meint, ich soll den Typen in den Wind schießen. Wenn

der sich bis jetzt nicht um mich gekümmert hat, hat er auch kein Recht, sich plötzlich in mein Leben einzumischen, findet Krischan." Lena zieht einen dicken Ordner aus ihrem Rucksack und legt ein Buch obendrauf, auf dessen Umschlag ein springender Frosch in den unterschiedlichen Flugphasen dargestellt ist. Sie seufzt noch einmal.

Herr Baumann, unser Physiklehrer, hat den Raum betreten und begrüßt uns mit einem Kopfnicken.

Wir dämpfen unsere Stimmen und sprechen leise weiter.

„Aber wenn es mit Sünje und Hannah diese Vereinbarung mit deinem sechzehnten Geburtstag gegeben hat, durfte er sich doch gar nicht früher melden", wende ich ein, während ich meinen Collegeblock hervorhole und planlos darin herumblättere, um einen beschäftigten und interessierten Eindruck zu machen. Ich *bin* interessiert – im Moment allerdings nicht an Physik, sondern eher an Lenas Schicksal.

„Krischan sagt, wenn er wirklich Interesse an mir gehabt hätte, hätte er sich darüber hinwegsetzen müssen", flüstert sie zurück.

Ich stimme ihr zu, gebe aber gleichzeitig zu bedenken, dass ihr Erzeuger wahrscheinlich nicht doof ist und mit Sicherheit genau wusste, was ein solches Darüberhinwegsetzen für Konsequenzen gehabt haben könnte.

„Vielleicht hätte er sich dann niemals mehr bei dir melden dürfen", wage ich eine Vermutung.

„Wenn die Damen in der vorletzten Reihe freundlicherweise ihr Privatgespräch beenden würden, könnten wir mit dem Unterricht beginnen. Danke sehr." Herr Baumann klopft mit einem Stück Kreide aufs Pult. Es besteht nicht der geringste Zweifel, dass er Lena und mich meint. Wir pflanzen ein Lächeln in unsere Gesichter und nicken ihm freundlich zu.

Eine halbe Minute später plaudern wir weiter – allerdings ohne zu einem Ergebnis zu kommen. Wir beschließen, unser Gespräch auf den Nachmittag zu vertagen.

„Bei dir oder bei mir?“, fragt Lena.

„Ich bin um vier bei dir“, sage ich.

„Buch Seite 103, Absatz zwei, Aufgabe vier“, schnarrt Baumännchen. „Unser Thema ist die Trägheit.“

„Seins vielleicht. Meins mit Sicherheit nicht“, bemerkt Lena im Flüsterton.

Wir gucken uns an und glucksen.

KAPITEL 2

Von fremden Vätern und bedrohten Schlössern

Als ich mittags von der Schule nach Hause komme, steht meine Mutter in der Küche und rührt mit einem Holzlöffel in einem großen Topf herum. Zweimal links rum, zweimal rechts rum, wieder zweimal links rum. Exakt abgezirkelt. Faszinierend.

Seit Jakob auf die Gesamtschule geht und mein Gymnasium eine Ganztagsschule ist, kommt es nur noch selten vor, dass wir mittags aufeinandertreffen und unsere Mam für uns kocht. Normalerweise essen wir in der Schulmensa, Jakob in seiner und ich in meiner. Papa isst sowieso in der Stadt. Unsere Hauptfamilienmahlzeit ist das gemeinsame Abendbrot. Heute ist eine echte Ausnahme.

Mein kleiner Bruder hockt schon am Esstisch. Er lockt Kater Mau mit einem Leckerli und will ihn dazu bewegen, Männchen zu machen.

„Mach schön Sitz!", sagt Jakob und wedelt mit dem Futterbröckchen vor der Katzennase herum.

Ha, ha, netter Versuch! Wer meinen Tigerkater kennt, weiß, dass der viel zu intelligent ist, um sich mit Naturalien bestechen zu lassen. Akrobatische Kunststückchen liegen eindeutig unter seiner Würde.

Mau setzt sich hin und fixiert Jakob mit klugen Sphinxaugen. Es sieht so aus, als würde er versuchen, meinen Bruder zu hypnotisieren, damit der das Leckerchen endlich fallen lässt. Maus gestreifte Schwanzspitze zuckt rhythmisch hin und her. Jakobs Augen werden schon ganz glasig.

Ich muss lachen.

„Vergiss es", sage ich und schnappe mir eine Limoflasche von der Anrichte. „Wenn du ein unterwürfiges Tier haben willst, wünsch dir einen Golden Retriever!"

Mau löst seinen Hypnoseblick von Jakob und zwinkert mir verschwörerisch zu.

Ich blinzele zurück und begrüße meine Mam. Sie schaut nur kurz auf und lächelt mir zu, während sie weiterrührt.

Im Gegensatz zu ihr ist Jakob von meinem Vorschlag mit dem Hund sofort begeistert.

„Au ja!", ruft er und springt auf. „Krieg ich einen Retriever? Oder eine Dogge? Einen Schäferhund? Einen Border Collie?"

Mau verschwindet unter der Bank, um das kullernde Leckerli einzufangen, das Jakob fallen gelassen hat.

„Nein", erwidert unsere Mutter. „Aber das Essen ist fertig. – Du bist spät dran", wendet sie sich an mich, während ich die Teller aus dem Schrank hole.

„Echt? Ist mir gar nicht aufgefallen", entgegne ich mit einem Schulterzucken.

Unser Verhältnis ist momentan etwas angespannt. Das ist auch der Grund, weshalb ich auf dem Heimweg heute ein bisschen getrödelt habe. Ich hab überhaupt keine Lust, mich von ihr jetzt in eine Pünktlichkeitsdiskussion verwickeln zu lassen. Das einzige

Thema, über das ich mich wirklich gerne mit ihr und meinem Vater unterhalten würde, ist meine Reise zu Phillip. Aber das ist eine Angelegenheit, über die meine Eltern wiederum nicht mit mir sprechen möchten. Wozu also kommunizieren? Wir reden sowieso aneinander vorbei.

Dabei will ich mir von meinem selbst verdienten Geld doch nur ein Billigflugticket kaufen, um in den Herbstferien nach Kalifornien zu fliegen. Aber genauso oft wie ich frage, sagen meine Eltern Nein. Sie finden, dass ich für so eine Reise noch zu jung bin.

Zu jung? Oh Mann … Wie alt hätten sie mich denn gerne?

Wenn ich erst mal volljährig bin, brauche ich ihre Erlaubnis nicht mehr. Dann muss ich aber auch nicht mehr nach Berkeley, weil Phillip bis dahin längst zurück ist.

Ich will JETZT zu ihm. Nicht erst in hundert Jahren.

Außerdem gehört mein Geld mir, finde ich. Ich hab dafür geschuftet und es mühsam zusammengehalten. Also darf ich damit wohl auch machen, was ich will. Oder etwa nicht?

Ja, klar. Theoretisch schon. Mit fünfzehn bin ich nämlich eine *mündige Minderjährige*. Das hatten wir neulich gerade in Gesellschaftskunde. Aber auf dem Ohr sind meine Eltern komischerweise taub. Die behandeln mich lieber weiter wie eine *unmündige Unerwachsene*. Ich darf mir von meinem Ersparten jederzeit gerne ein neues Wörterbuch oder einen sauteuren programmierbaren Taschenrechner für die Schule kaufen, überhaupt kein Problem. Aber ein Flugticket nach San Francisco? *No way!*

Kann mir mal bitte jemand diese Logik erklären? Ich glaube nicht.

Solange meine Eltern in dieser Sache nicht ein bisschen flexibler und kooperativer sind, bin ich's auch nicht. Wobei ich echt nicht behaupten möchte, dass mir die momentane Stimmung besonders gut gefällt. Ganz im Gegenteil. Aber meine Eltern wollen es ja nicht anders.

Das Mittagessen verläuft entsprechend schweigsam.

Ich bin froh, als ich meinen Nachtisch ausgelöffelt habe und aufstehen kann.

Ich helfe noch schnell, den Tisch abzuräumen und das Geschirr in die Spülmaschine zu sortieren, dann bin ich weg. Genau wie Jakob und Mau.

Meine Mutter geht mit der Zeitung ins Wohnzimmer, um sich auf dem Sofa auszuruhen, bevor sie wieder in die Praxis muss.

„Ich bin oben", sage ich und werfe mir meinen Rucksack über die Schulter.

„Ich auch", quäkt Jakob und drängelt sich an mir vorbei die Treppe hoch.

Mau hüpft hinter uns her und überholt mich auf der vorletzten Treppenstufe.

In meinem Zimmer bleibe ich stehen und schaue mich um.

Ich habe es gerade erst neu dekoriert. Statt wie früher Pferde-, Katzen- und Landschaftsposter mit wahlweise auf- oder untergehenden Sonnen, Voll- und Halbmonden zieren jetzt Fotos von Phillip die Wände.

In meinem Bücherregal habe ich ein Fach freigeräumt. Darin steht ein gerahmtes Foto von Phillip und mir. Daneben liegt eine Kristallkugel, die wir vor Urzeiten zusammen im Wald gefunden haben. Nicht zu vergessen das Erdmännchen aus Plüsch, das Phillip auf unserer Klassenfahrt nach England für mich aus einem Automaten geholt hat. Es heißt Elvis.

Unter Elvis' Po stapeln sich dicke Wälzer über Kalifornien, die Phillip mir vor seiner Abreise in die Arme gedrückt hat. Damit ich immer weiß, wo er gerade ist. Süß, oder?

Obwohl ... Eigentlich will ich gar nicht so genau wissen, wie es da aussieht. Ich hab keine Lust, mir tolle Hochglanzbilder von Orten anzuschauen, an denen ich gerne mit ihm zusammen wäre. An der Golden Gate Bridge zum Beispiel. Oder im Yosemite-Nationalpark.

Nur weil meine Eltern so stur sind, werde ich diese Naturwunder erst besuchen können, wenn ich alt und schrumpelig und kurz vor der Rente bin. Danke schön.

Wo ich gerade bei meinen Eltern bin ...

Meiner Mutter gefällt meine Phillip-Deko überhaupt nicht. Sie findet es nicht normal, dass ich so auf ihn fixiert bin.

Hallo? Wenn eine Frau in diesem Haus auf einen Typen fixiert ist, dann ja wohl meine Mutter auf meinen Vater!

Die beiden kennen sich seit über zwanzig Jahren, das muss man sich mal vorstellen! Jede Wette, dass meine Mutter ihr Zimmer auch mit Bildern zupflastern würde, wenn ihr Mann, also mein Vater, für ein halbes Jahr auf der anderen Seite der Weltkugel abhängen würde. Aber die sehen sich ja ständig. Da braucht man logischerweise keinen Gedenkschrein und auch keine Erinnerungsfotos, damit man nicht aus Versehen vergisst, wie der andere aussieht.

Davor hab ich nämlich ein bisschen Schiss: dass ich vergesse, wie Phillip aussieht. Wir skypen zwar jeden Tag, aber so ein wackliges Monitorbild ist ja nun nicht gerade die Realität. Und schon gar kein Ersatz für einen Jungen, den man berühren und küssen möchte.

Manchmal ist es echt hart.

Was meine Eltern von meinem Wohndesign halten, ist mir also ziemlich schnuppe. Zum Glück kommen sie nicht so oft in mein Zimmer. Ob es ihnen lieber wäre, wenn ich meine Wände statt mit Phillip-Fotos mit Postern von Boygroups, Topmodels und Filmstars pflastern würde?

Kommt nicht in die Tüte.

My room is my castle.

Mein Zimmer ist meine Privatsache. Mein geschützter Raum. Mein Kokon. Da lass ich mir nicht reinreden.

Schon gar nicht von meinen Eltern.

Punkt.

Ich gebe Elvis einen Stups und klappe mein Notebook auf.

Es ist leider noch zu früh, um mit Phillip zu skypen. Der Zeitunterschied zwischen hier und der amerikanischen Westküste beträgt neun Stunden.

Noch so ein gemeines Trennungsdetail, dessen Tragweite man erst begreift, wenn man es live durchmacht.

Nein, es macht keinen Spaß.

Und ja, ich bin froh, wenn das halbe Jahr rum ist.

Anfang Januar kommt Phillip zurück. Jetzt ist Oktober.

Noch ein Vierteljahr.

Ha, das ist doch ein Klacks!

Ich klicke die Playlist an, die ich zuletzt gehört habe, und setze meine Kopfhörer auf. Ich brauche Musik, um meine Hausaufgaben zu erledigen, bevor ich zu Lena fahre. Dass ihr Vater sich so plötzlich bei ihr gemeldet hat, finde ich wirklich erstaunlich. Ich bin echt gespannt, wie die Sache weitergeht.

*

Lena wartet schon auf mich, als ich ziemlich pünktlich um kurz nach vier auf den Klingelknopf neben ihrer Haustür drücke. Beziehungsweise drücken will. Sie reißt die Tür nämlich schon auf, bevor ich die Klingel überhaupt erreichen kann.

Mein Zeigefinger verharrt in der Luft. Ich lasse ihn sinken.

„Hi", schnauft Lena. „Der Türöffner ist kaputt. Komm rein!"

„Mach ich glatt", antworte ich und schüttele meine Jacke aus. Natürlich hat es in Strömen geregnet, kaum dass ich mich auf den Weg gemacht habe. Erst kurz vor Lenas Haus hat es wieder aufgehört. „Stehst du schon lange hier rum?"

„Nö." Sie schlittert auf dicken Wollsocken voraus und hüpft die Treppe rauf.

Lena lebt mit ihren Müttern in einer Altbauwohnung in einem Mehrfamilienhaus. Sobald ich über die Türschwelle trete und in der Wohnung bin, fühle ich mich wohl, so gemütlich ist es hier. Hannah und Sünje lieben Flohmärkte. Das merkt man der Einrichtung an. Kein Stück passt zum anderen. Alles ist bunt und wild und ein bisschen durchgeknallt. Genau wie Lena.

„Ich hab Ingwerwasser aufgesetzt", ruft sie mir aus der Küche zu, in die sie verschwunden ist, während ich aus meinen Turnschuhen schlüpfe und mich aus den nassen Klamotten schäle. In weiser Voraussicht habe ich meine Jogginghose und ein Paar kuschelige Socken eingepackt. Mit trockenen Füßen und ohne klamme Jeans fühle ich mich sofort wohler.

„Was für'n Wasser?“, frage ich und luge um die Ecke.

Lena wirbelt zwischen Schränken, Tisch und Herd herum. „Setz dich hin und nimm dir einen Keks!“, ordnet sie an.

Ich gehorche sofort. Besonders weil in der altmodischen Etagere, die in der Mitte des Tisches steht, haufenweise Mandelkekse liegen. Ich liebe Mandelkekse!

„Ingwerwasser“, erklärt Lena mir, „ist aktivierend, wärmend und gesund. Außerdem schmeckt es lecker und beugt Erkältungen und Schweinegrippe vor. Hier, bitte.“

„Schweinegrippe?“

„Jepp.“ Sie reicht mir ein Glas mit einer heißen, klaren Flüssigkeit, die ich misstrauisch beäuge und beschnuppere, bevor ich ein winziges Schlückchen probiere.

Irgendwann muss es in Lenas Ahnenreihe eine Kräuterhexe gegeben haben. Vielleicht auch eine Druidin, deren Hauptaufgabe darin bestanden hat, Zaubertränke zu mixen. Auf jeden Fall ist sie sehr experimentierfreudig. Nicht nur, was Heißgetränke angeht.

Zuerst schmeckt das Wasser nach gar nichts, dann wird es scharf. Außerdem fühlt sich meine Zunge plötzlich ganz warm und irgendwie pelzig an.

„Örks, lecker“, würge ich hervor. „Kann ich trotzdem lieber einen normalen Tee haben? Pfefferminz vielleicht?“

„Jo, klar. Ich hab auch Transformationstee, wenn du möchtest.“

„Transfor-bitte-was?“

„Transformationstee", erwidert meine Teeberaterin ungerührt. „Der bezieht seine Energie aus Birken-, Walnuss- und Lindenblättern, Lindenblüten, Eichenrinde und sibirischen Zedernüssen. Die Kraft der Bäume wirkt besonders in Zeiten von Umbrüchen unterstützend und ist nicht zu unterschätzen!"

Das glaube ich ihr sofort, aber die Vorstellung, heißes Wasser mit Baumgeschmack zu schlürfen, spricht mich trotzdem nicht besonders an.

„Mach dir keine Umstände", sage ich und entscheide mich doch lieber für den Pfefferminztee.

Ein paar Minuten und einen dampfenden Teebecher später ziehen wir in Lenas Zimmer um. Die Mandelkekse nehme ich mit. Aus einem CD-Player in der Zimmerecke kommt leise indische Musik. Ich glaube, mich würde das Gedudel auf Dauer nerven, aber Lena liebt es.

Wir hocken uns auf ihr Bett, schlagen die Beine unter und lauschen Sitar, Flöten und Klangschalen. Die Musik ist dermaßen tiefenentspannend, dass ich fast auf der Stelle einnicke. Oder liegt das an dem Pfefferminztee?

Ich knabbere schnell einen Keks, um meine Lebensgeister zu wecken – leider nur mit mäßigem Erfolg. Erst als Lena etwas sagt, werde ich schlagartig munter.

„Ich fahre übrigens nach Hamburg", verkündet sie.

„Zu deinem Designer-Vater?" Ich verschlucke mich an einem Kekskrümel und huste.

Lena klopft mir auf den Rücken und nickt.

„Ich hab schon mit Sünje und Hannah darüber gesprochen",

sagt sie. „Sie finden das voll gut und unterstützen mich. Sie meinen, ich bin jetzt reif genug und es wäre wichtig für mich, ihn kennenzulernen, um meine eigene Biografie zu vervollständigen."

Sie verdreht die Augen und kichert.

Ich kichere auch. Allerdings finde ich die Bemerkung ihrer Mütter gar nicht so abwegig. Wenn jeder Mensch ein Puzzle aus vielen winzigen Einzelstücken ist – so stelle ich es mir jedenfalls gerade vor –, ist es garantiert wichtig, dass jedes Teil vorhanden und an seinem Platz ist. Solange etwas fehlt – der Vater, die Mutter oder sonst wer –, könnte ich mir vorstellen, dass man sich später vielleicht irgendwann unvollständig fühlt.

„Wer weiß, was das für Folgen hat", überlege ich laut.

„Was meinst du?", fragt Lena.

„Na, wenn du deinen leiblichen Reagenzglasvater niemals kennenlernst", antworte ich und nippe an meinem lauwarmen Tee.

„Du denkst, ich könnte es bereuen?"

„Hm, ja. Vielleicht." Ich nicke.

„Aber vielleicht bereue ich es ja auch, *wenn* ich ihn treffe", erwidert sie nachdenklich.

„Stimmt", gebe ich zu. „Aber das weißt du erst hinterher. Ein Risiko ist es so oder so. Was meint Krischan denn dazu, dass du nach Hamburg fahren willst?"

Lena springt auf. Das Ingwerwasser schwappt erschrocken über den Rand, als wäre in ihrem Teebecher urplötzlich ein Sturm losgebrochen.

„Er sagt, es ist meine Sache. Ich soll es mir gut überlegen. Er versteht es nicht. Ich auch nicht, ehrlich gesagt", gibt sie zu.

Sie stellt das Teeglas ab und läuft zum CD-Player, um die

Musik zu wechseln. Anscheinend entspricht die düdelige Entspannungsmusik nicht mehr ihrer akuten Gemütsverfassung. Aus den Lautsprecherboxen dröhnt *A Warrior's Call*. Lena tanzt dazu.

Für mich klingt der Song wie eine Kampfansage. Ich frage mich nur, an wen.

An ihren Vater?

An Krischan?

An den Rest der Welt?

„Kommst du mit?", fragt sie mich, als das Lied zu Ende ist.

„Wohin?"

„Nach Hamburg natürlich!" Sie schüttelt ihre wilden Hexenlocken. „Ich guck mir meinen Erzeuger mal live an und anschließend machen wir uns ein geiles Wochenende in der City."

„Man sagt nicht mehr geil", grinse ich.

„Weiß ich doch", grinst sie zurück.

„Und wann?", frage ich. Ich ertappe mich dabei, wie ich im Geiste bereits meinen Kalender zücke und mit fettem, rotem Filzer HAMBURG MIT LENA eintrage. Es macht sich sehr gut – zumindest in meiner Vorstellung.

„In den Herbstferien", antwortet Lena. „Am besten gleich am ersten Ferienwochenende."

Ich überschlage meinen imaginären Taschenkalender und stelle fest, dass ich in den Herbstferien noch nichts vorhabe. Mein Vater bekommt mal wieder keinen Urlaub, meine Mutter will das Wohnzimmer neu tapezieren, und mein Flug nach Berkeley, Kalifornien, wurde kraft meiner Erziehungsberechtigten ersatzlos gecancelt. Ich hätte also noch jede Menge Ferienkapazitäten frei.

Hamburg, ich komme!

Oder ist es noch zu früh zum Jubeln?

Vermutlich ja.

„Was ist?", unterbricht Lena meine internen Überlegungen.

„Vergiss es! Das erlauben meine Eltern nie." Ich stelle meinen Becher auf den Boden und gucke sie an.

„Und wenn du ihnen sagst, worum es geht?", bohrt Lena weiter.

„Worum geht es denn?" Ich werfe ihr einen fragenden Blick zu.

Sie antwortet sofort: „Um mein Seelenheil natürlich! Mein Dasein als Produkt eines egoistischen medizinischen Experiments. Du bist meine allerbeste beste Freundin! Du MUSST einfach mitkommen!"

„Ich versuch's", verspreche ich großzügig. Die Aussicht auf ein Wochenende in Hamburg ist wirklich ziemlich verlockend. „Kommen deine Mütter denn nicht mit?"

„Nö. Die finden, dass ich groß genug bin, um das alleine zu regeln."

„Ookay", sage ich gedehnt, weil mir nichts anderes einfällt.

Ich spüre einen winzigen Anflug von Neid. Wenn meine Eltern doch auch nur so locker wären! Lena wurde von klein auf zur Eigenständigkeit erzogen – wahrscheinlich wegen ihrer speziellen Entstehungsgeschichte – und ist entsprechend selbstbewusst. Wahrscheinlich liegen ihre Mütter mit ihrer Vermutung goldrichtig, dass sie groß genug ist. Wenn nicht sie, wer dann?

„Und wo wollen wir in Hamburg wohnen?", frage ich.

Auch dafür hat Lena schon eine Lösung parat: „Wir haben da irgendwelche Verwandte. Ist alles kein Problem."

Sie wirft sich zu mir aufs Bett. Die Matratze schwankt. Das Bettgestell knarrt. Es würde mich nicht wundern, wenn wir uns plötzlich eine Etage tiefer wiederfinden würden. Ich halte mich vorsichtshalber an einem Bettpfosten fest.

„Und ich dachte immer, Samenspender sind anonym", sage ich zu ihr.

„Nö, ja, normalerweise wohl schon", antwortet sie. „Aber Sünje und Hannah haben Gregor damals darum gebeten. Sie waren miteinander befreundet. Also kannten sie ihn. Im Prinzip gehört er dadurch schon ein bisschen zur Familie, finde ich."

„Gregor?", hake ich nach. „Heißt er so?"

Lena nickt. „Klingt ein bisschen spießig. Findest du nicht?"

„Och, geht so. Trotzdem kapiere ich nicht, wieso du diesen Gregor jetzt erst kennenlernen darfst, wenn deine Mütter und er so gut miteinander befreundet sind. Wo war der denn all die Jahre?"

„Er hat an seiner Designerkarriere gebastelt", meint Lena. „Kurz nachdem er seinen Beitrag für das Reagenzglas geleistet hat, ist er abgehauen. New York, Rio, Tokio, Dubai – das volle Programm. Jetzt ist er mit seiner Karriere fertig und hat Zeit für seine kleine glückliche Familie. Also für mich."

Sie verschränkt ihre Beine zum Yogasitz und grinst.

„Anscheinend hatte der gute Gregor einen Masterplan", entgegne ich. „Weißt du zufällig, wie alt er ist?"

„Ende vierzig irgendwas. Ist doch ganz egal, solange er kein sabbernder Tattergreis ist", antwortet sie.

„Hey, man spricht nicht so respektlos von seinem Vater!" Ich schnappe mir ein Kuschelkissen und gebe ihr damit einen Knuff.

„Woher soll ich das denn wissen?" Sie macht ein unschuldiges

Gesicht und klimpert mit den Wimpern. „Ich hatte doch noch nie einen."

Lena-Logik. Wo sie Recht hat, hat sie Recht.

Als ich mich irgendwann am späten Nachmittag auf den Nachhauseweg mache, hat es aufgehört zu regnen. Die Sonne scheint sogar ein bisschen. Ein Anblick, den ich schon fast vergessen hatte.

Lena begleitet mich noch bis nach unten zur Haustür und verabschiedet mich mit einem Küsschen.

„Denk an den fliegenden Frosch!", sagt sie, als ich schon auf meinem Rad sitze.

„An wen?"

„Fliegender Frosch. Physik. Trägheit. Wir schreiben übermorgen einen Test."

„Oh, Mist! Das hätte ich glatt vergessen. Danke fürs Erinnern."

„Immer gerne."

Wir winken uns zu, dann rolle ich los.

Die Sonne scheint so schön, dass ich beschließe, einen Umweg durch den Park zu machen.

Der Stadtpark ist so etwas wie ein Erinnerungsort für mich. Wie oft haben Phillip und ich hier im Gras gesessen, haben uns unterhalten, Händchen gehalten, uns geküsst und sind spazieren gegangen.

Der Park ist nicht irgendein schnöder Park. Er ist etwas ganz Besonderes für mich. Wenn ich dort bin, habe ich total viele Erinnerungen. Dann fühle ich mich Phillip nah.

Bestimmt liegt das auch an unserem Vorhängeschloss, das wir

am Tag vor Phillips Abreise an einem Brückengeländer befestigt haben. Unser Liebesschloss …

Es soll tatsächlich Leute geben, die solche Aktionen kitschig finden. Ich find's einfach nur schön.

Wir haben das Schloss zusammen aufgehängt und den Schlüssel anschließend in den Teich geworfen. Immer wenn ich im Park bin, besuche ich es und lege eine kleine Gedenkminute ein.

Als ich heute in den Parkweg einbiege, bemerke ich schon von weitem, dass etwas anders ist als sonst. Die Brücke, die über den Ententeich führt, ist mit knallgelben Warnhütchen abgesperrt. Rot-weißes Plastikband flattert fröhlich im Wind.

Ich mache eine Vollbremsung und schaue mich ratlos um. Von Bauarbeitern ist weit und breit nichts zu sehen. Kein Wunder, es ist halb sieben. Die haben bestimmt längst Feierabend.

Ich frage mich, was die Absperrung soll. Nicht nur, weil ich jetzt einen längeren Weg außen herum nehmen muss, sondern auch, weil unser Schloss da am Brückengeländer baumelt. Ich komme nicht an es heran – und das gefällt mir ganz und gar nicht.

Was, wenn die Brücke morsch und einsturzgefährdet ist? Wenn sie im Teich versinkt, versinkt unser Schloss mit ihr.

Das Symbol unserer ewigen Liebe!

Das darf auf keinen Fall passieren.

Ich muss es retten.

Unbedingt!

Fragt sich nur, wie.

Natürlich haben wir es abgeschlossen. Und nicht nur das. Der einzige Schlüssel schlummert für ewig und drei Tage im moderigen Grund des Teiches. Oder ein Goldfisch hat ihn verschluckt. Was weiß ich.

Auf jeden Fall ist das Schicksal unseres Liebessymbols untrennbar mit dem Schicksal der Brücke verbunden. Wenn sie verloren ist, ist unser Schloss es auch.

Ich spüre Gänsehaut in meinem Nacken. Die Härchen auf meinen Unterarmen richten sich auf. Wäre Lena bei mir, würde sie jetzt garantiert von einem Zeichen sprechen, von einem bösen Omen oder so was in der Art.

Ich schlucke trocken, während ich überlege, einfach unter dem Flatterband hindurchzukriechen.

„Und dann?“, frage ich mich selbst. „Willst du's vielleicht mit den Zähnen knacken?“

Ich stöhne auf.

Ein Jogger trabt vorbei und wirft mir einen interessierten Blick zu. Weil er nicht besonders schnell läuft, winke ich ihn heran.

„Wissen Sie zufällig, was hier los ist?“

Ich zeige auf das rot-weiße Absperrgewirr.

Er trabt einen kleinen Halbkreis und joggt anschließend auf der Stelle. Dabei schnauft er ein bisschen und wischt sich zuerst den Schweiß ab, bevor er antwortet.

„Das Geländer soll entrostet und neu lackiert werden. Stand heute Morgen in der Zeitung.“

„Oh“, sage ich und nehme mir vor, den Lokalnachrichten künftig mehr Aufmerksamkeit zu schenken. „Danke.“

Er tippt an sein Stirnband und joggt davon.

Ich bleibe stehen und überlege, was ich von der Info halten soll.

Entrosten und neu lackieren … Ist das jetzt gut oder schlecht?

Auf jeden Fall klingt es nicht besonders dramatisch. Die Brücke scheint nicht akut einsturzgefährdet zu sein.

Ich bin etwas beruhigt.

Aber was machen die Arbeiter mit den ganzen Liebesschlössern, wenn sie das Geländer bearbeiten?

Außer unserem hängt ungefähr ein Dutzend weiterer Schlösser an der Brücke. Entrosten und lackieren sie die etwa alle mit?

Ich werfe unserem Schloss einen Blick zu. Es ist auf dem höchsten Punkt der Brücke am allerschönsten Schnörkel des Geländers befestigt. Seine Oberfläche glänzt matt in der Abendsonne. Ich habe das Gefühl, ich müsste nur eine Hand ausstrecken, um es zu berühren. Allerdings bräuchte ich dafür einen ziemlich langen Arm, seufz.

„Hab keine Angst", murmele ich. „Ich rette dich! Ich werde nicht zulassen, dass dir was passiert."

Ich schwinge mich auf mein Rad und strampele in die entgegengesetzte Richtung davon, wobei ich mir wie eine Verräterin vorkomme, weil ich unser armes kleines Schloss so schutzlos zurücklasse. Aber es geht nicht anders. Meine Eltern warten mit dem Abendessen auf mich. Ich kann mir nicht vorstellen, dass sie besonders verständnisvoll reagieren würden, wenn ich sie anrufe und ihnen mitteile, dass ich die Nacht im Park zu verbringen gedenke, um das Brückengeländer zu bewachen.

Nein, das wäre sicher keine gute Idee.

Ich seufze noch einmal. Warum ist das Leben eigentlich immer so tückisch und kompliziert? Kann denn nicht einfach nur mal die Sonne scheinen und alles in Butter sein? Ist das zu viel verlangt?

Anscheinend ja.

Während ich vor mich hin strampele und mir den Fahrtwind um die Ohren pfeifen lasse, denke ich an den Tag, an dem Phillip und ich das Schloss aufgehängt haben. Es war ein strahlender Sommertag, kurz vor den Ferien. Kurz bevor Phillip nach Berkeley geflogen ist. Wir hatten uns heftig gestritten. Ich hatte tagelang nicht mit ihm gesprochen. Wir trafen uns im Park, um uns auszusprechen. Und dann hat er plötzlich diese kleine Schachtel aus der Tasche gezogen, in der das Vorhängeschloss lag.

Ich muss das Schloss retten. Ich MUSS. Es geht gar nicht anders. Alles andere würde mir wie ein Verrat vorkommen.

KAPITEL 3

Herztresore und Liebesschlosschaos

Meine Eltern sind tatsächlich die aufmerksamsten Zeitungsleser der Welt. Als ich sie beim Abendessen frage, ob sie etwas über die Brückenentrostungsmaßnahmen im Park wissen, nicken sie sofort. Sogar Jakob weiß Bescheid, obwohl der nicht Zeitung liest, sondern im Sportverein davon gehört hat. Mein Vater hat außerdem aus sicherer Quelle – sprich aus dem Bauamt – erfahren, dass das Geländer zum Zwecke der Entrostung und Neulackierung komplett abgebaut werden soll.

Deshalb also die Vollsperrung!

Ich bin erschüttert.

„Das können die doch nicht machen!“, jaule ich auf. „Was passiert denn dann mit den ganzen Schlössern?“

„Die werden abgezwackt und entsorgt“, sagt mein Vater und beißt in sein Schinkenbrot.

„Abgezwackt?“ Ich starre ihn an.

„Mit einem Bolzenschneider“, bestätigt er.

„Aber das ist doch herzlos!“, rufe ich. „Sachbeschädigung! Ein Sakrileg!“

Jakob prustet los, obwohl er garantiert keinen Schimmer hat, was das Wort Sakrileg überhaupt bedeutet. Es bezeichnet ein Vergehen gegen Personen, Gegenstände und Stätten, die einem heilig sind. Und das Vorhängeschloss ist mir sehr heilig.

Meine Mutter nippt ungerührt an ihrem grünen Tee. Dann fängt sie an, über irgendwelche alte Brücken irgendwo in Europa zu dozieren, die unter dem Gewicht von zigtausend Liebesschlössern angeblich zusammenzubrechen drohen.

„In Paris und Venedig hat man schon damit begonnen, die Dinger abzunehmen", erzählt sie. „Neue Schlösser anzubringen ist da strengstens verboten."

„Wie krass ist das denn!", rufe ich, während ich mich gleichzeitig frage, wie die Ordnungshüter das wohl überwachen wollen. Gibt es da vielleicht eine Schlosspolizei? Versteckte Kameras? Sensible Alarmanlagen, die sofort losschrillen, wenn ein Schloss zuschnappt?

„Es ist ja auch ein Jammer um all die schönen historischen Brückenbauwerke, wenn man vor lauter Schlössern nichts anderes mehr sieht", meint mein Vater. „Außerdem gerät bei der Belastung die ganze Statik aus dem Gleichgewicht."

Statik … Mein Vater ist voll in seinem Element.

Mir kommen fast die Tränen. Wie kann meine Familie so gefühlskalt sein? Ich fass es nicht! Okay, wenn ich berücksichtige, dass vielleicht neunzig Prozent der Pärchen schon lange nicht mehr zusammen sind und ihre Schlösser trotzdem noch irgendwo rumbaumeln und die Statik stören, kann ich es schon ein bisschen verstehen. Aber bei Phillip und mir ist das doch was ganz anderes! Unser Schloss sollte für alle Ewigkeit an der Entenbrücke hängen. Und jetzt soll es einfach abgezwackt werden. Ich könnte echt heulen.

„Das lass ich nicht zu!“ Entschlossen klatsche ich zwei dicke Scheiben Emmentaler auf mein Schwarzbrot und schlage meine Zähne hinein. „Nur über meine Leiche!“

Im Geiste sehe ich mich schon an das Brückengeländer gekettet die Renovierungsarbeiten verhindern. Bestimmt komm ich dann in die Zeitung. Auch egal. Ich muss was unternehmen. Auf keinen Fall werde ich dulden, dass unser Liebesschloss mit einem Bolzenschneider abgezwackt und im Altmetall entsorgt wird. Niemals!

Aus lauter Frust verputze ich noch eine Käsestulle und spüle die Krümel mit Milch herunter. Dann werfe ich einen Blick auf die Küchenuhr. In fünf Minuten bin ich mit Phillip auf Skype verabredet. Mein Herz klopft wie wild, wenn ich daran denke. Wenn ich an *ihn* denke.

Vor lauter vorfreudigem Herzklopfen verbunden mit der Sorge um unser Liebesschloss verzichte ich darauf, meinen Eltern von Lenas Erzeuger und unseren Reiseplänen zu berichten. Es ist nicht der richtige Moment, um sie zu fragen, ob ich in den Ferien nach Hamburg darf. Ich bin viel zu sehr durch den Wind, um sie argumentativ überzeugen zu können.

„Bestimmt werden die Schlösser eingeschmolzen.“ Jakob grinst.

Ich strecke ihm die Zunge raus.

Er zeigt mir einen Vogel.

Meine Mutter schüttelt den Kopf.

Ich stehe auf, bevor mir mein gehässiger kleiner Bruder erzählen kann, dass aus den eingeschmolzenen Liebesschlössern garantiert Schubkarren, Mistforken und ähnliche profane Dinge hergestellt werden.

„Ich geh rauf. Hausaufgaben machen und für Bio lernen", sage ich und werfe Jakob einen grimmigen Blick zu.

Meine Eltern nicken.

Jakob grinst immer noch.

Ich würde ihm gerne eine Tomate an den Kopf werfen. Dass ich es nicht tue, ist reine Selbstbeherrschung.

In meinem Zimmer fahre ich mein Notebook hoch und logge mich ein. Phillip ist schon on. Neben seinem Profilbild leuchtet ein grüner Punkt. Ich mache es mir auf dem Bett gemütlich, den Laptop auf den Knien, und stupse ihn an.

Sein Bild manifestiert sich in einer bunten Wolke aus Milliarden winziger Pixel auf dem Bildschirm. Es dauert ein Weilchen, bis seine Stimme hinterherkommt. Sie klingt abgehackt. Die Verbindung ist mal wieder ziemlich dürftig.

„Hi, Süße", sagt er. „Ich hab schon auf dich gewartet."

„Hi!" Ich beuge mich vor und knutsche die Kamera. „Ich musste noch Abendbrot essen, sorry."

„Macht doch nichts." Er pustet sich eine Locke aus der Stirn und grinst. Ich liebe dieses Grinsen! Es ist frech und lieb und sexy. Alles gleichzeitig irgendwie.

Ich sehe, dass er auf einer Bank im Freien hockt. Schräg hinter ihm ragt ein grüner Hügel auf. Daneben steht ein rotes Backsteingebäude. An seiner Highschool gibt es überall Wi-Fi. Echt beneidenswert.

Ab und zu latschen im Hintergrund Mitschüler vorbei. Ich schnappe amerikanische Sprachfetzen und Rufe auf, ohne sie zu verstehen.

Bei ihm ist jetzt später Vormittag. Die Sonne scheint. Hier geht sie gerade unter.

„Hast du eine Freistunde?“, frage ich.

Phillip nickt und trinkt einen Schluck aus einem riesigen Milkshake-Becher. Ich höre ihn schlürfen und muss lächeln.

„Was gibt's Neues?“, will er wissen.

Ich erzähle ihm von Lenas Vater und dass ich vielleicht mit ihr nach Hamburg fahre, um ihn kennenzulernen.

„Wenn ich darf“, füge ich hinzu und verdrehe die Augen. „Ich hab's meinen Eltern noch nicht erzählt. Bestimmt haben sie wieder hunderttausend Bedenken.“

Phillip hebt die Augenbrauen.

„Sind sie immer noch so stur?“

Ich nicke.

Er stöhnt auf.

„Dann wird's also nichts damit, dass du mich in den Herbstferien besuchst?“

„Nein“, sage ich leise. „So wie's aussieht, nicht.“

Ein Schatten fällt auf sein Gesicht. Plötzlich sehen seine Augen traurig aus. Kein Wunder. Nicht nur meine Eltern sind stur, sein Vater ist es auch. Er hat Phillips Rückflugticket schon bei der Abreise gebucht. Dass Phillip früher zurückkommt, ist so gut wie ausgeschlossen. Im Notfall vielleicht, aber bestimmt nicht, nur weil seine Freundin vor Sehnsucht nach ihm fast vergeht.

Manchmal kommen Phillip und ich mir wie diese beiden Königskinder in dem alten Gedicht vor, das wir mal in Deutsch durchgenommen haben. Ich kann es immer noch auswendig.

„Es waren zwei Königskinder, die hatten einander so lieb“, murmele ich. „Sie konnten zusammen nicht kommen, das Wasser war viel zu tief."

Phillip lacht.

„Was ist daran so lustig?", protestiere ich. „Das Gedicht ist total traurig! Es endet damit, dass der arme Jüngling bei dem Versuch, seine Liebste zu erreichen, ertrinkt und die Jungfrau daraufhin an gebrochenem Herzen stirbt!"

„Ich weiß", kichert Phillip. Er kichert! „Ich hab's schon mal irgendwo gehört."

„Ja, in Deutsch", schnaube ich. „Da gingen wir noch zusammen in eine Klasse!"

„Ach ja, stimmt." Sein Gesicht wird wieder ernst. Ein bisschen jedenfalls. Seine Augen funkeln immer noch belustigt. Oder sind das nur die Pixel? Keine Ahnung.

„Sprich noch mal mit deinen Eltern. Vielleicht schaffst du's ja doch, sie bis zu den Herbstferien zu überreden."

„Ja, vielleicht", antworte ich wenig überzeugt. „Morgen muss ich aber erst mal unser Schloss retten."

Ich berichte ihm von der geplanten Brückenrestaurierung, dem drohenden Bolzenschneider, der Einschmelzung unseres Liebessymbols und seiner Umwandlung in eine Mistforke.

„Wie willst du das denn verhindern?", fragt Phillip.

„Keine Ahnung", sage ich ehrlich. „Ich werde mich den Bauarbeitern in den Weg werfen und ihnen dieses Bolzendingsbums entreißen. Auf keinen Fall lasse ich zu, dass unser Schloss eingeschmolzen wird!"

„Tu nichts, was ich nicht auch tun würde", sagt Phillip.

Ich verspreche es ihm.

„Zu blöd, dass wir den Schlüssel im Teich versenkt haben", fügt er noch hinzu.

Ich stimme ihm uneingeschränkt zu.

„Wir waren jung", seufze ich mit theatralischer Geste. „Die Tragweite unseres Handelns war uns einfach nicht bewusst."

Er prustet.

Wir unterhalten uns noch ein Weilchen. Ich erzähle ihm den neuesten Schulklatsch und richte Grüße von den Mädels und meiner Familie aus. Er trinkt seinen Milkshake aus und streckt sich.

Ich weiß genau, was jetzt kommt:

Der Abschied.

Wie ich diesen Moment hasse!

„Sorry", sagt Phillip. Täusche ich mich oder höre ich tatsächlich einen winzigen amerikanischen Akzent? Wie lange dauert es wohl, bis man seine Muttersprache verlernt?

„Schon klar", sage ich seufzend. Manchmal habe ich das unbestimmte Gefühl, dass unsere Gespräche zu zwei Dritteln aus Seufzern bestehen. Es könnte auch mehr sein. Jedenfalls seufzen wir ziemlich viel.

„Ich muss los. Unpünktlichkeit wird hier nicht so gern gesehen. Bye, Süße." Er beugt sich vor und legt seine Hand auf den Monitor.

Ich lege meine Hand auf meiner Seite der Welt auf den Bildschirm meines Notebooks. Es knistert leise. Unsere Fingerspitzen berühren sich. Es fühlt sich kribbelig an, fast wie echt. Aber natürlich ist es keine echte Berührung. Wir tun nur so, als ob. Wie zwei Kinder.

„Ciao“, sage ich und möchte am liebsten schon wieder seufzen. Aber mein Limit an Seufzern ist für heute erreicht. Sattdessen lächle ich. „Bis morgen.“

Phillip lächelt ebenfalls. „Love you, babe“, sagt er. Dann loggt er sich aus.

„Ich liebe dich auch“, sage ich. Keine Ahnung, ob er's noch gehört hat. Er ist verschwunden, als hätte ein fieser Internet-Hacker mal eben kurz mit dem Finger geschnipst.

Trotzdem fühle ich Phillips Anwesenheit noch. Seine Magie.

Sie ist in meinem Zimmer, in meinem Kopf und in meinem Herzen. Da ganz besonders, denn da bewahre ich alles auf, was mich an ihn und uns erinnert. Sein Lachen, sein Humor, seine Küsse, seine Zärtlichkeiten. Alles.

Mein Herz ist unser Tresor.

Ich logge mich aus, klicke mich langsam durch meine Playlist und bleibe bei *Ich lass für dich das Licht an* hängen. Der Song ist irgendwie so schön und so traurig zugleich. Er passt gut zu meiner Stimmung. *„Ist mir alles egal“*, singe ich leise mit. *„Hauptsache, du bist da …“*

*

Am nächsten Morgen verschlafe ich. Gestern Abend hab ich noch ziemlich lange gelernt und anschließend ewig mit Dina gechattet. Das Klingeln meines Handyweckers muss ich irgendwie überhört haben. Zum Glück haben meine Eltern die Angewohnheit, zur

Sicherheit immer noch mal in Jakobs und mein Zimmer zu gucken, bevor sie aus dem Haus gehen, sonst hätten mein Bruder und ich garantiert schon eine Menge Fehlzeiten und Einträge wegen Zuspätkommens im Klassenbuch. So kriegen wir die Kurve gerade noch rechtzeitig.

Jakob ist sogar schon mit dem Frühstück fertig, als ich eine Viertelstunde später in der Küche ankomme und verschlafen nach den Cornflakes greife.

Wir nicken uns zu. Morgens sind wir beide nicht so die Plaudertaschen. Uns reicht vollkommen, dass der Typ im Radio schon so munter und gut drauf ist. Ich möchte genau das, was der zum Frühstück hatte! Oder nee, lieber doch nicht. Im Morgengrauen schon so gesprächig zu sein und Witze zu erzählen, stelle ich mir ziemlich anstrengend vor.

„Tschüss!", rufen unsere Eltern uns zu.

„Tschühüss!", rufen wir zweistimmig zurück.

Wenig später fällt die Haustür ins Schloss und der Kombi rollt von der Einfahrt.

Mein Blick fällt auf die Zeitung, die neben dem Brotkorb liegt. Ob es irgendwelche wichtigen Neuigkeiten über die Sanierung der Stadtparkbrücke gibt?

Ich gieße Milch über meine Cornflakes und gähne und kann mich nicht aufraffen, das Blatt aufzuschlagen. Die meisten Nachrichten am Morgen deprimieren mich. Ich werde mir nachher lieber einen eigenen Eindruck verschaffen. Vielleicht erwische ich ja einen Bauarbeiter und kann ein Wörtchen mit ihm wechseln, bevor er den Frevel begeht und meinem Heiligtum mit irgendeinem brutalen Werkzeug zu Leibe rückt.

Leider klappt mein Plan nicht, schon auf dem Hinweg zur Schule durch den Park zu fahren und mir einen Bauarbeiter vorzuknöpfen. Wegen der Brückensperrung muss ich einen Umweg nehmen. Ich bin auch so schon ziemlich spät dran und schaffe es gerade noch, mit dem letzten Klingelton auf meinen Platz zu rutschen.

„*Welcome to the Jungle*", sagt Lena zu mir. Ich denke zuerst, es ist eine Begrüßung, dabei ist es nur der Titel des Songs, den sie gerade auf ihrem Handy hört.

Ich zwinkere ihr zu und fische meinen Schulkram aus dem Rucksack.

„*Welcome to the Jungle …*", murmele ich vor mich hin. „Wie passend!"

Erst in der großen Pause kommen wir zum Quatschen. Wir schieben uns in die Cafeteria und holen uns Milchbrötchen und Kakao. Anschließend suchen wir uns ein ruhiges Eckchen in der Pausenhalle. Wir hocken uns auf die Kante eines der Sitzwürfel, die da neuerdings rumstehen, um die Schule wohnlicher zu gestalten. Das Projekt ist nicht wirklich gelungen. Wenn ich bedenke, wie viel Zeit wir hier verbringen, reicht die Anschaffung von pädagogisch wertvollen Sitzmöbeln bei weitem nicht aus, um es erträglicher zu machen. Hängematten wären schön. Oder kleine grüne Palmeninseln mit plätschernden Springbrunnen in der Mitte, aus denen süße Maracujabrause plätschert, und dazu chillige Musik und Walgesänge aus unsichtbaren Lautsprechern. Vielleicht werde ich später mal Schularchitektin. Ich hätte da ein paar echt gute Ideen auf Lager.

„Und? Hast du deine Eltern schon wegen Hamburg gefragt?", will Lena wissen.

„Nein. Ich bin noch nicht dazu gekommen." Ich beiße von meinem Brötchen ab und nicke Paul zu, der auf einem der anderen Würfel sitzt und mit Nicole Händchen hält.

Er sieht mich gar nicht. Er hat nur Augen für sie. Paulchen ist verliebt. Das ist so süß! Am liebsten würde ich ihm ein T-Shirt mit rosaroten Herzchen schenken. Das würde viel schöner aussehen als das graue Ding mit dem *I love Döner*-Print, das er heute anhat. Arme Nicole. Wer weiß, was Paul noch so alles in seinem Schrank hat. Andererseits hat sie auf diese Weise immer was zu lesen, falls ihnen mal der Gesprächsstoff ausgeht. Eigentlich ganz praktisch.

Ich erzähle Lena von den bedrohten Schlössern. Sie ist angemessen schockiert. Auch Anna und Billi spitzen die Ohren, als sie sich zu uns stellen.

„Habt ihr nicht auch ein Schloss da hängen? Luki und du?", fragt Billi.

Anna wird abwechselnd blass und rot. Sie nickt.

„Das wusste ich ja gar nicht", sage ich überrascht. Wieso weiß Billi was, was ich nicht weiß?

„Wir haben's erst neulich drangemacht", gibt Anna zu. „Es war Lukas' Idee. Total romantisch, findet ihr nicht?"

Ich mümmele ein bisschen eingeschnappt vor mich hin. Phillip und ich waren die Ersten. DAS war romantisch! Alle anderen haben uns das mit den Schlössern nur nachgemacht.

Ich verkneife mir eine Bemerkung. Es wäre auch gemein. Anna sieht genauso unglücklich aus, wie ich mich fühle, wenn ich an den Bolzenschneider denke. Wir müssen jetzt zusammenhalten.

„Ich fahre nach der Schule in den Park“, sage ich. „Vielleicht kann ich das Schlimmste noch verhindern. Kommst du mit?“

„Geht nicht. Ich muss zum Kieferorthopäden.“ Anna presst die Lippen zusammen. Sie trägt neuerdings himmelblaue Brackets und hat sich noch nicht daran gewöhnt. Ich frage mich, was für ein Gefühl es wohl ist, sich mit so viel Draht im Mund zu küssen. Verhakt man sich da nicht manchmal?

Ich verdränge das Bild, das sich vor meinem geistigen Auge manifestieren will, schnell wieder. Die Vorstellung, dass sich Annas Brackies untrennbar mit Lukas' Zähnen verhaken, ist nicht schön. Die Frage ist, wen man dann anrufen soll: den Zahnarzt, einen Notarzt oder doch lieber gleich die Feuerwehr?

„Wie sieht euer Schloss denn aus? Vielleicht kann ich es ja auch in Sicherheit bringen“, sage ich. „Einen Schlüssel habt ihr wohl nicht zufällig?“

Zu meinem Erstaunen nickt Anna. „Doch. Aber der liegt bei mir zu Hause. Bis ich mit dem im Park bin, haben die Arbeiter das Geländer bestimmt schon abgebaut.“

„Stimmt“, nicke ich. „Diesen Bolzenschneidertypen ist alles zuzutrauen.“

Anna beschreibt mir das Schloss. Es ist hellblau – farblich passend zu ihrem kieferorthopädischen Drahtschmuck, wie originell! Ob das auch Lukas' romantischem Ideenreichtum zu verdanken ist?

„Auf der Rückseite sind unsere Anfangsbuchstaben eingraviert“, sagt sie noch. „A & L forever.“ Sie wird noch ein bisschen röter.

Ich lächele verständnisvoll darüber hinweg.

„Ich kümmere mich darum", verspreche ich und stehe auf.

Die Pause ist zu Ende.

„Und um Hamburg auch!", erinnert Lena mich.

„Klar", nicke ich.

Nach der achten Stunde leert sich der Schulhof nur langsam. Ich warte, bis das größte Chaos vorüber ist und ich mein Rad aus dem Unterstand holen kann, ohne angerempelt oder überfahren zu werden.

Meine Mutter arbeitet heute den ganzen Tag. Jakob geht nach der Schule zu einem Freund. Ich hab's nicht besonders eilig, nach Hause zu kommen.

Lena winkt mir zu, als ich vom Hof rolle. Sie wartet an der Bushaltestelle auf Krischan, der sie dort mit seinem Auto einsammeln will. Anna, Lukas, Billi und Paul sind schon weg.

Ich radele ganz alleine vor mich hin und denke dabei an Phillip. Der Sommer ist so gut wie vorbei. Bald ist Herbst, dann kommt der Winter. Das Schlimmste haben wir überstanden. Dabei war der Sommer ohne ihn gar nicht so schrecklich, wie ich zuerst befürchtet hatte. Dank meiner Freundinnen und eines genialen Ferienjobs als Eisverkäuferin bin ich ganz gut über die Runden gekommen. Auch in der Schule läuft es jetzt besser. Nach Phillips Abreise hatte ich da einen echten Durchhänger. Aber das ist Schnee von gestern. Mir geht's gut, ich fühl mich wohl. Das merkt man auch an meinen Zensuren. Kein Wunder, die Schule ist momentan ja auch mein Hauptjob. Wenn ich nicht gerade für irgendwelche Klausuren lerne, Lektüren analysiere oder Referate vorbereite, geh ich zwischendurch höchstens mal schwimmen.

Die schöne Zeit, als ich den See frühmorgens für mich alleine hatte, ist allerdings vorbei. Das Wasser ist inzwischen leider zu kalt. Bald geht die Hallensaison los. Mal sehen, ob ich mich dann noch aufraffen kann.

Ohne es zu merken, habe ich den Stadtpark erreicht. Als ich in den Hauptweg einbiege, sehe ich ein paar Jungs, die in der Ferne einen Ball über die Wiese kicken. Als Phillip noch da war, hat er sich hier auch oft mit Paul und den anderen zum Fußball verabredet. Seit er weg ist, interessieren mich Jungs mit Bällen ehrlich gesagt nicht mehr so besonders. Dass ich trotzdem hingucke, liegt nur daran, dass einer der Typen mir bekannt vorkommt.

Ich mache einen Schlenker, halte an und schaue genauer hin. Es ist Mark. Wir sind früher zusammen in eine Klasse gegangen. Er war damals mit Anna zusammen. Aber das ist schon ewig lange her.

Ich winke. Als er mich bemerkt, ruft er seinen Kumpels etwas zu und kommt angetrabt.

„Hi!", ruft er von weitem.

„Hi", sage ich und lächele. Ich mag Mark. Er ist ein angenehmer, ruhiger Typ; weder abgehoben noch krampfhaft cool wie andere Jungs. Er ist einfach nur nett.

Er erkundigt sich nach Phillip und will wissen, wann er zurückkommt. Ich sage es ihm. Anschließend reden wir ein bisschen über die Schule, Lehrer, gemeinsame Freunde und vergangene Partys.

„Wie geht's Finn?", frage ich plötzlich und beiße mir in derselben Millisekunde auf die Zungenspitze. Finn. Mein einseitiger Sommerferienflirt. Marks Cousin aus Freiburg. Ich dachte, ich hätte ihn vergessen. Hab ich auch. Wieso frage ich dann plötzlich nach ihm?

Mark scheint von meiner Verwirrtheit nichts zu merken.

„Als ich ihn das letzte Mal gesehen hab, ging's noch", antwortet er. „Wir haben eigentlich nicht so viel Kontakt."

„Ach so", sage ich ein bisschen zu hastig.

Mark mustert mich neugierig.

Ich werde rot.

Warum werde ich rot?

Das würde Mark auch gerne wissen. Ich kann es an seinem Blick ablesen.

Ob er weiß, dass Finn in mich verknallt war? Wenn sie nicht so viel Kontakt haben, wohl eher nicht. Aber wer weiß, worüber Jungs im Allgemeinen und Cousins im Speziellen so reden. Vielleicht über Mädchen? Vielleicht über mich?

Mark schiebt die Hände in die Taschen seiner Jeans und grinst. Sein Gesichtsausdruck ist äußerst interessiert, wofür ich vollstes Verständnis habe. Immerhin benehme ich mich gerade wie eine komplette Idiotin.

„Sorry, ich muss weiter", sage ich. Stimmt ja auch, ich habe schließlich eine Mission zu erfüllen. „Grüß Finn von mir, wenn du ihn siehst. Ähm, das heißt, wenn du ihn nicht siehst, ist es auch nicht schlimm. Dann musst du ihn auch nicht grüßen. Also nicht, dass du ihn extra anrufst oder so."

Himmel, Conni! Reiß dich zusammen!

Mark betrachtet mich mit unverhohlenem Interesse. Vermutlich zieht er gerade seine eigenen Schlüsse über meine geistige Verfassung.

„Alles klar“, sagt er langsam.

„Okay.“ Ich verheddere mich in meiner Pedale und falle beim Aufsteigen fast vom Rad, was noch die Krönung meines Auftritts wäre. Es ist auch so schon peinlich genug. Mit knallroten Ohren – die Mark zum Glück nicht sehen kann, weil meine Haare darüber hängen – mache ich mich vom Acker.

Mark starrt mir hinterher. Ich weiß es. Sein forschender Blick bohrt mikroskopisch kleine Löcher in meine Jacke. Aber ich drehe mich nicht um.

„Ciao, man sieht sich!“, rufe ich. Dazu wedele ich lässig mit einer Hand und bemühe mich gleichzeitig, einigermaßen geradeaus zu fahren, während ich innerlich über mich selbst den Kopf schüttele.

Finn. Das Kapitel ist abgehakt. Ich hoffe, ich sehe den Typen nie wieder.

An der Brückenbaustelle habe ich Mark und die peinliche Szene so gut wie vergessen. Ich bremse, springe vom Rad, winke und rufe, so laut ich kann, „Stopp!“ – alles zusammen.

Zwei Männer in orangefarbenen Jacken und mit blauen Helmen auf den Köpfen schauen überrascht auf. Es grenzt an ein Wunder, dass sie mich hören. Sie tragen Ohrenschützer, mit denen sie wie zwei dicke Mickymäuse aussehen. Der eine hält ein merkwürdiges Gerät in der Hand. Es ist kein Bolzenschneider – das erkenne sogar ich, obwohl ich handwerklich nicht so den Durchblick habe –, aber es sieht trotzdem bedrohlich aus. Außerdem macht es einen Höllenlärm.

„Können Sie das bitte mal ausschalten?“, rufe ich und zeige wild gestikulierend auf das Ding.

Eine Metallscheibe dreht sich. Als der Typ, der das Gerät festhält, es drosselt, sehe ich, dass es eine Art rundes Sägeblatt ist. Ich glaube, man nennt das Teil Flex. Man kann damit Stein, Metall und alles Mögliche durchtrennen. Die Bügel von Vorhängeschlössern zum Beispiel.

Mir wird abwechselnd heiß und kalt.

Der eine Arbeiter lüftet seine Mickymaus-Ohrenschützer.

„Ist was, Frollein?", fragt er.

Ich stelle mein Rad ab und stolpere vorwärts. Mein Herz setzt kurz aus, als ich sehe, dass bereits ein paar Schlösser dran glauben mussten. Der Trennschleifer hat sie massakriert. Wie die Beute eines gefräßigen Raubtiers liegen sie fein säuberlich aufgereiht zu Füßen des Geräteführers oder wie man den Typen sonst nennt.

Mein Blick schnellt zu Phillips und meinem Schloss. Es baumelt an seinem Schnörkel und ist unversehrt. Noch, füge ich in Gedanken hinzu und sende ihm schnell eine Botschaft.

„Keine Angst, alles ist gut. Ich rette dich", murmele ich.

„Das können Sie doch nicht machen!", schimpfe ich laut drauflos, ohne weiter nachzudenken.

„Hä?", macht der eine Mickymaus-Mann.

Der andere kratzt sich unterm Helm und grinst, als hätte ich sie nicht alle. Aber wenigstens flext er nicht weiter.

„Die Schlösser! Die gehören doch jemandem!" Ich habe die Absperrung erreicht und krabble darunter durch. Ist mir doch egal, ob es verboten ist! „Was haben Sie damit vor?"

„Wir trennen sie auf und entsorgen sie", sagt Mister Mickymaus. Er wirft mir einen vorsichtigen Blick zu.

Ich hole tief Luft.

„Aber das sind Erinnerungsstücke“, wende ich ein. „Es gibt Menschen, denen die Schlösser ziemlich viel bedeuten!“

„Tja“, sagt der Typ. „Das hätten die sich früher überlegen müssen. Jetzt kommen sie weg.“

„Wie, weg?“

Mickymaus zeigt auf die Flex.

Ich zähle leise bis zehn. „Eins von den Schlössern gehört mir und meinem Freund“, sage ich und finde mich ziemlich mutig. Ich zeige auf unser Liebesschloss. „Können Sie bitte vorsichtig sein, wenn Sie es absägen?“

Mickymaus gibt Flex-Man ein Zeichen. Der nickt und setzt die Trennscheibe an. Ich mag gar nicht hinschauen. Das Kreischen geht mir durch Mark und Bein. Es schrillt, qualmt und stinkt, dann fällt unser Schloss auf den Boden.

Mickymaus reicht es mir. „Vorsicht, heiß!“, sagt er.

Es stimmt. Das Metall ist so heiß, dass ich mir fast die Finger verbrenne.

Reibungshitze, sagt eine Stimme in meinem Kopf. Physik, Unterstufe.

„Danke!“ Ich bin so erleichtert, dass ich am liebsten losheulen würde, aber ich verkneife es mir. Stattdessen suche ich die verbliebenen Schlösser nach Annas und Lukas’ Exemplar ab. Da hängt es, ganz am Ende des Geländers. Kommt es mir nur so vor oder zittert es vor Angst?

Noch einmal nehme ich all meinen Mut zusammen.

„Dahinten hängt eins, das meiner besten Freundin gehört. Wenn Sie noch mal so freundlich wären?“

Ich lächle zuckersüß. Es ist mir vollkommen egal, dass die beiden mich vermutlich für komplett durchgeknallt halten. Eine halbe Minute später liegt auch Annas Liebesschloss in meiner Hand. Natürlich sehen die beiden Schlösser ganz schön ramponiert aus – so eine Flex ist schließlich nicht gerade ein zartes Werkzeug; dazu noch die Hitze –, aber das spielt keine Rolle. Ich habe sie gerettet. Meine Mission ist erfüllt.

„Danke", sage ich noch einmal und meine es auch so.

„Da nicht für", brummelt Mickymaus.

„War's das?", will Flex-Man wissen.

Ich nicke. Da fällt mir noch was ein.

„Mögen Sie zufällig Eis?"

Die Männer wechseln einen Blick, als wäre es jetzt endgültig um mich geschehen und an der Zeit, den Notruf zu wählen.

„Ich würde Ihnen gerne ein Eis spendieren", versuche ich zu erklären. „Als kleines Dankeschön."

Micky und Flexie nicken.

Ich werfe die Schlösser in meinen Rucksack, schwinge mich auf mein Rad und bin schon weg.

In rekordverdächtiger Bestzeit kehre ich kurz darauf mit zwei großen Eisbechern zurück. Es war nicht umsonst, dass ich in den Sommerferien im Stadtparkkiosk gejobbt habe. Ich wusste, dass es sich eines Tages auszahlen würde. Meine ehemalige Chefin hat sich außerordentlich gefreut, mich zu sehen.

Ich reiche den verdutzten Männern die verdiente Belohnung und verabschiede mich. Ich wette, sie sind ziemlich froh, wenn sie mich nicht so schnell wiedersehen. Okay, das beruht auf Gegenseitigkeit.

„Und seien Sie bitte vorsichtig mit den anderen Schlössern!", rufe ich noch. „Da steckt eine Menge Liebe drin!"

Sehr zufrieden mit mir und meinem Leben fahre ich ein paar fröhliche Kringel in den Kies. Dann mache ich mich auf den Heimweg. Mein Magen knurrt. Eine Superheldin zu sein und die Liebe zu retten, macht irgendwie hungrig.

KAPITEL 4

Im Großen und im Ganzen haben wir allen Grund zum Tanzen

Am Abend bin ich vollkommen in die Betrachtung des geretteten Liebesschlosses versunken. Ich habe eine Ecke in meinem Phillip-Schrein freigeschaufelt. Dort liegt es jetzt, gleich neben der Kristallkugel. Es scheint, als würde es sich dort sehr wohlfühlen. Zu blöd nur, dass die Arbeiter es derartig grob auftrennen mussten. Der Bügel sieht aus, als hätte ein tollwütiger Troll mit spitzen Zähnen endlos darauf herumgekaut und es abgeraspelt. Das Metall ist total zerfetzt und verbogen. Hoffentlich ist das kein schlechtes Omen für irgendwas. Nee, Blödsinn, Klawitter! Immer noch besser so, als eingeschmolzen zu werden und als Mistforke zu enden, oder?

Der Meinung war Anna auch, als ich ihr die freudige Botschaft gesimst habe.

EUER SCHLOSS IST IN SICHERHEIT!

Sie hat mich sofort angerufen und sich überschwänglich für meinen selbstlosen Einsatz bedankt.

„Kein Thema", habe ich geantwortet und mich einmal mehr wie Supergirl gefühlt.

Als es an der Tür klopft und sich Millisekunden später der

Kopf meiner Mutter ins Zimmer schiebt, zucke ich leicht zusammen.

„Stör ich?", fragt sie.

„Nö." Ich schwinge auf meinem Schreibtischstuhl herum und beobachte sie dabei, wie sie meine ganz und gar krankhafte, vollkommen auf Phillip fixierte Deko betrachtet.

Ihre Augenbrauen schlagen leichte Wellen – keine Ahnung, wie sie das macht –, aber wenigstens äußert sie nichts Kritisches.

„Lenas Mutter war heute in der Praxis", sagt sie schließlich, als sie ihren virtuellen Rundgang beendet hat.

„Welche denn?", frage ich. Immerhin hat Lena zwei von der Sorte.

Meine Mutter mustert mich verwirrt.

„Na, Frau Kowalski", sagt sie.

„Und welche von den beiden?", frage ich grinsend. Seit ihrer Heirat heißen Lenas Mütter beide Kowalski mit Nachnamen. Genau wie Lena.

Meine Mutter ist ein bisschen überfordert, das sehe ich genau.

„Die Tischlerin", sagt sie schließlich. „Sie kümmert sich um den Innenausbau der neuen Praxisräume. Du weißt ja, dass wir die Kinderarztpraxis erweitern."

„Klar." Ich nicke. „Die Tischlerin ist Hannah. Sünje ist die Ergotherapeutin."

„Dann muss es wohl Hannah gewesen sein", murmelt meine Mutter.

Ich grinse immer noch.

Meine Mam setzt sich aufs Bett und krault Mau, der sich dort breitgemacht hat, hinter den Ohren. „Ich soll dich schön grüßen.

Sie hat mir von Lenas Vater erzählt und von Lenas Plänen, ihn in den Herbstferien in Hamburg zu besuchen."

Ich horche auf. „Das wollte ich euch auch schon erzählen. Hab ich total vergessen."

„Ja, das dachte ich mir schon." Höre ich da einen leichten Vorwurf in ihrer Stimme? Ich glaube, ja.

„Ich wollte es euch wirklich erzählen", versichere ich. „Ich hab im Moment nur so viele andere Sachen um die Ohren."

Liebesschlösser retten, zum Beispiel. An Phillip denken, von ihm träumen … Lauter wichtige Dinge.

„Frau Kowalski hat mir erzählt, dass du mit Lena nach Hamburg fahren willst?" Da sind sie wieder: die hyperaktiven Augenbrauen meiner Mutter. Allerdings schlagen sie diesmal keine Wellen, sondern machen Klimmzüge an den Stirnfalten, die urplötzlich unter dem Haaransatz aufgetaucht sind. Wow! Macht meine Mutter neuerdings Mimik-Yoga? Die Beweglichkeit ihrer Gesichtsmuskulatur ist wirklich Respekt einflößend!

„Ähm, ja. Stimmt", haspele ich. Ich weiß gar nicht, was ich so schnell erwidern soll. Ist ja auch ein bisschen gemein, mich so zu überfallen. „Wir hatten vage darüber gesprochen. Sie will vielleicht gleich am ersten Herbstferienwochenende hinfahren und noch ein, zwei Tage dranhängen. Sie möchte nicht so gern allein dahin. Kann ich auch irgendwie verstehen", füge ich hinzu. „Immerhin kennt sie ihren Vater noch gar nicht. Aber sie haben wohl Verwandte in Hamburg, bei denen wir übernachten können."

Ups … Hab ich gerade ‚wir' gesagt? So, als ob schon genau feststeht, dass ich Lena begleite?

Meine Mutter lässt sich nichts anmerken. Vielleicht hat sie's auch überhört. Ich plappere einfach weiter.

„Ihr müsst überhaupt nichts dazugeben. Ich bezahl meine Fahrkarte selbst. Ich hab ja noch mein ganzes Geld von dem Ferienjob. Nach Berkeley fliegen und Phillip besuchen darf ich ja sowieso nicht. Oder?", schiebe ich hinterher.

„Ich dachte, das Thema haben wir ausreichend diskutiert, Conni", antwortet meine Mutter seufzend.

Ausreichend vielleicht, denke ich, aber noch lange nicht befriedigend!

Ich verkneife es mir, es laut auszusprechen, und schmolle eine Runde. Meine Mam tut so, als würde sie es nicht merken, was wahrscheinlich auch besser ist, denn sonst würde es doch wieder Streit geben, und den möchte ich im Moment vermeiden. Also beschließe ich, eine friedfertige, brave Tochter zu sein. Wenn ich schon nicht zu Phillip darf, möchte ich wenigstens zu Gregor, Lenas Papa. Es würde echt nichts bringen, jetzt laut und fordernd aufzutreten.

„Könntest du dir denn vielleicht vorstellen, mir eventuell zu erlauben, in den Ferien mit Lena für ein paar Tage nach Hamburg zu fahren?", frage ich zuckersüß und klimpere sogar ein bisschen mit den Wimpern.

„Eventuell vielleicht schon", sagt meine Mutter zu meinem größten Erstaunen. „Jakob geht in den Herbstferien in ein Fußballcamp. Dein Vater und ich müssen arbeiten. Es würde mir wirklich leidtun, wenn du die ganzen Ferien allein zu Hause hocken müsstest. Lass uns beim Abendbrot mit Papa darüber sprechen. Einverstanden?"

Ob ich einverstanden bin? Aber hallo!

„Ja, klar!“, rufe ich, vielleicht ein kleines bisschen zu euphorisch. Immerhin ist noch nichts entschieden. Aber wenn ich meine Mam auf meiner Seite hab, kann eigentlich nicht mehr viel schiefgehen. Am liebsten würde ich ihr um den Hals fallen. „Danke!“

„Freu dich lieber noch nicht zu früh.“ Sie steht auf und lächelt.

Ich lächele auch. Geht gar nicht anders. Und dann rufe ich Lena an, kaum dass meine Mutter das Zimmer verlassen hat und ich ihre Schritte auf der Treppe höre.

„Wir fahren nach Hamburg!“, schreie ich ins Handy. „Ich darf mit! Höchstwahrscheinlich jedenfalls.“

„Yeah!“, jubelt Lena. „Das ist ja der Hammer!“

Ich höre etwas scheppern und klirren.

„Was war das?“, frage ich.

„Och, nichts Wichtiges“, sagt Lena. Sie raschelt und kruschelt und macht und tut. Plötzlich fliegt mir um ein Haar das rechte Ohr weg.

„Auf Sankt Pauli brennt noch Licht“, grölen Lena und Jan Delay im Chor. *„Da ist noch lange noch nicht Schicht!“*

Ich falle kichernd mit ein: *„Denn im Großen und im Ganzen haben wir allen Grund zum Tanzen!“*

„Das kannst du laut sagen!“, schreit Lena. Sie würgt Jans Gesang ab.

„Mein Ohr fiept“, bemerke ich. „Ich glaub, mein Trommelfell ist gerade geplatzt.“

„Quatsch“, gibt Lena ungerührt zurück. „Das platzt nicht von so ’nem bisschen Musik. Außerdem sind Trommelfelle total überbewertet. Es gibt heutzutage schon künstlichen Ersatz. Ich freu mich ja so!"

„Über die künstlichen Trommelfelle?"

„Nee, auf Hamburg!"

„Ich mich auch!"

Wir sabbeln noch ein bisschen weiter – über Hamburg, ihren Vater, die Reeperbahn, den Hafen, die Landungsbrücken, St. Pauli, den Michel, unsere Bahnfahrt, die Jungs …

„Wir müssen uns alles angucken und überall hin", quietscht Lena aufgeregt.

„Am besten machen wir eine Liste", schlage ich vor. Ich liebe Listen! „Und wir besorgen uns einen guten Reiseführer."

„Pah, Reiseführer …", schnaubt Lena. „Die Dinger sind doch total spießig! Wir stürzen uns einfach mitten rein ins Getümmel! Wer braucht schon einen Stadtplan, wenn er echte Abenteuer erleben kann?"

Ich vielleicht, denke ich, spreche es aber nicht laut aus.

Mein Herz fühlt sich an, als würde es über einen Strand galoppieren, so wild und leicht und laut schlägt es.

Hamburg … Wahnsinn!

Ich kann's noch gar nicht richtig fassen.

Leider ist Phillip nicht erreichbar; weder auf seinem Handy noch online. Dabei würde ich die guten Neuigkeiten so gerne mit ihm teilen. Heißt es nicht immer, dass geteiltes Leid halbes Leid ist? Dann bedeutet es andersrum doch wohl auch, dass geteilte Freude doppelte Freude ist, oder?

Für mich auf jeden Fall!

Dass mich neun Stunden Zeitunterschied daran hindern, meine Freude spontan zu verdoppeln, indem ich sie mit meinem Freund teile, nervt total. Hier ist es gerade kurz vor sieben, aber in Berkeley heller Vormittag. Phillip sitzt vermutlich im Unterricht. Mir bleibt also nichts anderes übrig, als es später noch einmal zu versuchen, wenn ich ins Bett gehe. Phillip hat dann Mittagspause. Klingt verrückt? Ist es auch.

Ich spitze die Ohren, als ein Auto in unsere Einfahrt rollt. Der Motor geht aus. Kurz darauf schlägt eine Tür. Das muss mein Vater sein. Mein Puls beschleunigt sich. Soll ich ihn abfangen und gleich fragen oder lieber meiner Mutter den Vortritt lassen? Bestimmt ist es besser, wenn sie zuerst die Lage peilt. Vielleicht hatte mein Dad einen anstrengenden Tag. Dann wäre es taktisch unklug, ihn unvorbereitet mit meinen Hamburgplänen zu konfrontieren.

Ich beschließe, meiner Mutter einen kleinen Vorsprung zu lassen. Wenn sie Papa schonend beibringt, wie schön sie die Idee findet, dass ich Lena begleite und in den Ferien etwas vorhabe, hab ich seine Erlaubnis schon so gut wie in der Tasche. Ich hoffe, er hatte einen schönen, entspannten Bürotag und stimmt sofort zu. Bei Eltern weiß man das vorher nie so genau. Die sind ja oft ein bisschen launisch und schwer einzuschätzen.

Ich schleiche aus meinem Zimmer und den Flur entlang bis zum oberen Treppenabsatz.

Meine Eltern sind in der Küche und unterhalten sich. Vielleicht kann ich was aufschnappen.

„Der Lauscher an der Wand hört seine eigene Schand'!“, flüstert mir jemand von hinten ins Ohr.

Ich fahre herum. „Mann, Jakob!“

Er grinst.

„Erstens lausche ich nicht“, zische ich ihn an. „Zweitens nicht an der Wand. Und drittens: Wo hast du diesen dämlichen Spruch her?“

„Wir nehmen in Deutsch gerade alte Redensarten durch“, antwortet er locker.

Ich starre ihn an. Manchmal ist es hart, so einen kleinen, neugierigen, schlauen Bruder zu haben.

„Dann kennst du bestimmt auch die Redensart: Kümmer dich um deinen eigenen Kram!“, sage ich freundlich.

Er zeigt mir einen Vogel und schiebt sich an mir vorbei die Treppe herunter. „Das ist keine Redensart, sondern ein Imperativ“, sagt er huldvoll über die linke Schulter und lässt mich stehen.

Ich sag's doch: Manchmal ist es hart.

In der Küche herrscht eine sehr entspannte Atmosphäre.

Das spüre ich sofort, als ich wenig später auf meinen Platz rutsche und mir eine Scheibe Brot aus dem Korb nehme.

Meine Mutter summt vor sich hin. Mein Vater versenkt zwei Stücke Würfelzucker in seinem Teebecher und rührt lächelnd um. Ob sie schon mit ihm über die Ferien gesprochen hat? Ich beobachte ihn unauffällig.

Er lächelt und rührt und lächelt und rührt. Offenbar hatte er einen netten und weitestgehend stressfreien Arbeitstag. Wie schön für ihn. Für mich auch.

„Mama hat mir von deinen Ferienplänen erzählt“, sagt er urplötzlich, ohne seinen Lächel-Rühr-Rhythmus zu unterbrechen.

Ich verschlucke mich fast an meiner eigenen Spucke.
„Äh … ja?“, erwidere ich fragend.
Lächel, rühr, lächel.
Ich werfe schnell zwei Scheiben Käse auf mein Brot, beiße ein großes Stück ab und kaue konzentriert.
„Das ist ja aufregend“, sagt mein Vater und legt endlich den Löffel beiseite.
Natürlich will Jakob wissen, worum es geht. Mama erklärt es ihm stichpunktartig.
„Cool“, sagt er. „Kann ich in den Ferien auch nach Hamburg?“
War ja klar …
„Nein!“, zische ich. „Du gehst ins Fußballcamp. Schon vergessen?“
„Ist sowieso viel cooler“, grinst er.
„Todsicher“, nicke ich und grinse zurück.
„Wisst ihr denn schon, wo ihr wohnen wollt?“, mischt Papa sich ein.
Ich bin so überrascht, dass ich glatt vergesse zu schlucken.
Keine Einwände?
Keine Bedenken?
Kein ‚Kommt überhaupt nicht in Frage!‘?
Was ist heute mit meinen Eltern los? Sind sie irgendwann im Laufe des Tages von Aliens entführt und gegen pflegeleichte Exemplare ausgetauscht worden? Ich fass es nicht.
„Sünje und Hannah haben da irgendwelche Verwandte“, erwidere ich. „So genau steht das alles noch nicht fest, auch nicht, wann wir genau fahren und wie lange wir da bleiben. Ich wusste ja nicht, ob ihr's mir erlaubt.“ Ich lege eine Kunstpause ein und

zähle still bis neuneinhalb. Dann frage ich vollkommen ruhig und quengelfrei, obwohl ich's kaum noch aushalte: „Darf ich denn?"

Mein Vater nickt. Meine Mutter auch.

Sie nicken.

Ich bin so verdattert, dass ich einen kurzen Blick aus dem Küchenfenster werfe, ob statt der Familienkutsche vielleicht ein Raumschiff vor dem Haus parkt. Nee, da steht nur unser alter Kombi. Aber vielleicht ist das Alien-UFO, mit dem der Austausch meiner Eltern unbemerkt vollzogen wurde, an der Dachrinne oder am Schornstein vertäut? Ich muss später unbedingt mal nachgucken.

Ich beiße noch einen Happen von meinem Käsebrot ab.

„Wow", sage ich dann. „Das ist echt cool von euch. Danke."

Was anderes fällt mir nicht ein.

Du darfst nach Hamburg!, schrillt eine laute Stimme in meinem Innenohr. Freust du dich denn gar nicht?

Doch, klar, antworte ich. Und wie! Aber ich muss zuerst mal verarbeiten, dass meine Eltern mich plötzlich nicht mehr wie ein Kleinkind behandeln. Also halt die Klappe!

Die Stimme schweigt.

Und ich grinse vor mich hin, weil ich mich so freue.

Natürlich ist das plötzliche Auftauchen von Lenas Vater und unser Trip in die große Hafenstadt für den Rest des Abends das alles beherrschende Thema. Meine Eltern wollen wissen, was Gregor beruflich macht – „Keine Ahnung", antworte ich wahrheitsgemäß. „Irgendwas mit Möbeln und Design, glaub ich" – und wie Lena damit umgeht und das alles verkraftet.

„Total lässig", sage ich.

Stimmt ja auch. Lena ist wie immer. Dass aus dem anonymen Tropfen im Reagenzglas ein echter Vater zum Anfassen geworden ist, bringt sie nicht im Geringsten aus der Spur.

Dann wird's doch noch ein bisschen ernster im Sinne von elterlicher Sorge.

„Eigentlich bist du ja noch ein bisschen zu jung, um ganz allein mit einer Freundin in eine Großstadt zu fahren", murmelt mein Vater plötzlich. Ich glaube, die entspannende Wirkung des süßen Tees hat nachgelassen. Ob ich ihm noch zwei Zuckerwürfel in den Becher werfen soll? „Du bist erst fünfzehn. Vergiss das nicht."

Wie könnte ich das vergessen, wenn meine Eltern mich ständig daran erinnern?

Ich nicke artig.

„Hamburg ist eine ziemlich große Stadt", sagt meine Mutter.

„Schon klar", erwidere ich. „Aber die meiste Zeit sind wir doch sowieso bei Lenas Vater. Der kümmert sich bestimmt um uns und zeigt uns alles. Es ist doch nur für ein verlängertes Wochenende."

„Wieso kommt der eigentlich nicht hierher, anstatt dass Lena zu ihm fährt?", fragt Jakob.

Guter Einwurf.

„Keine Ahnung", sage ich seufzend. „Vielleicht möchte er, dass Lena ihn nicht nur kennenlernt, sondern auch sieht, wie er lebt. Oder vielleicht möchten Sünje und Hannah nicht, dass er herkommt. Wer weiß."

Meine Eltern wechseln einen langen Blick. Kommt jetzt etwa doch noch das große Aber? Die Gelegenheit wäre günstig, in dieser Sekunde die Zuckerwürfel zu werfen. Der Teebecher meines Vaters steht gerade in perfekter Wurfweite vor mir.

„Na gut", sagt er schließlich. Mein Vater, nicht sein Teebecher.

„Wie jetzt? Heißt das, ich darf wirklich fahren?", frage ich zurück.

„Ja." Meine Mam lächelt. „Hamburg ist nicht aus der Welt. Wenn irgendwas ist, können wir euch jederzeit mit dem Auto abholen."

„Wow! Wahnsinn! Danke!", jubele ich und füge „Was soll schon passieren?" hinzu.

Meine Eltern gucken mich an, als würden ihnen spontan eine Menge Dinge einfallen, die dazu führen könnten, Lena und mich vorzeitig zurückzuholen.

Ich jubele ein bisschen leiser.

„Kann ich aufstehen?", frage ich dann. „Ich muss noch ein paar Hausaufgaben machen."

Meine Alien-Mam nickt.

Ich helfe noch schnell beim Tischabräumen und sprinte dann die Treppe rauf in mein Zimmer.

Ich muss Lena noch mal anrufen und ihr sagen, dass ich tatsächlich mitkomme. Wir haben wirklich allen Grund zum Tanzen.

Und dann muss ich die blöde Uhr hypnotisieren, damit sie ein bisschen schneller tickt. Ich hab solche Sehnsucht nach Phillip. Ich muss ihn sehen und seine Stimme hören.

Jetzt.

Sofort.

Unbedingt!

Um die Wartezeit bis zu meinem virtuellen Date mit Phillip zu verkürzen und um mich wach zu halten (Uhren hypnotisieren macht müde), besuche ich ein paar Hamburg-Seiten im Internet.

Schließlich kann es nicht schaden, sich vorab zu informieren, finde ich. Besonders, weil Lena sich weigert, einen Reiseführer mitzunehmen. Im Gegensatz zu ihr wüsste ich schon ganz gerne, was mich erwartet. Wenigstens ungefähr.

Beim Surfen entdecke ich dann allerdings so viele coole Seiten, Veranstaltungstipps und Hinweise auf Sehenswürdigkeiten, die man unbedingt besuchen sollte, wenn man nach Hamburg fährt, dass ich mich auf der Stelle überfordert fühle.

Ich meine, wie sollen wir das alles in den paar Tagen schaffen? Hafenrundfahrten, Musicals, Clubs, Museen und Konzerte …

Ich beschließe spontan, Lenas Beispiel zu folgen. Sie hat Recht: Das Beste ist, wir springen einfach mitten rein.

Wie vom Fünfer im Freibad, denke ich grinsend. Da hat man vorher auch keinen Plan.

KAPITEL 5

Ich packe meinen Koffer und nehme mit: das Übliche und ein paar Tränen

Kommt es euch auch manchmal so vor, als würde die Zeit von Jahr zu Jahr rascher vergehen? Mir ja. Oder wie soll ich es mir sonst erklären, dass es plötzlich nur noch wenige Tage bis zu den Herbstferien sind? Liegt das vielleicht am Alter?

Mein Vater hat mal gemeint, je älter man wird, desto rasanter rauscht das Leben an einem vorbei. Ich hab keine Ahnung, ob das stimmt. Wahrscheinlich dreht sich die Erde heutzutage einfach nur schneller als früher. Weiß der Geier, wieso.

Auf jeden Fall würde ich wirklich gerne wissen, wo die ganzen letzten Tage abgeblieben sind. Möglicherweise hat ein riesiges schwarzes Loch sie angesaugt und verschluckt. Oder hängt es vielleicht doch eher mit dem ganz normalen Schulwahnsinn zusammen, dass alles so beschleunigt ist? Klausuren, Lektüren, Referate …

Dagegen ist eine Achterbahn mit Vierfachlooping eine lahme Murmelbahn!

Aber ich will nicht meckern. Es ist alles im grünen Bereich. Ich bin mit meinem aktuellen Notendurchschnitt zufrieden, und das ist die Hauptsache. Nach dem Gespräch mit meinen Eltern hab ich wie eine Bekloppte gelernt, damit ich ihnen gute Zensuren präsentieren kann. Sonst hätten sie es sich vielleicht doch noch anders überlegt und mir einen Strich durch Hamburg gemacht. Aber es ist alles super gelaufen. Lenas und meinem Abenteuertrip steht nichts mehr im Weg.

Meine Eltern bezahlen sogar die Fahrkarte. Wahnsinn!

Einerseits freu ich mich also sehr darüber, dass die Zeit so davonfliegt. Desto eher sind Lena und ich nämlich in Hamburg. Und außerdem bedeutet jeder Tag, jede Stunde und jede Minute, die vergehen, einen Tag, eine Stunde und eine Minute weniger ohne Phillip.

Das Ganze hat also durchaus auch positive Seiten.

Auf der anderen Seite bin ich übermorgen alt, wenn das so weitergeht.

Also dreh dich bitte ein kleines bisschen langsamer, liebe Welt. Danke schön.

Als ich während einer großen Pause auf dem Schulhof über meine Zeitbeschleunigungstheorie mit den schwarzen Löchern spreche, stimmt Billi mir zu.

„Tempus fugit", sagt sie und nickt weise.

„Was heißt das?", frage ich.

„Die Zeit flieht", antwortet Lukas – ausgerechnet der! – und tentakelt an meiner Freundin Anna herum. „Das ist Latein. Kannst du natürlich nicht wissen."

Ich ignoriere seine letzte Bemerkung und widme mich der SMS, die Phillip mir vor ein paar Stunden geschickt hat. Er klang darin gar nicht glücklich. Er versteht nicht, warum meine Eltern mich in den Ferien nach Hamburg fahren lassen, aber nicht nach Berkeley.

Wie soll ich ihm das jetzt verklickern, wo der Unterschied doch eigentlich auf der Hand liegt?

Ich finde, er denkt da wirklich ein bisschen zu engstirnig.

Immerhin habe ich es auch ziemlich großzügig hingenommen, als er vor ein paar Wochen mit seiner Gastfamilie im Yosemite-Park rumgewandert ist und tagelang nicht erreichbar war. Ich hab mir damals schreckliche Sorgen um ihn gemacht. Ich hab mir sogar vorgestellt, er wäre in eine Bärenhöhle gefallen und von dem Bewohner gefressen worden. Aber habe ich deswegen gejammert? Habe ich mich beschwert? Nein. Höchstens ein kleines bisschen.

Im Gegensatz zum kalifornischen Yosemite-Nationalpark befindet sich Hamburg von hier aus gesehen fast um die Ecke und ist außerdem problemlos mit der Bahn zu erreichen. Dagegen ist Berkeley auf einem ganz anderen Kontinent, meilenweit weg und zig Flugstunden entfernt. Das ist nun mal eine Tatsache und ein elterliches Argument, das Phillip zwar nicht akzeptieren, aber zumindest verstehen müsste.

Sogar ich verstehe es – obwohl ich, wenn ich die Wahl hätte, natürlich viel lieber zu ihm in die USA fliegen würde, keine Frage. Aber die Wahl hab ich nun mal nicht. Also fahre ich mit Lena nach Hamburg.

Immerhin bleibe ich im Dunstkreis menschlicher Zivilisation und treibe mich nicht ohne Handy-Empfang in der Wildnis herum.

Wir haben sogar schon eine Unterkunft. Wir wohnen bei einer Freundin von Lenas Müttern. Sie führt eine kleine Pension nur für Frauen. Mein Vater fand das irgendwie beruhigend, als er es erfahren hat. Ich glaube, er hatte sich schon Sorgen gemacht, dass Lena und ich womöglich auf der Reeperbahn campieren oder auf einer Parkbank schlafen würden. Vielleicht auch bei Udo Lindenberg in diesem schicken weißen Hotel an der Alster, wer weiß.

Keine Angst, Papa. Wir haben alles im Griff. Wir halten uns an die Regeln. Versprochen.

Als wir nach dem Klingeln in die Schule zurückgehen, schiebt Anna sich plötzlich neben mich und stupst mich mit dem Ellbogen an.

„Ihr habt's echt gut", zischt sie mir zu.

Dass sie zischt, hängt, glaube ich, mit ihren himmelblauen Brackets zusammen.

„Hä?", mache ich, weil ich überhaupt nicht weiß, was sie meint. „Wovon sprichst du?"

„Von den Herbstferien. Von dir und Lena und eurem Hamburg-Trip." Anna rückt ihre Brille zurecht und starrt stur geradeaus. Ihre Lippen sind so schmal wie zwei Striche. Kommt es mir nur so vor oder ist sie tatsächlich eingeschnappt? Aber weshalb? Nur weil Lena und ich Ferienpläne haben? Und weil sie, Anna, in diesen Plänen nicht vorkommt?

Ich muss erst mal kurz nachdenken, bevor ich etwas Falsches antworte. Schließlich entscheide ich mich dafür, ihr einfach den Wind aus den Segeln zu nehmen, und strahle sie an.

„Ja, nicht? Wir freuen uns schon total! Wir haben's wirklich gut. Ich hätte nie gedacht, dass meine Eltern es mir erlauben würden. Cool, oder?"

Anna stolpert fast über die Hacken eines Jungen, der vor uns läuft. „Mann, pass doch auf! Kannst du nicht schneller gehen?“, faucht sie ihn an.

Der Typ tut so, als hätte er sie nicht gehört, und schlappt unbeeindruckt weiter.

Anna funkelt seinen Rücken an.

Ich muss mich sehr zusammenreißen, um nicht loszuprusten.

„Hey, Babe“, mischt sich Lukas von der anderen Seite fast schüchtern ein. „Wo willst du hin? Wir haben jetzt Bio.“

„Weiß ich doch!“, motzt Anna.

Lukas zieht den Kopf ein.

Ich verkneife mir eine Bemerkung. Anna ist heute so mies drauf, dass ich echt froh bin, in eine andere Richtung abbiegen zu dürfen und im Unterricht nicht mehr neben ihr sitzen zu müssen. Vermutlich kriegt sie ihre Tage und leidet unter PMS-bedingten Stimmungsschwankungen.

„Ciao!“, winke ich ihr zu. „Wir sehen uns!“

Sie wedelt wortlos mit einer Hand und taucht mit Lukas in dem Gewimmel vor den Naturwissenschaftsräumen unter.

„Was war das denn gerade?“, fragt Lena, die das kurze Geplänkel mit angehört hat.

„Keine Ahnung.“ Ich zucke mit den Schultern. „Vielleicht ist sie neidisch, dass wir nach Hamburg fahren und sie nicht. Du kennst Anna doch: Sie möchte immer gerne überall dabei sein.“

„Ich kenn sie zwar nicht so gut wie du“, meint Lena, „aber mit dem Neid könntest du Recht haben. Wenn ich mir vorstelle, ich müsste die ganzen Herbstferien mit Lukas abhängen, anstatt einen chilligen Weiberurlaub an der Elbe zu machen, wär ich auch neidisch und hätte endschlechte Laune.“

„Wer nicht?“, grinse ich. „Arme Anna!“

Ich hab wirklich keinen Schimmer, wieso sie so schnippisch reagiert hat. Bis vor ein paar Jahren waren wir noch ABFFs.

Ich hätte nie gedacht, dass sich daran jemals etwas ändern würde. Aber dann hat sie Lukas kennengelernt und ich war plötzlich nur noch die Zweitbesetzung. Trotzdem sind wir immer noch supergute Freundinnen – genau wie Dina und Billi –, nur dass Anna inzwischen deutlich mehr Zeit mit Lukas verbringt als mit mir. Ist ja auch total normal, wenn man verliebt ist und einen festen Freund hat.

Allerdings hab ich manchmal das Gefühl, dass sie sich nur noch bei mir meldet, wenn Luki keine Zeit für sie hat, es in ihrer Beziehung mal wieder kriselt oder sie meinen Rat und Trost braucht. Das ist natürlich auch irgendwie doof. Auf jeden Fall hab ich keine Lust, mir meine Vorfreude auf den Hamburg-Trip von ihr vermiesen zu lassen. Kommt gar nicht in die Tüte. Nö.

*

Am Nachmittag hab ich den kurzen Zwischenfall vergessen. Ich hole meine Reisetasche vom Dachboden, schleppe sie in mein Zimmer und befreie sie gründlich von Staub und Spinnennetzen, bevor ich sie einer Inspektion unterziehe. War das Teil immer schon so verbeult?

Und ist der Stil nicht ein bisschen sehr altmodisch?

Mit viel gutem Willen – mit SEHR viel gutem Willen – könnte man die Tasche vielleicht als *vintage* bezeichnen. Bösartige Gemüter würden mir wohl eher empfehlen, sie der nächsten Sperrmüllsammlung zuzuführen oder dem Museum für Völkerkunde als Exponat längst vergangener Zeiten zur Verfügung zu stellen. Auf jeden Fall sieht die Tasche irgendwie ganz schön retro aus. Schick geht eindeutig anders. Aber eine neue ist echt nicht drin.

Vielleicht helfen ein paar Buttons und Aufkleber, um das gute Stück ein bisschen aufzupeppen?

Ich wühle in meiner Schreibtischschublade und werde nach kurzer Suche fündig. Die Aufkleber halten leider nicht, aber mit den Buttons sieht das Ganze gleich viel poppiger aus. Dazu noch ein paar Anhänger mit Blingbling und Fransen, die ich vor Urzeiten mal mit Anna, Billi und Dina selbst gebastelt habe – perfekt! Gut möglich, dass ich soeben einen brandneuen Trend kreiert habe. Das noble Hamburg wird mir und meiner Reisetasche zu Füßen liegen. Wehe, wenn nicht!

Weil noch Zeit ist, bis meine Family kommt, und ich den Gedanken an die Hausaufgaben ziemlich erfolgreich verdränge, spiele ich mit mir selbst eine Runde ‚Ich packe meinen Koffer und nehme mit'.

Unter dem aufmerksamen Blick von Kater Mau durchforste ich meinen Kleiderschrank von oben bis unten. Was soll ich bloß mitnehmen?

Der Sommer ist vorbei. Das schlechte Wetter allerdings auch. Im Moment haben wir das, was man einen goldenen Oktober nennt. Es ist sonnig und an manchen Tagen sogar richtig warm. Aber regnet es in Hamburg nicht ständig?

Ich muss auf alles vorbereitet sein. Helle Jeans, dunkle Jeans. Einen Haufen T-Shirts und Tops. Unterwäsche sowieso. Eine Jacke zum Überziehen. Schuhe? Klar, meine Lieblings-Chucks. Die zieh ich sowieso an. Brauch ich sonst noch was? Waschzeug, ein bisschen Make-up-Kram; das Übliche halt. Aber das kann ich noch nicht einpacken, weil ich es bis zur Abreise noch brauche. Genau wie mein Handy und meinen Himbeer-Laptop samt Ladekabel und Ersatzakku. Was noch?

Die Fahrkarten natürlich! Mein weltbester Papa hat versprochen, sie am Bahnhof zu besorgen. Lenas gleich mit. Wir haben ihm zwar vorgeschlagen, die Tickets online zu buchen und selbst auszudrucken, aber darauf ist er nicht angesprungen. Genau wie meine Mam hält er nicht viel von Online-Buchungen und dem Bezahlen mit Kreditkarte im Internet. Meine Eltern sind genauso retro wie meine Reisetasche. Total von gestern. Wie kommen die überhaupt zurecht?

Ich tauche gerade aus den Tiefen meines Schrankes auf, als mein Handy sich bemerkbar macht. Ich höre Bosse singen, kann ihn beziehungsweise mein Telefon aber nicht orten. Wo hab ich das Teil nur hingelegt?

Ich springe auf. Auf meinem Schreibtisch liegt es nicht. Steckt es vielleicht noch in meinem Schulrucksack? Nö, da ist es auch nicht.

Ich bleibe stehen und lausche. Bosses Stimme kommt von meinem Bett. Eindeutig. Leider verstummt sie in der Sekunde, in der ich das Kopfkissen hochreiße. Weiß der Geier, wie mein Handy da hingekommen ist! Ich nehme es in die Hand, gucke auf das Display und mein Herz macht einen Sprung.

Phillip hat versucht mich anzurufen! Und ich blöde Kuh war nicht schnell genug!

Um den Rückruf zu aktivieren, brauche ich weniger als eine Millisekunde.

Phillip ist sofort dran.

„Hi!", sagt er.

Mir wird ganz warm um den Bauchnabel.

„Hi! Sorry, ich hab das Klingeln zu spät gehört", sage ich und schicke einen Seufzer hinterher.

„Kein Problem. Was machst du gerade?"

„Ich packe meine Tasche für Hamburg. Beziehungsweise überlege ich, was ich alles mitnehmen soll."

In der Leitung ist es still. Nur ein leises Rauschen ist zu hören. Und Phillips Atem. Er ist also noch dran. Ich übergehe seine Schweigeminute.

„Es ist ja nur für ein verlängertes Wochenende. Da brauch ich nicht so viel", erkläre ich ein bisschen hektisch.

Wieso eigentlich hektisch?

Wahrscheinlich, weil Phillips Schweigen in meinen Ohren nicht besonders gut klingt. Es hört sich für mich an, als wäre er wegen meiner Reisepläne immer noch enttäuscht. Kann er sich denn nicht ein klitzekleines bisschen mit mir freuen?

„Stimmt", sagt er schließlich. „Für ein Wochenende braucht man nicht viel."

Seit wann ist er unter die Papageien gegangen?

Und warum hat er überhaupt angerufen?

Als hätte er meinen letzten Gedanken gelesen, sagt er: „Ich wollte nur mal deine Stimme hören. Du fehlst mir."

Ich setze mich auf mein Bett, umklammere das Handy mit einer Hand und wünsche mir zum trillionsten Mal, ich könnte mich mal kurz nach Berkeley beamen lassen und in Phillips Arme werfen.

„Du fehlst mir auch. Wie verrückt", antworte ich.

Ich muss schlucken. Wenn ich Phillips Stimme höre, sitzen die Tränen immer verdammt locker. Ich muss aufpassen, dass ich nicht anfange zu weinen. Heulen hilft nicht. Das hab ich gelernt, seit Phillip weg ist.

Was ich noch gelernt habe, ist, dass es extrem wehtut, sich voneinander zu verabschieden, wenn man genau weiß, dass es noch Wochen und Monate dauert, bis man sich wiedersieht.

„Lass uns aufhören", sagt er. „Es wird sonst zu teuer. Wollen wir nachher online gehen?"

„Ja, klar!" Ich nicke, obwohl er es nicht sehen kann.

Wir verabreden uns um die gewohnte Zeit. Dann verabschieden wir uns.

Obwohl wir versuchen, es kurz zu machen, geht der Versuch, fröhlich zu klingen, gründlich daneben. Wir sind beide keine besonders guten Schauspieler.

„Ciao, Süße", murmelt Phillip. *„Love you."*

„Ich dich auch." Ich schniefe ein bisschen und kann nicht verhindern, dass eine Träne meine Wange hinunterkullert. Zum Glück haben wir keine Bildschirmtelefone. „Bis nachher. Tschüss."

Ich lege auf und bleibe sitzen, als wäre ich ein Roboter, dem jemand die Batterien geklaut hat. Es fühlt sich an, als ob ich nie wieder aufstehen kann. Total kraftlos irgendwie.

Mau blinzelt mir zu. Ich versuche zurückzublinzeln, aber es

funktioniert nicht. Stattdessen kullert noch eine Träne über mein Gesicht und tropft von da aus auf mein T-Shirt. Ich wische sie weg und nehme mir etwas vor:

Wenn wir dieses elende Austauschhalbjahr überleben, lass ich Phillip nie mehr los.

Nie, nie, niemals wieder. Ich schwör's.

Es tut einfach zu weh.

KAPITEL 6

Es fährt ein Zug nach Nirgendwo

Und dann sitzen Lena und ich tatsächlich im Zug. Es ist unglaublich. Wir haben richtig gute Plätze in einem fast leeren Waggon, in dem außer uns nur noch ein paar Geschäftstypen vor ihren aufgeklappten Laptops hocken und mit wichtigen Mienen in die Tasten hauen. Mein Papa hat sich bei der Reservierung wirklich große Mühe gegeben.

„Es gibt sogar ein Bordrestaurant!", quietscht Lena begeistert. Sie studiert schon mal die Speisekarte, obwohl wir gerade erst eingestiegen sind.

„Wegen Gleisbauarbeiten verzögert sich die Abfahrt des Zuges um wenige Minuten", verkündet eine schnarrende Lautsprecherstimme.

„Na und?", ruft Lena. „Ist uns doch egal!"

Zwei Anzugmänner schauen auf und mustern uns verwirrt.

Lena winkt ihnen zu. Sie widmen sich schnell wieder ihren Laptops.

Wir hocken auf unseren bequemen Sitzen, strecken die Beine unter dem Klapptisch aus und grinsen uns an. Wir haben darauf verzichtet, uns zum Bahnhof bringen zu lassen. Wir brauchen keinen Vater, der unser Gepäck schleppt. Und auf Mütter, die besorgte Ratschläge geben und dem Zug tränenreich hinterherwinken, können wir auch verzichten.

„Selbst ist die Frau!", hat Lena gesagt, als wir uns mit unseren Reisetaschen und Rucksäcken in einen überfüllten Linienbus gequetscht haben, während ich kurz bereut habe, die Chauffeurdienste meines Papas nicht doch in Anspruch genommen zu haben.

Es war nur ein winziger Anflug von Hilflosigkeit, den ich schnell beiseitegewischt habe. Wir sind Mädchen, hab ich mir gesagt. Wir können das. Wir brauchen niemanden. Wir sind frei.

„Endlich frei!", sagt Lena, als hätte sie meinen letzten Gedanken aufgeschnappt.

Ich nicke und warte darauf, dass sich der Zug endlich in Bewegung setzt. Irgendwie hat es für mich wenig mit Freiheit und Abenteuer zu tun, in einem Kleinstadtbahnhof herumzustehen und sich nicht von der Stelle zu rühren.

„Es fährt ein Zug nach Nirgendwo …", singt Lena einen uralten Schlager und grunzt. „Sehr weit sind wir ja noch nicht gerade gekommen. Hey, fahr mal los!"

Sie klopft gegen die Scheibe.

Als plötzlich ein Ruck durch den Waggon geht und der Zug tatsächlich anfährt, prickelt meine Kopfhaut. Die Härchen auf meinen Unterarmen stellen sich auf. Wahnsinn. Jetzt geht's wirklich los!

„Bist du eigentlich nervös?", frage ich Lena. Sie hat eine Haarsträhne zusammengezwirbelt und kaut darauf herum, während sie aus dem Fenster starrt.

„Wegen meinem Vater?"

„Ja.“

„Hm, nö. Höchstens vielleicht ein bisschen.“ Sie lässt die Haarsträhne fallen und gähnt. „Er hat mir ein Foto gemailt, damit wir ihn nachher erkennen.“

„Echt?“, frage ich. „Zeig mal her! Wie sieht er denn aus?“

„Keine Ahnung.“ Lena zuckt mit den Achseln. „Ich hab den Anhang nicht geöffnet. Ich will mich lieber überraschen lassen.“

Was soll ich dazu sagen? Ich wäre an ihrer Stelle viel zu neugierig gewesen und hätte mir das Bild sofort angeguckt.

Aber Lena ist da anders. Taffer, selbstsicherer. Außerdem glaubt sie an Schicksal und Vorherbestimmung, Kismet und solche Sachen. Und Überraschungen liebt sie sowieso.

„Wozu soll ich mir ein Bild von meinem Vater machen, wenn ich ihn doch sowieso in ein paar Stunden sehe?“, sagt sie und gähnt noch einmal, als wäre dieser Trip kein entscheidender Wendepunkt in ihrem bisherigen Leben, sondern ein stinknormaler Wochenendausflug nach Kleinkleckersdorf an der Wurpsel.

Ich kann nicht anders, als sie für diese Coolness zu bewundern.

Aber wie gesagt: Lena Kowalski tickt anders als die meisten anderen Mädchen.

Wir sind ungefähr zehn Minuten unterwegs – ich bin gerade damit beschäftigt, Phillip einen ersten kurzen Reisebericht zu simsen –, da springt sie auf, als hätte sie etwas gestochen, und verkündet, dass sie sich jetzt unbedingt den Speisewagen angucken will.

„Wieso das denn? Wir haben doch genug Naschkram und Kekse mit“, wende ich ein.

„Pfft“, macht Lena. „Naschkram und Kekse sind was für Klassenfahrten. Wir reisen mit Stil, und dazu gehört ein Besuch im Bordrestaurant. Los, komm! Sünje hat mir extra Kohle mitgegeben. Ich lade dich ein."

Trotz meiner halbherzigen Gegenwehr hievt sie mich aus meinem Sitz und zieht mich den Gang entlang hinter sich her. Ich schaffe es gerade noch, mir meinen Rucksack zu schnappen. Unsere Reisetaschen liegen im Gepäckfach. Hoffentlich klaut die keiner.

Im Vorbeistolpern werfe ich den Anzugmännern links und rechts entschuldigende Blicke zu. Die müssen echt glauben, dass wir aus einem Heim für schwer erziehbare Teenies ausgebrochen sind. Lena zumindest. Mich halten sie wahrscheinlich für ihre total überforderte Therapeutin. Ich fühle mich ja selbst schon ein bisschen so.

Dabei ist das Bordrestaurant wirklich schick. Das muss ich zugeben, als wir es nach einer geschätzten halben Stunde Hürdenlauf um ausgestreckte Beine, im Gang stehende Koffer und quietschende Kleinkinder herum endlich erreichen.

Natürlich sind wir zuerst in die falsche Richtung gelatscht und mussten den ganzen Weg entgegengesetzt noch einmal laufen. Aber die Mühe hat sich gelohnt.

Wir setzen uns an einen kleinen Zweiertisch, auf dem eine drollige Lampe steht. Besteck und Servietten liegen auch schon am richtigen Platz. Anscheinend hat man uns erwartet.

Wir kichern ein bisschen albern, als der Steward – nennt man die so im Speisewagen? – auftaucht und sich nach unseren Wünschen erkundigt.

„Zwei Cola, bitte", bestellt Lena und greift nach der Speisekarte. „Dazu die Schmetterlingsnudeln mit Tomatensoße für mich und zum Nachtisch eine große Portion Apfelstrudel mit Vanilleeis."

Der Steward nickt.

„Mir reicht die Cola. Ich hab noch keinen Hunger", sage ich und lächele.

Er lächelt zurück und nickt, als wäre er zufrieden.

Lena prustet leise.

„Was?", frage ich.

„Ich glaub, der steht auf dich."

„Quatsch!"

„Doch, total!" Lena grinst. „Ist ja auch ganz niedlich, der Typ. Bisschen alt vielleicht. Aber sein Hintern ist nett. Das musst du zugeben."

Ich stöhne auf. Manchmal ist Lena echt peinlich. Als ob ich auf die Hintern von Bahnmitarbeitern achten würde!

Bei einem Jungen schau ich meistens als Erstes auf die Hände, dann ins Gesicht. Die Augen und den Mund finde ich total wichtig. Die Haare auch. Wenn dann noch die Figur (meinetwegen auch der Po) zum Gesamtbild passt: perfekt! Aber ich muss überhaupt keine anderen Typen anschauen, schließlich hab ich einen Freund. Der ist zwar gerade in Amerika, aber ansonsten vollkommen makellos.

Als der junge Mann zurückkommt und die Colas vor uns hinstellt, halte ich mir schnell mein Handy vor die Nase und tu so, als wäre ich schwer damit beschäftigt, mal eben kurz die aktuellen Börsenkurse und das Wetter in Abu Dhabi zu checken. Was die

Anzugtypen können, kann ich schon lange. Schade, dass mein Himbeer-Laptop im Gepäckfach liegt. Dahinter könnte ich mich noch besser verstecken.

Lena stößt mich unter dem Tisch mit dem Fuß an.

„Was denn?", zische ich ihr zu.

Der Kellner hat sich umgedreht und bedient an einem anderen Tisch.

„Jetzt guck doch mal!", sagt Lena ziemlich laut.

„Nein!", fauche ich leise. „Ich gucke dem armen Mann ganz bestimmt nicht auf die Hose!"

Lena kichert.

Zum Glück werden ihre Schmetterlingsnudeln von einer Kellnerin serviert.

„Schichtwechsel", kann ich mir einen kleinen Triumph nicht verkneifen. „Guten Appetit!"

Lena streckt mir die Zunge raus.

Nachdem sie den Nudelberg und anschließend noch den halben Vanilleeis-Apfelstrudel (die andere Hälfte hat sie mir rübergeschoben) verputzt hat und wir unsere Cola ausgetrunken haben, wanken wir den langen Weg zurück zu unseren Plätzen.

„Wann sind wir eigentlich da?", fragt Lena. Sie reibt sich den Bauch und rülpst leise. „Mann, ich hätte echt nicht so viel essen sollen!"

„In etwas über einer Stunde", sage ich. „Wenn dir schlecht ist, geh lieber rechtzeitig los. Die nächste Toilette ist ungefähr zwei Kilometer von hier entfernt im vorletzten Waggon, glaub ich."

„Früher gab's mal Spucktüten. Oder verwechsel ich da was?"

Ich geb's auf.

Lena stopft sich die Stöpsel ihres iPods in die Ohren, klappt die Augen zu und summt leise vor sich hin. Dazu wippt sie im Takt mit dem Fuß. „Weck mich, wenn wir da sind", sagt sie noch.

„Alles klar."

Ich widme mich der angefangenen Textnachricht an Phillip und speichere sie als Entwurf auf meinem Handy. Schade, dass der Internetempfang im Zug nicht besonders stabil ist, sonst könnte ich ein bisschen mit ihm chatten. Es ist früher Nachmittag; in Berkeley früher Morgen. Vielleicht ist er gerade aufgestanden. Oder er frühstückt im Sonnenschein. Ich wäre gern bei ihm.

Weil mir langweilig ist, blättere ich in einer Modezeitschrift, die Lena auf dem Bahnhof gekauft hat, aber die reißt es irgendwie auch nicht raus.

„Ey, hör mal!", sagt Lena plötzlich und hält mir einen von ihren Ohrstöpseln hin.

Ich beuge mich über den Tisch und lausche.

„Ist das Cro?"

Lena nickt. „Süß, nicht?"

Ausnahmsweise bin ich ihrer Meinung. Die kleine Panda-Schnute ist wirklich zum Knutschen. Seine Musik mag ich auch. Besonders diesen Song hier.

„*Oh Baby, nimm meine Hand, ich hab alles schon gepackt, komm, wir beide gehen weg von hier …*", singe ich mit.

„Cool, oder?", fragt Lena, als ich ihr den Stöpsel zurückreiche. „Irgendwie muss ich bei *Traum* immer an dich und Phillip denken."

„Echt?"

Sie nickt noch einmal. „Ja. Da steckt so viel Sehnsucht drin. Genau wie bei euch."

Ich bin gerührt. Ich weiß gar nicht, was ich sagen soll. Ich muss aber auch nichts sagen. Lena hat sich schon wieder ausgeklinkt und die Augen geschlossen.

Im Kopf singe ich *Traum* weiter und denke dabei die ganze Zeit an Phillip.

Denn ich wär heut so gern bei dir …

*

„In Kürze erreichen wir Hamburg Hauptbahnhof. Der Zug endet hier. Auf Gleis acht haben Sie Umsteigemöglichkeiten nach …"

Ich schrecke hoch. Ich muss tatsächlich eingeschlafen sein.

Als ich die Augen aufreiße und verwirrt um mich schaue, ist Lenas Platz leer. Wieso das denn? Wo kann sie sein? Ist ihr vielleicht doch übel geworden und sie musste spontan das Bordklo suchen?

Meine Verwirrung wächst. Ich richte mich auf und spähe rechts und links den Gang hinunter. Ha, da ist sie! Sie lehnt lässig neben der Schiebetür zum nächsten Waggon und unterhält sich mit –

Mooment mal! Ich schnappe nach Luft. Ist das nicht der Steward aus dem Bordrestaurant?

Ja, eindeutig. Der Typ hat eine Kellneruniform mit Weste und weißem Hemd an. Außerdem balanciert er ein Tablett. Jetzt lacht er. Bestimmt hat Lena ihm einen Witz erzählt.

Ich gebe ihr Zeichen und wedele hektisch mit einer Hand, aber sie achtet überhaupt nicht auf mich. Mann, Lena! Wir müssen aussteigen!

Weil der Zug spürbar langsamer wird und garantiert demnächst den Bahnhof erreicht, packe ich meinen und Lenas Krempel zusammen, den sie großzügig über zwei Sitze und den Tisch verstreut hat. Dann schultere ich unsere Rucksäcke und stemme die dicken Reisetaschen aus dem Gepäckfach.

Ich breche unter dem Gewicht fast zusammen. Könnte mir nicht einer von den Anzugmännern hilfsbereit zur Seite springen? Anscheinend nicht. So was passiert immer nur in schmalzigen Hollywood-Filmen.

Als ich einen Blick über die Schulter werfe und demonstrativ aufstöhne, zucken die Jungs nicht mal mit den Wimpern. Im Gegenteil, sie stöpseln ihre Laptops, Handys und Blackberrys aus den Steckdosen, sammeln seelenruhig ihre wichtigen Geschäftsunterlagen ein, an denen sie gearbeitet haben, und sortieren anschließend alles in ihre schicken Aktenköfferchen, als würden sie dafür Fleißsternchen von ihren Muttis bekommen. Dann zurren sie die Schlipse fest, streichen die Hemden glatt und werfen sich in ihre mausgrauen Jacketts.

In der Zeit, die sie für all das brauchen, hab ich die Gepäckstücke längst geschultert.

„Selbst ist die Frau", ächze ich, als ich an ihnen vorbeiwanke, um Lena von dem Kellner mit dem netten Hintern loszueisen. Hat der eigentlich nichts zu tun? Muss er nicht im Bordrestaurant nach dem Rechten gucken? Offenbar nicht.

„Lena", sage ich zu Lena, als ich sie erreiche. Ich gebe meiner

Stimme einen freundlich-autoritären Klang und klinge garantiert wie eine Grundschullehrerin kurz vor dem Nervenzusammenbruch. Egal, die Reisetaschen sind echt schwer. „Wir müssen gleich aussteigen!“

„Ja, klar. Ich weiß.“ Sie lächelt und nimmt mir ihren Rucksack und die Tasche ab, um beides neben sich auf den Boden fallen zu lassen. „Wir können uns ruhig Zeit lassen. Hauptbahnhof ist Endstation. Da müssen sowieso alle raus. Das ist übrigens Lars. Er kommt aus Dänemark und hat gleich Feierabend.“ Sie zeigt auf den Steward.

Lars nickt mir freundlich zu.

„Okay“, murmele ich, weil ich nicht weiß, was ich mit den Informationen anfangen soll. Dass der Steward Däne ist, hätte ich nicht gedacht. Weder ist er blond noch hat er blaue Augen oder einen nennenswerten Akzent. Obwohl – jetzt, wo ich darüber nachdenke, hat er doch einen winzigen dänischen Akzent. Vorhin im Speisewagen dachte ich, er würde leicht lispeln, aber es ist wohl seine Muttersprache, die dafür sorgt, dass er beim Sprechen ein bisschen zischt.

So wie jetzt.

„Ssoll ich dir denn meine Handynummer geben?“, fragt Lars.

„Gib mir dein Handy“, nickt Lena. „Ich ruf mich mal an. Dann hast du sie.“

Lars reicht ihr sein Telefon.

Lena tippt blitzschnell ihre Nummer ein. Ihr Handy meldet sich mit der Melodie von *Spiel mir das Lied vom Tod*.

Lars ist entzückt. Ob von Lenas Klingelton oder von der Tatsache, dass er sie ab jetzt jederzeit anrufen kann – keine Ahnung.

Lena speichert im Gegenzug seine Nummer ab und schiebt ihr Handy in die Potasche ihrer Jeans.

„Ich muss jetzt in den Sspeissewaggon“, lispelt Lars. „Wie lange bleibsst du in Hamborg?“

Mit dem ‚du‘ meint er anscheinend uns beide. Jedenfalls guckt er zuerst Lena, dann mich an.

„Nur ein paar Tage“, sage ich schnell. „Lena hat was Wichtiges zu erledigen.“

„Ja, ich weiß“, zischelt Lars. „Ssie hat mir von dem Ssamensspender erzählt.“

Wie bitte? Lena hat diesem wildfremden Typen mal eben buchstäblich zwischen Tür und Angel erzählt, weshalb sie nach Hamburg fährt?

Ich werfe ihr einen Blick zu. Sie zuckt mit den Schultern und lacht.

„Endstation! Alles aussteigen!“, ruft sie, als der Zug abbremst und sie – mit Absicht oder zufällig? – gegen Lars' nicht besonders breite Brust geworfen wird.

Er hält sie ein paar Sekunden länger fest, als nötig wäre.

„Ich meld mich dann“, verspricht er, bevor er sich auf den Weg Richtung Bordrestaurant macht. „Tsüss und viel Sspaß in Hamborg!“

„Danke, gleichfalls“, erwidere ich matt.

Lena grinst wie ein dicker Kanarienvogel, der gerade eine Katze gefrühstückt hat.

Ein paar Minuten später finde ich mich auf dem überfüllten Bahnsteig wieder. Menschen eilen an uns vorbei. Sie rempeln uns an und hasten weiter, um ihre Anschlusszüge auf den anderen Gleisen zu erreichen. Der Bahnhof ist wirklich riesig. Wie sollen wir uns hier zurechtfinden?

„Werden wir eigentlich abgeholt?"

„Nö. Ich hab Gregor gesimst, dass wir die S-Bahn nehmen. Er fährt uns dann nachher in die Pension", erwidert Lena ungerührt. Sie hat ihr Handy gezückt und tippt wild darauf herum. Ich wette, sie schickt Lars eine SMS. Oder vielleicht auch Krischan. Oder beiden. Wer weiß.

„Toll", sage ich. „Und wo ist die nächste Haltestelle?"

„Kein Schimmer." Endlich hört Lena mit dem Getippe auf.

Sie guckt sich um, als würde sie sich wundern, wie sie hierhergekommen ist.

„Weißt du denn, welche Linie wir nehmen müssen?", frage ich vorsichtig.

„Ja, nee, nicht wirklich. Gregor wohnt irgendwo in Blankenese. Wir müssen Richtung Wedel fahren, glaub ich. Hier gibt's bestimmt irgendwo einen Plan."

Wir raffen unsere Sachen zusammen und stolpern vorwärts.

Lena voraus, ich hinterher. Wir fahren eine Rolltreppe rauf. Oben bleiben wir wieder stehen.

„Da ist ein S", sage ich und zeige auf ein Leuchtschild über unseren Köpfen.

„Hey, cool! Das steht bestimmt für S-Bahn, oder?" Lena strahlt mich an. „Ich hab Hunger. Wollen wir nicht zuerst was futtern? Hier gibt's überall so leckere Snacks. Guck doch mal!"

Ich fass es nicht. Sie kann doch nicht ernsthaft schon wieder essen wollen!

„Nein!“, sage ich streng und meine es auch so. „Wir suchen jetzt die richtige S-Bahn und dann fahren wir zu deinem Vater. Der wartet bestimmt schon auf uns.“

„Okay“, meint Lena und zuckt mit den Schultern.

Auf einem Streckennetzplan – der mich wegen seiner ganzen bunten, auf abstrakte Weise miteinander verknoteten Linien kurzzeitig verzweifeln lässt – entdecken wir kurz darauf tatsächlich eine S-Bahn-Linie, die in Richtung Wedel fahren soll.

„Hier entlang“, ordne ich an.

Ich habe das Gefühl, dass ich mal eben die Führung übernehmen muss. Lena bleibt echt an jeder einzelnen Snackbar und Frittenbude stehen und wirft sehnsüchtige Blicke auf die Auslagen. Fehlt nur noch, dass sie anfängt zu winseln!

„Was war das eigentlich mit diesem Lars?“, schnaufe ich, während wir den S-Bahn-Schildern folgen.

Lena wirft mir einen Seitenblick zu. „Keine Ahnung. Ich bin irgendwie in Flirtlaune. Muss wohl an den Hormonen liegen.“

„Aha“, sage ich und denke: Klar, schließlich nimmt sie seit ein paar Wochen die Pille, weil sie unbedingt ihre Unschuld verlieren will. Aber deshalb muss sie sich doch nicht gleich einem wildfremden Dänen an den Hals werfen!

Wir vertiefen das Thema nicht weiter.

Als wir endlich in eine S-Bahn springen, von der wir hoffen, dass sie die richtige ist, atme ich auf. So eine Großstadt ist echt anstrengend. Es ist ja nicht so, dass ich ein Landei bin, aber in einer Metropole lebe ich auch nicht gerade. An so viele Menschen und verschiedene Arten von Fortbewegungsmöglichkeiten bin ich nicht gewöhnt. Wie denn auch? Trotzdem ist es spannend und aufregend.

Meine Haut prickelt, und in meinem Bauch hab ich das totale Brausepulvergefühl. Stehen vielleicht sogar meine Haare hoch? Es fühlt sich so an.

Ich bin wie elektrisiert. Lena auch.

Sie ist völlig überdreht und schnattert und rattert und zappelt, ohne ein einziges Mal Luft zu holen. Oder ist sie etwa unterzuckert? Hätte ich ihr vielleicht doch einen kleinen Imbiss genehmigen sollen?

Ich bekomme auf der Stelle ein schlechtes Gewissen und krame in meinem Rucksack nach einer Tüte Weingummi, die ich schwesterlich mit ihr teile. Zum Nachtisch gibt's Kaugummi mit Apfelgeschmack. Sie wird tatsächlich ein bisschen ruhiger.

Der Wagen, in dem wir sitzen, ist fast leer. Eine Lautsprecherstimme sagt brav jede einzelne Haltestelle an. Wir sollten es also hinkriegen, rechtzeitig an der richtigen Station auszusteigen. Vorausgesetzt natürlich, dass Lena die richtige Station weiß, was ich irgendwie bezweifle.

„Guck mal, ist das der Michel?" Sie bohrt mir ihren Ellbogen zwischen die Rippen. „Und das da, ist das die Elbe oder die Alster? Oder der Hafen? Mist, wir hätten vielleicht doch einen Reiseführer mitnehmen sollen!"

„Oder wenigstens einen Stadtplan", stimme ich ihr zu.

Jungfernstieg, Landungsbrücken, Reeperbahn …

All die bekannten Namen rauschen nur so an uns vorbei.

An der Haltestelle Reeperbahn recken wir die Hälse, ob wir Udo Lindenberg oder Jan Delay irgendwo entdecken. Leider sehen wir nur fremde Menschen und die Kacheln der Bahnstation. Dann geht die Fahrt ziemlich rasant weiter.

Auf der anderen Seite des Gangs sitzen zwei Jungs in unserem Alter und hören uns scheinbar interessiert zu. Der eine ist wohl HSV-Fan, was sich unschwer an seinem weiß-blauen Schal erkennen lässt. Der andere trägt das Trikot eines türkischen Fußballvereins und sieht ein bisschen wie Mesut Özil aus. Ihr wisst schon, dieser Fußballspieler. Er schaut immer wieder von seinem Handy auf und zu uns rüber und grinst dabei breit. Zum Glück achtet Lena nicht auf die beiden, sonst würde sie die Jungs garantiert in ein Gespräch verwickeln und sie im nächsten Atemzug zu unseren persönlichen Tour Guides ernennen. Danke, mir reicht schon die Begegnung mit Lars, dem Wikinger. Da brauche ich nicht noch einen Mesut oder einen Uwe Seeler im Kleinformat.

„Es fährt ein Zug nach Nirgendwo", singt Lena vor sich hin, *„den es gestern noch gar nicht gab …"*

Täusche ich mich oder richtet Mesut von nebenan tatsächlich seine Handykamera auf uns? Nicht, dass der ein Video von Lena und mir dreht und es ins Internet stellt! Von wegen ‚Zwei Tussis vom Land auf großer Fahrt' oder so.

Ich werfe einen bösen Blick über den Gang.

Der Typ wird knallrot, was farblich nicht so gut zu seinem längsgestreiften Trikot passt. Aber wenigstens steckt er sein Handy weg und steigt zusammen mit seinem HSV-Buddy am nächsten Halt aus. Ich strecke ihnen zum Abschied die Zunge raus, als sie auf dem Bahnsteig stehen.

Leider hab ich nicht damit gerechnet, dass sie mich durch die dreckige Scheibe sehen können. Mesut zeigt mir den Mittelfinger.

Zum Glück fahren wir weiter und lassen Altona hinter uns, bevor er es sich anders überlegen und wieder in den Waggon springen kann.

„Sind wir bald da?", quengelt Lena.

„Woher soll ich das wissen?"

„Du weißt doch sonst auch immer alles!"

„Stimmt ja gar nicht!" Ich ziehe eine Augenbraue hoch. Mein Handy vibriert in der Jackentasche. Es ist Phillip.

„Hi! Seid ihr schon da?", fragt er fröhlich.

„In Hamburg ja, aber noch nicht am Ziel", antworte ich wahrheitsgemäß. Mein Herz klopft. Phillip ist kaum zu verstehen. Ist vielleicht auch ein bisschen zu viel verlangt, von Kalifornien bis in eine rumpelnde S-Bahn am anderen Ende der Welt eine perfekte Verbindung zu haben.

„Nächster Halt Blankenese", schnarrt die Lautsprecherstimme über unseren Köpfen nach ein paar weiteren Haltestellen, die ich kaum mitbekommen habe, weil ich mich voll auf das Telefongespräch konzentrieren musste, um überhaupt etwas von dem mitzukriegen, was Phillip sagt.

„Hilfe, wir müssen aussteigen!", sage ich hektisch. „Ich ruf dich später noch mal an. Oder lass uns chatten, ja?"

Lena nimmt unsere Reisetaschen links und rechts. Ihr Rucksack baumelt an ihrer Schulter. Ich stolpere hinter ihr her und verabschiede mich von Phillip. Keine Ahnung, ob er mich noch hört. Die Leitung ist plötzlich tot. Dafür stehen wir im S-Bahnhof von Blankenese.

„Wow", sage ich andächtig. „Ich glaub, wir sind tatsächlich da."

„Sind wir gut oder sind wir gut?" Lena grinst mich an.

„Ich finde, wir sind SEHR gut!“ Ich grinse zurück und stimme ihr vollumfänglich zu. „Auf jeden Fall nicht schlecht für zwei Landpomeranzen!“

„Auf geht's!“ Sie drückt mir meine Tasche in die Arme und marschiert los wie eine Seefahrerin, die Land entdeckt hat.

Ich folge ihr und spüre schon wieder dieses Kribbeln überall. Kann es sein, dass ich nervöser bin als Lena? Ich meine, immerhin lernt sie in wenigen Minuten ihren leiblichen Vater kennen – vorausgesetzt, alles geht gut und wir finden den richtigen Weg.

Natürlich finden wir ihn nicht.

„Mist!“, flucht Lena, als wir draußen stehen und uns orientierungslos umsehen.

„Und jetzt?“

„Wir sollten uns ein Taxi nehmen“, schlägt Lena vor. „Mein Vati gibt uns das Geld bestimmt zurück.“

Ich ziehe die Schultern hoch und nicke. Es fängt an zu nieseln. Hab ich's nicht geahnt, dass es hier ständig regnet?

KAPITEL 7

Britney, Whitney und die Invasion der Engel

Der Taxifahrer setzt uns knapp zehn Minuten später vor einem schmiedeeisernen Tor ab. Hinter dem Tor sind eine breite Zufahrt, viele Bäume, ein gepflegter Rasen, ein Springbrunnen und ein großes, altes, sonnengelb gestrichenes Haus zu erkennen. Für meine Begriffe ist es schon mehr eine Villa als ein normales Haus. Den Garten würde ich bei genauerer Betrachtung auch eher als Park bezeichnen. Aber vielleicht gelten für Blankenese einfach andere Maßstäbe als für den Rest der Welt. Immerhin liegt das Viertel direkt an der Elbe. Es ist also bestimmt nicht der preisgünstigste Stadtteil, den es hier gibt, obwohl Lena mir gerade noch erzählt hat, dass es früher mal ein echtes Fischerdorf gewesen sein soll. Kaum zu glauben.

Nachdem wir das Taxi bezahlt haben und ausgestiegen sind, lässt Lena ihre Reisetasche auf den Gehweg fallen und streckt sich.

„Wow, das nenn ich mal 'ne coole Hütte!", murmelt sie beeindruckt.

„Bist du sicher, dass wir hier richtig sind?", wage ich einen Einwurf.

Sie zeigt auf ein Messingschild, das an einem Mauerpfeiler befestigt ist, und nickt. Das Schild ist so blank poliert, dass sich unsere Gesichter darin spiegeln.

Ich entziffere die schnörkeligen Buchstaben zwischen dem Klingelknopf und der Gegensprechanlage.

„*Interior Design Casagrande* … Wow!“

Okay, ich gebe mich geschlagen. Lenas Erzeuger ist nicht nur Möbeldesigner, sondern anscheinend auch ziemlich wohlhabend. Oder ist das hier nur sein protziger Firmensitz, mit dem er potenziellen Kunden imponieren möchte?

Lena streckt die Hand aus, um zu klingeln.

Plötzlich zögert sie.

„Soll ich wirklich?“, fragt sie. Ihre Stimme klingt piepsig und klein, was ziemlich ungewöhnlich für sie ist.

Irgendwo bellt ein Hund. Ich fühle mich ein bisschen überfordert.

„Soll ich für dich klingeln?“, biete ich an. „Oder wollen wir vielleicht eine Runde um den Block drehen, damit du es dir noch mal in Ruhe überlegen kannst?“

Lena guckt mich an und überlegt.

„Nee, Quatsch“, sagt sie nach kurzer Bedenkzeit. „Das bringt doch auch nix. Ich will's jetzt wissen!“

Sie strafft die Schultern, schüttelt ihre Locken und drückt entschlossen auf den Klingelknopf.

Ich zähle im Stillen bis dreieinhalb.

Aus den Lautsprecherschlitzen dringen nacheinander ein Schnarren, ein Rauschen und eine fragende Frauenstimme. „Ja, bitte?“

„Hi, ich bin Lena Kowalski. Ich bin mit Gregor verabredet, meinem Vater.“ Lena grinst mich an.

Ich recke einen Daumen in die Luft und grinse zurück.

„Moment, bitte“, sagt die unsichtbare Dame.

Es summt. Kurz darauf schwingt das Tor auf.

„Dann mal los!“ Lena schnappt sich ihre Reisetasche.

Ich folge ihrem Beispiel.

Wir haben ungefähr die Hälfte des Weges zurückgelegt, als zwei gefleckte Kanonenkugeln auf uns zuschießen und uns laut kläffend begrüßen.

„Ach, herrje“, grunzt Lena. „Was sind das denn für Zwergratten?“

„Ich glaube, das sind Jack Russell Terrier.“ Mit Hunden kenne ich mich zwar nicht so gut aus, aber diese Tüpfeltiere kommen mir irgendwie bekannt vor.

Der eine hüpft wie ein durchgeknallter Flummi auf und ab. Seine Schlappohren flattern im Wind. Der andere steht einfach nur da und bellt uns an. Aber wenigstens wedelt er mit dem Schwanz. Das bedeutet wohl, dass er und sein Kumpel uns freundlich gesinnt sind.

„Whitney! Britney! Platz!“, ruft jemand.

Falls die Köter damit gemeint sind, ist es ihnen herzlich egal. Sie hüpfen, hecheln, flattern und kläffen fröhlich weiter um uns herum. Wachhunde hab ich mir irgendwie immer anders vorgestellt, aber wahrscheinlich dienen diese beiden gar nicht dazu, potenzielle Einbrecher abzuschrecken. Sie nageln sie einfach in der Einfahrt fest und amüsieren sie zu Tode, bis die Polizei kommt.

Es funktioniert perfekt.

„Whitney und Britney?“ Ich kann nicht anders und pruste los.

Lena kichert.

Als sich Schritte nähern, greift sie nach meiner Hand. Jetzt ist sie also doch nervös. Kein Wunder. Ich drücke ihre Pfote als Zeichen der Aufmunterung und meiner Solidarität.

Egal, wer oder was da auf uns zukommt – ich bin bei dir!, soll das heißen.

Sie drückt dankbar zurück.

Wenn die Person, die kurz darauf vor uns steht und Whitney und Britney zurückpfeift, Lenas Erzeuger ist, ist er ziemlich weiblich und außerdem eindeutig zu jung, um ihr Vater zu sein.

Eine Frau um die dreißig mit kurzen blonden Haaren und einer stämmigen Figur mustert uns mit unverhohlenem Interesse, aber durchaus freundlich. Sie trägt ein durchgeknöpftes Kleid, eine weiße Schürze, Söckchen und bequem aussehende orthopädische Sandalen.

„Guten Tag“, sagt sie. Whitney und Britney vergessen Lena und mich und schnüffeln begeistert an ihr herum. „Wen darf ich melden?“

„Keine Ahnung“, sagt Lena und kratzt sich am Hinterkopf. Sie sieht aus wie ein verstrubbeltes Hippiemädchen, was sie ja auch irgendwie ist, und wirft mir einen Hilfe suchenden Blick zu.

„Ähm, Lena Kowalski und ihre Freundin“, springe ich ihr bei. „Ich glaube, wir werden schon erwartet.“

„Ja, richtig! Wenn Sie mir bitte folgen wollen?“ Die Empfangsdame – oder was immer sie darstellt – marschiert resolut voraus, was, wie ich vermute, auf ihre Gesundheitssandalen zurückzuführen ist. Außerdem kennt sie im Gegensatz zu Lena und mir den Weg. Sie führt uns in einem leichten Bogen um den Springbrunnen herum – der nebenbei bemerkt mit vielen kleinen nackten, pummeligen Engeln aus hellem Stein geschmückt ist – zur Eingangstür der Villa.

Whitney und Britney lassen sich erschöpft neben die Stufen fallen und hecheln.

„Kannst du mich mal kneifen?", flüstert Lena mir zu.

Ich tue ihr den Gefallen.

Sie jault auf. „Danke."

„Sehr gerne."

Ich hätte selbst gerne jemanden, der mich kneift. Irgendwie ist die Situation total verrückt.

„Wo sind wir hier gelandet?", wende ich mich mit gesenkter Stimme an Lena.

„Keine Ahnung", wispert sie zurück. „Das Ganze sieht wie eine uralte italienische Filmkulisse aus. Florenz, Toskana und so."

Ich stimme ihr zu. Vielleicht träume ich diese Szene aber auch nur. Möglicherweise sitze ich noch im Zug und bin eingeschlafen. Jeden Moment kommt Lars, der Kellner, und weckt mich. Ich wünsche es mir fast ein bisschen.

Vorhin im Taxi hat Lena noch gemeint, dass sich ihr bisheriges Leben auf keinen Fall ändern wird, egal was auch passiert.

„Ich hatte sechzehn Jahre lang keinen Vater", hat sie gesagt. „Ich hab ihn nie vermisst. Warum soll sich daran etwas ändern, nur weil ich ihn heute kennenlerne? Es besteht kein Grund, ihm Vorwürfe zu machen oder irgendwas nachholen zu wollen, was wir vielleicht versäumt haben. Alles bleibt, wie's ist."

Alles bleibt, wie's ist, wiederhole ich ihre Worte. Ob das so einfach ist?

Der heutige Tag wird einiges ändern, denke ich. Ob Lena es will oder nicht.

Was ist zum Beispiel, wenn sich ihr Vater als Kotzbrocken entpuppt? Ob sie das so einfach abschütteln könnte? Glaub ich nicht. Vater ist Vater. Immerhin besteht sie zur Hälfte aus seinen Genen und Zellen. Das hab ich ihr genau so gesagt. Sie hat nur die Augen verdreht und gegrinst.

„Wer weiß, was die da alles ins Reagenzglas gekippt und miteinander verrührt haben, neun Monate vor meiner Geburt."

„Muss ein ziemlich wilder Cocktail gewesen sein", murmele ich jetzt.

„Hä?" Lena holt mich in die Gegenwart zurück, die darin besteht, dass wir uns in einer kleinen Eingangshalle im Innern der Villa befinden und uns umsehen. Neugierig und gespannt zugleich.

„Nix", sage ich schnell.

Lena hält immer noch meine Finger fest. Ihre Hand ist kalt und trocken. Am liebsten würde ich ihren Puls fühlen. Meiner rast wie verrückt. Wie hoch muss ihrer dann erst sein?

Von der Halle gehen eine Treppe aus dunklem Holz und mehrere Türen ab. Sie sind geschlossen. Durch welches Türchen wird ihr Vater kommen? Kommt er überhaupt?

Die Dame mit der Schürze ist verschwunden, nachdem sie uns um einen kleinen Moment Geduld gebeten hat.

Ich kann nicht anders und seufze mal wieder.

Lena hockt sich auf ihre Reisetasche, stützt die Ellbogen auf die Knie und legt ihr Kinn auf die Fäuste.

„Was für eine bescheuerte Idee, hierherzukommen! Am liebsten würde ich gleich wieder abhauen."

„Wie bitte?"

Sie nickt. „Einfach aufstehen und gehen. Ciao, Papa! War nett, dich fast kennengelernt zu haben. Vielleicht versuch ich's in sechzehn Jahren noch mal."

„Aber, aber –" Ich komme nicht dazu, eine geeignete Erwiderung zu formulieren. Erstens fehlen mir die Worte und zweitens geht in dieser Sekunde direkt neben uns eine Tür auf.

„Herzlich willkommen! Ich freue mich so, so, so sehr!"

Der Mensch, zu dem die – nebenbei bemerkt sehr angenehm klingende – Stimme gehört, ist ein Mann mittleren Alters und mittlerer Statur, was bedeutet, dass er um die vierzig ist und einen leichten Bauchansatz hat. Allerdings ist er ziemlich groß; größer als mein Vater auf jeden Fall. Und er sieht gut aus. Ein bisschen wie Wolfgang Joops jüngerer Bruder.

Lena bleibt sitzen. Sie hebt ihr Kinn und eine Augenbraue.

Ihre Hände bleiben zu kleinen Fäusten geballt.

„Ups …", sagt sie. Mehr nicht.

Ich presse meine Lippen zusammen. Ob ich sie mal anstupsen und aus ihrer komischen Schockstarre erlösen soll?

In meinem Kopf tauchen drei Fragen auf:

1. Ist sie so starr, weil ihr Vater – ich nehme an, der Typ ist ihr Vater – attraktiver ist als der durchschnittliche Normalo-Vater? (Möglicherweise könnte das an der gediegenen Umgebung liegen, dem Ambiente, seinen Klamotten und Ähnlichem. Vielleicht sind wir einfach nur geblendet und nehmen ihn und alles andere leicht verzerrt wahr und er sieht eigentlich total

normal aus. Um das festzustellen, müsste man ihn mal außerhalb seines gewohnten Lebensraums sehen.)

2. Hat sie ihn sich anders vorgestellt?
3. Hat sie ihn sich überhaupt irgendwie vorgestellt?

Wie ich Lena kenne, nicht. Schließlich wollte sie sich überraschen lassen.

„Ich bin Gregor", sagt Gregor. „Dein … äh, Vater."

Er streckt mir die Hand entgegen. Sein Lächeln wirkt auf sympathische Art nervös.

„Was?? Hilfe, nein! Ich hab schon einen Vater!" Ich hebe beide Hände und verhaspele mich total. Gleichzeitig werde ich knallrot. Ich spür's genau. „Ich bin Conni, Lenas Freundin. Lena ist –"

„Ich bin Lena." Sie springt auf und zupft ihr fransiges Hippie-T-Shirt glatt. „Hi, Vati!"

In der Halle ist es still. Irgendwo tickt eine Uhr.

Ich bewundere ein Ölgemälde, auf dem Minnie Maus als Mona Lisa dargestellt ist. Der Bilderrahmen ist lila. Genau wie der Kronleuchter über unseren Köpfen und der Teppich, auf dem wir stehen. Witzig, dass mir das jetzt erst auffällt.

Lena und Gregor stehen sich gegenüber. Es sieht aus, als wollten sie zuerst mal die Witterung des jeweils anderen aufnehmen. Ganz vorsichtig und jederzeit zur Flucht bereit. Lena hat ihre Fäuste in die Taschen ihrer Jeans geschoben, was es für Gregor unmöglich macht, sie zu schütteln. Aber wenigstens grinst sie. Gregor auch.

Ich stehe daneben und schaue von einem zum anderen. Wahnsinn, die beiden sehen sich wirklich ähnlich. Nicht wie Mädchen und Reagenzglas, sondern wie Tochter und Vater. Sogar die gleiche Körperhaltung haben sie. Leicht hängende Schultern, den Kopf zur Seite geneigt … Oder bilde ich mir das nur ein?

Wollen meine Augen etwas sehen, was mein Herz sich wünscht?

Ich räuspere mich. Irgendwie fühle ich mich überflüssig. Außerdem möchte ich diesen magischen Moment der ersten Kontaktaufnahme auf keinen Fall zerstören. Der Zauber hängt fast greifbar im Raum.

„Ich geh mal raus in den Garten", flöte ich. „Bestimmt habt ihr euch ganz viel zu erzählen. Bis später."

Niemand achtet auf mich.

Ich drehe mich um und gehe auf Zehenspitzen hinaus.

Draußen zwitschern die Vögel. Es hat aufgehört zu nieseln. Whitney und Britney wälzen sich grunzend im Gras. Ein Gärtner – ich nehme an, dass er Gärtner ist, weil er eine grüne Latzhose und klobige Arbeitsschuhe anhat – hält einen Gartenschlauch in einen Pflanzkübel, in dem ein palmenartiges Gewächs wuchert.

Der Latzhosentyp nickt mir zu, als er mich sieht.

Ich nicke zurück und hole tief Luft, während ich ein unbändiges Verlangen spüre, genau jetzt in dieser Sekunde Phillip anzurufen. Ich würde ihm zu gerne die skurrile Situation, in der ich mich befinde, bis ins kleinste Detail schildern. Leider ist er heute den ganzen Tag mit seiner Gastfamilie unterwegs und nicht erreichbar. So viel hab ich von dem mitbekommen, was er mir vorhin am Telefon erzählt hat.

Weil ich nicht weiß, was ich sonst tun soll, mache ich mit meinem Handy Schnappschüsse von den Hunden, dem Garten, dem Haus, dem Hamburger Himmel und dem ganzen Drumherum. Keine Ahnung, ob das erlaubt oder erwünscht ist. Bestimmt hängen hier irgendwo versteckte Überwachungskameras. Vielleicht gibt es sogar Security. Möglicherweise ist der Gärtner gar kein richtiger Gärtner, sondern ein Latzhosen tragender Kung-Fu-Meister siebten Grades, der mir jeden Moment mit einem perfekt platzierten Fußtritt das Handy aus der Hand kickt. Wer weiß das schon so genau.

Ich lasse ihn bei meiner Fotosession vorsichtshalber aus. Gießende Gärtner soll man nicht provozieren.

Was Lena wohl gerade macht?

Ob sie Gregor ihre Babyfotos zeigt?

Ihren Lebenslauf erzählt?

All die Dinge, die sie in den vergangenen sechzehn Jahren erlebt hat und von denen er nichts weiß?

Dann wird die Sitzung möglicherweise länger dauern.

Ich hoffe, dass es ihr gut geht. Vielleicht sollte ich mich lieber nicht zu weit von der Villa entfernen, falls sie meinen Beistand als Freundin braucht.

Ich hocke mich unter einen kitschigen Rosenbogen auf eine Bank. Meine Nase kribbelt. Der süßliche Duft der Blüten betäubt meine Riechnerven. Ich mache ein Foto von dem Brunnen mit den pummeligen Engeln und schicke es Phillip per MMS. Bestimmt stehen ihm die Locken zu Berge, wenn er das Ding sieht.

Liebe Grüße von den planschenden Engeln! XOXO, schreibe ich in das Textfeld und drücke auf Senden, bevor ich laut niese.

Der Kung-Fu-Gärtner zuckt erschrocken zusammen.

Ich winke ihm zu.

Dann versuche ich meine Blase zu ignorieren, die mich auf

eindringliche Weise daran zu erinnern versucht, wie viel ich seit heute früh getrunken habe und wie lange ich seitdem nicht mehr auf der Toilette war. Viel zu lange nämlich. Aber wo sind hier die Klos? Ob ich den Gärtner mal fragen soll?

Nee, das wäre zu peinlich.

Ich beschließe gerade, ins Haus zurückzugehen und eine Tür mit einem Mädchen drauf zu suchen, als mein Handy bimmelt. Anna ist dran. „Hi“, sagt sie, als ich mich melde. „Wie geht’s?“

„Gut“, antworte ich. „Wenn ich eine Toilette hätte, würde es allerdings noch besser gehen.“

Sie stutzt kurz, dann prustet sie. „Gibt’s da kein Gebüsch in deiner Nähe?“

„Doch, jede Menge sogar. Aber ich trau mich nicht.“ Ich denke kurz an die versteckten Kameras und verwerfe den Gedanken, mich hinter einen Rosenstrauch zu hocken, auf der Stelle.

„Und sonst so?“, will sie wissen.

„Viel kann ich noch nicht erzählen. Wir sind gerade erst angekommen. Lena spricht mit ihrem Vater.“

Anna schnappt hörbar nach Luft. „Wie ist er? Wie sieht er aus?“

„Ziemlich cool“, sage ich. „Stell dir Wolfgang Joop in jung vor. Dann weißt du’s ungefähr.“

„Wow!“, macht Anna.

Ich nicke, während ich mich zielstrebig auf die Villa zubewege. „Du, ich muss echt aufs Klo. Können wir später noch mal telefonieren?“

„Klar“, meint Anna. „Ruf mich einfach an. Ich bin ja so neugierig!“

Ach, echt? Das muss sie nun wirklich nicht extra erwähnen. Ich kann mir ein Grinsen nicht verkneifen und verspreche ihr, mich bei ihr zu melden, sobald es Neuigkeiten gibt. Dann schlüpfe ich in die Eingangshalle und schaue mich um. Hinter welcher Tür versteckt sich wohl die Gästetoilette? Bevor ich es mit einem albernen Abzählreim à la *Ene, mene, muh und raus bist du* versuchen kann, erscheint wie aus dem Nichts die Empfangsdame.

„Kann ich Ihnen helfen?", fragt sie.

Ich schildere ihr mein Problem und finde mich wenig später hinter der zweiten Tür von links in einem todschicken Bad wieder. Es ist größer als unser Badezimmer zu Hause und außerdem vom Boden bis zur Decke in knalligem Kornblumenblau gehalten. Der Designer muss gerade eine sehr merkwürdige Phase gehabt haben, als er das Bad gestylt hat. Nicht mal vor der Klobürste hat er haltgemacht. Ich komme mir vor wie in einem Aquarium.

Ob ich Anna schnell ein Foto schicken soll?

Ich lasse es bleiben. Es gibt Dinge, die kann man nicht beschreiben und auch nicht fotografieren. Die muss man mit eigenen Augen gesehen haben.

Zum Beispiel den Engel, der über dem Waschbecken hängt. Ich bemerke ihn erst, als ich nach der türkisblauen Seife in der dunkelblauen Ablage greife, um mir an dem himmelblauen Designerbecken die Pfoten zu waschen.

Der – natürlich ebenfalls blaue – Engel hängt neben dem Spiegel und hat die Flügel ausgebreitet, als wolle er jeden Augenblick losflattern. Sein linkes Auge ist zugekniffen, das pausbäckige Gesicht zu einem schelmischen Grinsen verzogen. Ich kann nicht anders und grinse zurück. Dann mache ich mich auf die Suche nach Lena und ihrem Vater.

Hinter einer verschlossenen Tür höre ich gedämpfte Stimmen und Lachen. Vorsichtig trete ich näher und lausche.

Lachen ist super, denke ich. Lachen bedeutet, dass es Lena gut geht und dass sie sich mit ihrem Papa versteht.

Weil ich die beiden nicht stören möchte, hocke ich mich auf einen Stuhl neben der Tür und betrachte das Mona-Lisa-Minnie-Maus-Gemälde an der gegenüberliegenden Wand. Wäre ich eine Kunstlehrerin, würde ich meiner Klasse jetzt die obligatorische Frage stellen: Was will uns der Künstler damit sagen?

Ganz ehrlich? Ich habe keinen Schimmer. Es ist mir auch ganz egal. Vielleicht hat sich der Künstler einfach nur ausgetobt und war glücklich in seinem Farbenrausch. Vielleicht gefällt mir das Bild deshalb so gut.

KAPITEL 8

Big City Life

„Wie war's? Wie ist es gelaufen? Wie ist er? Magst du ihn?"

Meine Fragen prasseln auf Lena ein wie die Regentropfen auf das Dachfenster über unseren Köpfen. Es ist früher Abend. Gregor hat uns zu unserer Pension gebracht, wo wir ein winziges Zimmer mit schrägen Wänden bezogen haben. Lena liegt links auf ihrem Bett, ich rechts auf meinem. Es ist herrlich gemütlich.

„Witzig. Gut. Interessant und nett. Ja, sehr", antwortet Lena leicht zeitverzögert.

Ich hebe den Kopf und starre sie an.

Sie kichert.

„Es war witzig. Es ist gut gelaufen. Er ist interessant und nett. Und ja, ich mag ihn", zählt sie an ihren Fingern ab. Dann fügt sie noch hinzu: „Glaub ich jedenfalls. Nach der ersten Begegnung kann frau sich da ja nicht so sicher sein. Vielleicht hat er sich verstellt und nur einen auf lieb gemacht. Wer weiß."

„Nee, Quatsch", widerspreche ich sofort. „Das glaub ich nicht. Der erste Eindruck zählt. Ich fand ihn auf den ersten Blick sympathisch."

„Echt wahr?"

„Jepp."

Es stimmt. Ich finde Lenas Vater wirklich sehr nett. Wie sich herausgestellt hat, gehören ihm weder die Villa an der Elbe noch das Designbüro Casagrande. Beides ist im Besitz seines ehemaligen Studienkollegen und jetzigen Geschäftspartners Roman, den wir – so Gregor – morgen beim gemeinsamen Frühstück kennenlernen werden. Heute war Roman auf Geschäftsreise und Kundenfang. Gregor ist bei ihm als Designer angestellt und besitzt wohl auch einige Geschäftsanteile, aber er ist nicht der steinreiche Protz, für den ich ihn zuerst gehalten habe. Falls ich da einen falschen Eindruck erweckt haben sollte, nehme ich ihn hiermit zurück. Lenas Vater bewohnt eine Dreizimmerwohnung im Obergeschoss der Villa. Weder die Empfangsdame und Haushälterin (sie heißt übrigens Martha) noch der Kung-Fu-Gärtner gehorchen seinem Befehl. Genauso wenig Whitney und Britney.

„Ich füttere sie nur, solange Roman nicht da ist, und sorge dafür, dass es ihnen an nichts fehlt", hat Gregor gesagt und offengelassen, wen er damit meinte – die Terrier oder die Hausangestellten. Vielleicht auch alle vier.

Egal. Auf jeden Fall hat es ihn mir noch sympathischer gemacht, als er mir auf Anhieb ohnehin schon war, dass der ganze Prunk nicht ihm gehört. Wäre ein bisschen zu viel des Guten für einen einzelnen Menschen gewesen, finde ich.

Der Meinung ist Lena auch. Als ich sie und Gregor nach ihrem langen Gespräch in Empfang genommen habe, wirkten sie beide ziemlich erschöpft. Lena war schweigsam und nachdenklich, als müsste sie erst mal in Ruhe verarbeiten, was sie heute alles erlebt hat. Kein Wunder.

Gregor hat uns dann noch angeboten, mit ihm irgendwo essen zu gehen. Er wollte uns sogar ein Gästezimmer in der Villa zur Verfügung stellen. Es war wirklich gut gemeint, aber wir haben trotzdem abgelehnt. Ich glaube, Lena braucht jetzt dringend Abstand und Ruhe. Ihre Augen haben einen schimmernden Glanz. Ein bisschen so, als ob sie Fieber hätte.

„Hast du Hunger? Wollen wir uns eine Pizza bestellen?", frage ich vorsichtig. „Wir können ja hier im Zimmer essen."

Ihr Kopf fährt ruckartig herum.

„Spinnst du?"

„Nein, wieso? Es war nur ein Vorschlag", sage ich leicht eingeschnappt. „Was ist so schlimm an Pizza? Oder an der Tatsache, dass ich langsam Hunger bekomme? Wir können auch gerne was anderes nehmen. Döner, Köfte, Currywurst, *whatever* … Such dir was aus. Vielleicht einen Hamburger? Schließlich sind wir in Hamburg."

„Ha, ha", prustet Lena. „Der war gut!"

Sie lacht. Das ist schon besser.

Während sie aufspringt, durchs Zimmer hüpft und darüber nachdenkt, worauf sie Appetit haben könnte und was sie anziehen soll, lausche ich auf das stetige Rauschen über meinem Kopf. Es ist sehr einschläfernd. Ich fange an zu gähnen und habe Mühe, meine Augen offen zu halten.

Täusche ich mich oder ist der Regen stärker geworden? Und hat es nicht gerade gegrummelt?

„Hast du das gehört? Ich glaub, es hat gedonnert!"

„Ach, Quatsch!", winkt Lena ab. „Das war bestimmt nur eine S-Bahn."

Ein Blitz erhellt das Zimmer.

„Shit!“, flucht Lena.

Ich bin viel zu müde, um mich darüber zu freuen, dass ich Recht hatte.

„Wenn wir einen Reiseführer hätten“, murmele ich matt, „könnte ich dir jetzt vorlesen, wie hoch die durchschnittliche Regenwahrscheinlichkeit in Hamburg ist. Sehr hoch nämlich. Du hast nicht zufällig einen Schirm eingepackt?“

„Nee“, gibt Lena zu und lässt sich auf ihr Bett plumpsen.

Ich gähne noch einmal. Wieso bin ich so müde? Ich fühle mich, als hätte ich eine Weltreise hinter mir und die Hälfte der Strecke zu Fuß zurückgelegt. Dass mich das bisschen Bahnfahren und Vaterkennenlernen so umhaut!

Ich kuschele mich tiefer in mein Kopfkissen und fange an zu schnarchen.

„Na gut“, meint Lena. „Du hast gewonnen. Wir bestellen uns was zu futtern. Ich hab keinen Bock, mich nass regnen zu lassen. Und eh es aufhört zu schütten, bin ich verhungert.“

„Braves Mädchen“, sage ich und kann mir ein Grinsen nicht verkneifen. „Dafür stehen wir morgen ganz früh auf und machen die Stadt unsicher.“

„Versprochen?“

„Versprochen!“

Lena schnappt sich das Telefon und wählt die Nummer der Rezeption.

Die Pension hat nur eine kleine Teeküche und keinen Zimmerservice. Anscheinend ist es nicht üblich und auch nicht erwünscht, dass die Gäste sich hier Essen aufs Zimmer bestellen. Nach einigem Hin und Her und viel Bettelei schafft Lena es schließlich, dass die Dame am anderen Ende der Leitung in einer benachbarten Pizzeria eine große Margherita mit extra Mozzarella und Knoblauch für uns ordert.

„Und zwei Flaschen Malzbier, bitte", fügt Lena noch hinzu. Sie versichert hoch und heilig, dass wir runterkommen und die Sachen persönlich in Empfang nehmen und bezahlen, sobald sie geliefert werden. Dann legt sie auf, macht den Fernseher an und sucht einen Musiksender.

Während ein knallbuntes Video über den Bildschirm flimmert, unterhalten wir uns. Über den Tag, die Ereignisse, was sie empfindet.

„Mir geht's gut", stellt sie fest. „Ich fühle mich wie immer. Genau wie vorher, als ich noch keinen Vater hatte. Komisch, nicht? Müsste ich mich nicht anders fühlen? Verwirrter? Töchterlicher? Glücklicher? Unglücklicher?"

„Keine Ahnung", erwidere ich ehrlich. „Ich kann so schlecht nachempfinden, was du gerade durchmachst. An deiner Stelle wäre ich vermutlich *sehr* verwirrt. Aber ich bin nicht du."

„Stimmt." Lena nickt nachdenklich. Über uns rauscht der Regen. Es ist neben dem gedämpften Ton des Fernsehers das einzige Geräusch im Zimmer. Von der Straße hört man so gut wie nichts. Dabei hatte ich mir Hamburg immer total laut vorgestellt. Voller Menschen, Autos, Abgase und ewigem Verkehrslärm. Aber möglicherweise liegt das Hotel in einer verkehrsberuhigten Zone.

„Es kann gut sein, dass du dir ganz unbewusst in all den Jahren ohne Vater eine Art Schutzschild zugelegt hast", wage ich eine hobbypsychologenmäßige Analyse. „Vielleicht kommt die ganze Sache dadurch nicht so nah an dich ran. Oder dein Gehirn braucht einfach ein bisschen länger, um das alles zu verarbeiten."

„Willst du damit etwa behaupten, dass mein Gehirn langsam tickt?" Sie wirft mir ein Kissen an den Kopf.

Ich schmettere es umgehend zurück, schmeiße mein eigenes Kissen noch hinterher und treffe eine Stehlampe. Sie geht zu Boden wie ein k.o. geschlagener Boxer.

„Ups …", mache ich.

Lena kichert.

Mein Handy meldet sich. Phillip. An den hab ich gar nicht mehr gedacht. Normalerweise kommunizieren wir aber auch nicht so viel über unsere Handys. Es ist viel zu teuer. Er fragt mich auch nur ganz kurz, ob wir später noch chatten wollen. Was für eine Frage!

„Ja, klar", antworte ich. Mein Herz klopft ein bisschen schneller. Wir verabreden eine Uhrzeit und verabschieden uns voneinander. Lena grinst. Ich würde ihr gerne noch ein Kissen an den Kopf werfen, aber ich habe meine Munition verschossen.

Als das Zimmertelefon klingelt, zucken wir zusammen.

„Unser Futter!", quietscht Lena und stürzt sich auf den Apparat.

Eine halbe Stunde später sind wir pappsatt und rülpsen zufrieden vor uns hin. Lena liegt wie ein Seestern, Arme und Beine weit von sich gestreckt, auf ihrem Bett und reibt sich den Bauch.

„Das war echt lecker", grunzt sie. „Jetzt noch eine doppelte Portion Tiramisu und ich wäre glücklich."

„Wie bitte?“ Ich werfe ihr einen Blick zu. Ich kann mich kaum noch rühren.

„War nur ein Scherz.“

Ich bin beruhigt.

Wir finden einen uralten amerikanischen Spielfilm mit Doris Day und Rock Hudson und versinken in wohliges Schweigen. Irgendwann später schlüpfen wir in unsere Schlafanzüge und putzen uns die Zähne.

„Morgen ist auch noch ein Tag“, nuschelt Lena und dreht sich auf die Seite. „Müde bin ich Känguru, mache meinen Beutel zu. Gute Nacht, Welt.“

„Schlaf schön!“ Ich klettere in mein Bett, dimme die Nachttischlampe runter und fahre meinen Laptop hoch. Phillip wartet schon auf mich. Bei ihm ist es neun Stunden früher als bei uns. Er ist hellwach. Neben ihm steht ein Riesenbecher mit einem isotonischen Sportgetränk.

Ich seufze, als ich ihn sehe. Phillip, nicht den Becher.

„Hi“, sagt er – Phillip, nicht der Becher – und lächelt.

Ich möchte die Hand ausstrecken und ihm durch die Haare wuscheln. Ich weiß schon gar nicht mehr, wie sich seine Locken anfühlen. Garantiert warm und weich und duftig. Sie sehen aus, als hätte er sie gerade frisch gewaschen. Ich möchte meine Nase darin vergraben und schnuppern und – Hey, lacht er mich etwa aus? Ich seufze noch einmal.

„Du fehlst mir so“, sage ich.

„Du mir auch“, erwidert er.

Wir unterhalten uns im Flüsterton. Das gefällt mir. Erstens stören wir Lena auf diese Weise nicht, und zweitens ist es auf merkwürdige Art gemütlich, ganz nah an den Monitor zu robben und so zu tun, als würden Phillip und ich uns in echt unterhalten. Total vertraut und ohne Zuhörer.

Ich höre Lena schnarchen. Sie belauscht uns garantiert nicht. Ob sie von ihrem Vater träumt?

Ich erzähle (beziehungsweise flüstere) Phillip von unserem Tag, den Erlebnissen in der Villa. Er hört aufmerksam zu.

„Was machst du noch so in den Herbstferien?“, will er irgendwann wissen. „Willst du wieder im Park jobben, Eis verkaufen und Geld verdienen?“

„Nein“, antworte ich. „Die Eiszeit ist leider vorbei. Ich werde brav sein und für die Schule lernen.“

„Deine Eltern werden begeistert sein.“

„Oh ja!“

„Und was ist mit den Weihnachtsferien?“ Phillip trinkt einen Schluck von dem Isozeug. Er mustert mich aufmerksam über den Rand des Bechers hinweg. Seine Augen sind leicht verpixelt, aber trotzdem wunderschön.

„*The same*“, antworte ich. „Lesen, lernen, rumgammeln und auf dich warten.“

„Deine Pläne, mich hier zu besuchen, sind also gestorben?“ Er setzt den Becher ab.

„Keine Chance. Meine Eltern haben sie gekillt und sind zu keinen weiteren Verhandlungen bereit“, bestätige ich kopfschüttelnd. „Tut mir leid.“

„Mir auch“, sagt er leise und streckt eine Hand aus.

Mit den Fingerspitzen berührt er vorsichtig den Bildschirm. Fast so, als wolle er mein Gesicht berühren. Mir wird augenblicklich warm ums Herz. Gleichzeitig werde ich schrecklich sentimental. Ich muss mich sehr zusammenreißen, um nicht zu weinen.

„Wir haben's bald geschafft", flüstert Phillip mir zu.

In meiner Kehle liegt ein kratziger Kloß quer und hindert mich am Sprechen. Ich kann nur stumm nicken.

Phillip nickt auch. Es soll wohl aufmunternd aussehen. Es gelingt ihm nicht ganz.

Dann verabschieden wir uns. Phillip wünscht mir eine gute Nacht, ich wünsche ihm einen schönen Tag. Es ist total bizarr.

Kaum ist sein Bild verschwunden, klappe ich den Bildschirm zu und schiebe das Notebook auf den Nachttisch. Ich habe keine Lust, noch irgendwelche Mails zu checken oder im Web zu surfen. Ich will nur eins: bei Phillip sein. Weil das nicht geht, mache ich das Licht aus, drehe mich um und schlafe ein.

*

„Guten Morgen, guten Morgen, guten Morgen, Sonnenschein!"

Jemand trällert in mein Ohr. Ich kenne die Stimme. Das Lied kenne ich auch. Es ist ein uralter Schlager von Nana Mouskouri. Lena steht auf alte Schlager. Und Nana Mouskouri mag sie auch. Ich nicht. Weder das eine noch das andere.

„Lena!", stöhne ich und ziehe mir die Decke über den Kopf. Sie will sie wegreißen, aber ich halte einen Zipfel fest. Ich hab gerade so schön von Phillip geträumt! Er ist aus einem Flugzeug gestiegen. Ich stand an der Gangway, einen Strauß Margeriten in der Hand, und habe auf ihn gewartet. Wir sind aufeinander zugelaufen, haben uns tief in die Augen geschaut und dann, gerade als unsere Lippen sich berühren wollten –

„*Good morning, sunshine!*", versucht Lena es noch einmal. Wenigstens lässt sie Frau Mouskouri aus dem Spiel und singt nicht mehr. Trotzdem klingt ihre Stimme viel zu schrill für so kurz nach dem Aufwachen.

Ich starte einen Versuch und blinzele vorsichtig mit einem Auge. Es ist hell im Zimmer. Anscheinend ist heute wirklich *sunshine* angesagt. Lena ist schon komplett angezogen – sofern man einen Minirock und ein enges, ärmelloses Rollkragenshirt als ‚komplett angezogen' bezeichnen kann. Schuhe und Strümpfe hat sie noch keine an.

„Wie spät ist es genau?" Mein Blick ist zu verschwommen, um das Display meines Handys präzise entziffern zu können.

„Fast halb neun. Ich hab Hunger. Gregor hat gesimst. Er und Roman sind gleich da. Wir wollen an die Alster fahren und da frühstücken. Also, steh auf!" Sie lässt meine Bettdecke los und hüpft durchs Zimmer.

Himmel, so viel Energie am frühen Morgen! Aber wenn Gregor und Roman gleich da sind, sollte ich mich wohl lieber aus den Federn pulen.

Das Frühstück verläuft unglaublich schön. Gregor und Roman holen uns mit dem Auto ab. Es ist nur eine kurze Fahrt bis in die City. Die Sonne scheint, der Himmel ist – von ein paar harmlosen Schäfchenwolken abgesehen – strahlend blau.

Wir spazieren durch die hellwache Stadt, unterhalten uns, lassen uns interessante Ecken und Winkel zeigen, und landen schließlich in einem Cafébistro mit Blick auf die Binnenalster.

Lena und Gregor gehen die ganze Zeit vollkommen vertraut und entspannt miteinander um, als würden sie sich schon seit Jahren kennen. Vielleicht sind es die gemeinsamen Gene, die das bewirken.

Roman entpuppt sich als ruhiger, älterer Typ. Er ist schlank, aber nicht besonders groß. Seine Haare sind grau. Er hat Britney und Whitney an der Leine und unterhält sich mehr mit den Hunden als mit uns. Aber seine Schweigsamkeit stört mich nicht. So habe ich mehr Gelegenheit, die Menschen zu betrachten, die an uns vorbeiflanieren. Es gibt elegant gekleidete Damen, abgerissene Punks, Gruppen kichernder Mädchen in Lenas und meinem Alter, Typen in Fußballtrikots, die vielleicht auf dem Weg zu irgendeinem Spiel sind.

Die Mischung ist herrlich bunt und abwechslungsreich. Genau wie das Frühstücksbüfett im Innern des Bistros, an dem wir uns bedienen und satt essen.

„Was habt ihr heute noch vor?", fragt Gregor, nachdem er dem Kellner gewinkt und bezahlt hat. „Möchtet ihr mit zu uns kommen und den Tag im Garten verbringen? Roman und ich haben leider noch einiges zu tun. Ein neuer Auftraggeber hat seinen Besuch angekündigt. Er ist ziemlich anspruchsvoll. Wir müssen ihn ein wenig pampern und mit Champagner und Schnittchen verwöhnen, um den Deal perfekt zu machen. Es geht um die komplette Ausstattung eines Lofts in der HafenCity. Ein toller Auftrag!"

Roman verzieht hinter seiner dunklen Sonnenbrille keine Miene und fährt damit fort, Whitney und Britney unter dem Tisch zu kraulen und sie mit kleinen Leckerbissen von seinem Teller zu füttern. Wahrscheinlich ist er in Gedanken schon bei dem wichtigen Kunden.

Lena und ich wechseln einen Blick. Die Vorstellung, den herrlichen Tag im Garten der Villa zu verbringen, klingt für mich nicht sehr prickelnd.

Für sie zum Glück auch nicht.

„Danke, aber wir wollen lieber in die Stadt", sagt sie und fügt „wenn wir schon mal hier sind" hinzu.

Ich nicke.

Gregor hat vollstes Verständnis für unseren Entschluss. Roman wirkt sogar ein bisschen erleichtert. Bestimmt hat er keine Lust, Babysitter für uns zwei halbwüchsige Landhühner zu spielen. Oder bilde ich mir das nur ein?

Egal. Hauptsache, Lena und ich sind uns einig.

Wir verabreden, dass wir den Tag in der Stadt verbringen und zum Abendbrot in die Villa kommen.

„Roman kocht für uns", verkündet Gregor strahlend. „Er ist ein wahrer Küchengott. Ihr werdet staunen!"

„Bestimmt", sage ich und lächele Roman zu.

Er zieht tatsächlich die Mundwinkel hoch, was ich als gutes Zeichen betrachte. Vielleicht ist er ja einfach nur ein Morgenmuffel und taut heute Abend erst so richtig auf, der Küchengott.

Nachdem wir uns von Gregor, Roman und den Terriern verabschiedet haben, finden Lena und ich uns an einer riesigen

Kreuzung wieder und haben keinen Schimmer, wo wir sind und in welche Richtung wir gehen müssen. Zum Glück hat Gregor uns einen Tipp für eine Straßenkarten-App gegeben und sie im Handumdrehen auf Lenas Smartphone installiert.

„Falls ihr euch verlauft, ruft einfach an“, hat er noch gesagt, bevor er mit Roman, Whitney und Britney im Großstadtgewusel verschwunden ist.

„Echt nett, die beiden“, sage ich. „Glaubst du, dass sie schwul sind?“

„Nee!“ Lena schüttelt den Kopf. „Roman vielleicht, keine Ahnung. Aber Gregor nicht. Der hat eine gescheiterte Beziehung mit einer Frau hinter sich und ist bei Roman untergekrochen, um sich davon zu erholen, hat Sünje mir erzählt. Die beiden sind einfach nur gute Freunde.“

Sie hält ihr Handy in der Hand und betrachtet es, als wäre es der Schlüssel zu einer anderen Welt, was es im Grunde genommen ja auch ist; zumindest für uns.

„Wir sind hier“, sagt sie und zeigt auf einen leuchtend roten Punkt auf dem Display, der unseren Standort darstellen soll.

„Wo wollen wir hin? Was willst du zuerst machen?“, frage ich.

Sie zuckt mit den Schultern. „Keine Ahnung. Am besten mitten rein, was?“

Lena und ich sind beide nicht so die Shopping-Queens. Sie kauft ihre Sachen am liebsten auf Flohmärkten und in Secondhandläden oder bedient sich an den Kleiderschränken ihrer Mütter. Ich kaufe in ganz normalen Jeansshops ein. Manchmal auch in kleinen Boutiquen, wenn die ihre Preise runtergesetzt haben. Alte Klamotten pimpe ich ab und zu mit Stickereien und bunten Knöpfen auf. Diese riesigen Modeketten, die es hier an jeder Straßenecke gibt, überfordern mich total. Ich hab das Gefühl, dass die nur dazu da sind, damit wir alle gleich aussehen. Muss ja nicht sein. Lena und ich haben ein bisschen unseren eigenen Stil. Das finde ich klasse.

Neben uns steht ein Pärchen an der Ampel. Er Mitte zwanzig, mit Brille und teurem Fotoapparat. Sie etwas älter. Beide sehr hip gekleidet. Sie tuscheln miteinander. Bestimmt Touris wie wir. Aber warum starren die uns so an?

„Was glotzen die so blöd?“, fragt Lena, als sie die Blicke des Pärchens ebenfalls bemerkt.

Die beiden mustern uns wirklich ziemlich aufdringlich. Jetzt grinst der Typ sogar. Unmöglich, echt.

Ich zische Lena zu, dass sie nicht so laut sprechen soll. Die Leute hinter uns gucken schon. Zum Glück springt in dieser Sekunde die Ampel auf Grün.

Ich schnappe Lenas Handgelenk und ziehe sie hinter mir her. Gleichzeitig werfe ich einen Blick über die Schulter. Das hippe Pärchen folgt uns im Laufschritt.

Lena fängt an zu kichern. Ich kann mein Prusten auch nicht länger unterdrücken.

„Was machen wir hier eigentlich? So wahnsinnig bedrohlich sehen die nun auch wieder nicht aus, oder?“ Lena bleibt stehen und versucht nach unserem Kurzsprint wieder zu Atem zu kommen.

Ich lasse ihr Handgelenk los und drehe mich um. Es ist nicht zu übersehen: Die beiden wollen irgendwas. Sie kommen direkt auf uns zu. Und nein: Sie wirken kein bisschen bedrohlich. Im Gegenteil.

Der Typ strahlt wie ein Honigbär, als er uns erreicht. Die Frau sortiert ihre platinblonde Kurzhaarfrisur, indem sie mit einer Hand leicht darüberfährt.

„Du meine Güte!", schnauft sie. „Seid ihr etwa auf der Flucht?"

„Allerdings", sagt Lena. Sie stemmt eine Hand in die Hüfte und wirkt angriffslustig. „Ich hab's nicht so gern, wenn fremde Menschen mich anglotzen, als wäre ich eine doppelköpfige Hyäne oder so was, und dann noch hinter mir herspurten wie zwei Bekloppte."

Die Frau hebt eine gezupfte Augenbraue. Ihre Mundwinkel tendieren in die entgegengesetzte Richtung.

Der Typ rückt seine Hornbrille zurecht und lacht. Dann greift er in eine Hemdtasche und zieht eine Visitenkarte heraus. Sie schimmert metallisch und sieht sehr edel aus.

„Sorry", sagt er und hält Lena die Karte hin. „Wir sollten uns wohl vorstellen. Ich bin Stefano, das ist Mari-Anne." Er zeigt zuerst auf Platinköpfchen, anschließend auf Lena. „Du bist uns aufgefallen."

Er sagt ‚du', nicht ‚ihr'. Ich bin also gar nicht gemeint und entspanne mich etwas. Gleichzeitig versuche ich, einen Blick auf das schicke Kärtchen in Lenas Hand zu werfen. Sie wedelt damit herum. Es ist leider unmöglich, etwas zu entziffern.

„Hä?", macht Lena. Sie wechselt lässig vom Standbein aufs Spielbein, was sie ziemlich gut beherrscht. Es wirkt cool und selbstbewusst. Ich kann so was nicht. Falls ich es versuche, sieht es aus, als hätte ich einen ausgeprägten Hüftschaden. Also lass ich's lieber.

„Wir sind von der Agentur *Blondes-non-Blondes*", setzt die

Kurzhaarige zu einer Erklärung an. „Wir würden gerne ein paar Polaroids von dir machen, wenn du einverstanden bist." Ihr zweifelnder Blick verrät, dass sie von Lenas Einverständnis nicht wirklich überzeugt ist.

Währenddessen mustert der Brillentyp Lenas Beine mit unverhohlenem Interesse von oben bis unten und wieder retour. Ganz schön dreist!

Ich funkele ihn an. Er lächelt nur, als er es bemerkt.

Ich stupse Lena an.

„Hä?", macht sie noch einmal und schiebt die Stirn in wenig dekorative Falten. „Was denn?"

„Nix weiter", sage ich und zeige auf die Visitenkarte. „Aber vielleicht solltest du dir das da mal anschauen?"

„Mach doch selbst." Sie überreicht mir das Metallkärtchen – es ist wirklich aus Metall – und grinst.

Ich drehe die Karte um.

Blondes-non-Blondes. Models. Hamburg – London – Wien, steht in geprägten Schnörkelbuchstaben auf der Rückseite. Dazu eine Telefonnummer. Mehr nicht. Keine Anschrift, keine Postleitzahl, kein Name.

Meine Augen fixieren das Wort *Models*.

Mein Mund will „Wow!" sagen.

Ich bringe kein Wort über die Lippen und starre das Hipster-Pärchen an. Nicht, dass ich mich mit so was auskennen würde, aber man liest und hört ja so einiges. Von jungen Mädchen, die auf der Straße entdeckt werden und im Handumdrehen internationale Karriere auf dem Laufsteg machen und dabei Millionen scheffeln. Das kommt immer wieder vor. Aber sehen so Modelscouts aus? Wie sehen die überhaupt aus? Ich habe keinen Schimmer.

Lena auch nicht. Da bin ich mir ziemlich sicher – besonders als ich ihr verwirrt-kritisches Mienenspiel betrachte, als ich endlich das Wort „Modelagentur“ herausbringe. Wenn sie jetzt noch einmal „Hä“ sagt, hau ich sie.

Nein, sie sagt es nicht. Stattdessen schnappt sie sich die Visitenkarte und reicht sie dem Typen mit der schicken Brille lächelnd zurück.

„Danke, kein Interesse“, flötet meine beste Freundin und dreht sich um.

Unsere Blicke folgen ihr. Ich versuche, sie mit den Augen der anderen zu sehen. Lenas rote Mähne wippt im Takt der Schritte, mit denen sie sich entfernt. Ihre staksigen Fohlenbeine stecken in Overknee-Strümpfen, ihre Füße in klobigen Bikerboots. Dazu der enge Rolli und der Jeansmini. Kein Wunder, dass sie dem Modelscout-Pärchen ins Auge gefallen ist. Sie ist ein Hingucker. Schrill und bunt. Groß und schlank. Sexy, ohne billig zu sein. Und dabei total natürlich. Ein echtes Unikat.

„Moment, bitte“, sage ich zu Mari-Anne und Stefano.

„Warte mal!“, rufe ich hinter Lena her und spurte los.

Zum Glück bleibt sie stehen. Mein Bedarf an schnellen Sprints ist fürs Erste gedeckt.

„Willst du dir denn nicht mal anhören, was die beiden zu sagen haben?“, raune ich Lena zu, als ich bei ihr bin.

„Och, nö“, schmollt sie. „Wir wollten doch in die Stadt. Das sind sowieso Spinner. Von wegen *Modelagentur* … Wer's glaubt, wird selig.“

Sie zeigt mit dem Daumen auf das Scout-Paar, das immer noch an einem Fleck steht und offenbar heftig miteinander diskutiert.

Stefano gestikuliert mit seiner Kamera in unsere Richtung. Mari-Anne fährt sich durch die Haare. Es scheint ein nervöser Tick von ihr zu sein.

„Sie haben gesagt, sie wollen nur ein paar Polaroids von dir machen", sage ich.

„Dann lass du dich doch knipsen", kontert Lena.

„Geht nicht. Sie wollen dich. Bestimmt sind ihnen meine Beine zu kurz", sage ich lapidar.

Jetzt grinst Lena.

„Oh, Mann …", sagt sie und verdreht die Augen.

Ich weiß gar nicht, warum ich so scharf darauf bin, dass sie mit Mari-Anne und Stefano spricht. Genauso gut könnten wir uns umdrehen und in der Mönckebergstraße unser Taschengeld auf den Kopf hauen, wie es geplant war. Aber irgendetwas hält mich zurück.

Ich überlege kurz und komme zu folgendem Ergebnis:

» Punkt 1: Es kommt nicht jeden Tag vor, dass man von zwei Modelagenten angesprochen wird. Ich bin sicher, dass mir das in hundert Jahren nicht passieren wird!
» Punkt 2: Ich finde das Ganze total spannend. Wie ein Film, in dem Lena und ich mitspielen.
» Punkt 3: Ich will nicht, dass Lena eine Chance verstreichen lässt. Wobei ich mir nicht sicher bin, dass sie nicht vielleicht Recht hat und Stefano und Marie-Anne irgendwelche Spin-

ner sind, die naiven Mädels die Asche aus der Tasche ziehen wollen. Das kommt schließlich auch oft genug vor.

» Punkt 4: Keine Ahnung. Wahrscheinlich bin ich einfach nur neugierig, wie's weitergeht. Falls es weitergeht. Was ganz und gar von Lena abhängt.

„Hey", sage ich schließlich. „Das ist das *Big City Life*, von dem immer alle sprechen. Und wir sind mittendrin. Hurra, ein Abenteuer! Wolltest du das nicht?"

„Nö", sagt sie mit entwaffnender Ehrlichkeit.

Bevor ich etwas erwidern kann, tippt mir jemand auf die Schulter. Ich fahre herum und blicke direkt in Stefanos bebrillte Augen.

„Schön, dass ihr auf uns gewartet habt", strahlt er, bevor er sich an Lena wendet. „Und? Wie sieht's aus? Hast du's dir überlegt?" Er hebt die Polaroidkamera hoch und wackelt damit.

Lena stößt einen Seufzer aus.

„Okay, von mir aus. Aber nicht ins Netz stellen! Dann gibt's 'ne fette Klage, klar?" Sie droht Stefano mit dem Zeigefinger. Der Ärmste zuckt zusammen und verspricht, dass er nichts dergleichen vorhat.

„Es sind nur Probeaufnahmen", versichert er. „Nur um zu sehen, wie du rüberkommst."

Inzwischen hat auch Mari-Anne uns erreicht. Sie hat Lenas letzten Satz gehört. Ihre Mimik ist eingefroren und lässt keine Schlüsse zu, ob sie sich darüber freut, dass Lena sich fotografieren lassen will oder ob sie eher Angst davor hat.

Ich tippe auf Letzteres und verkneife mir ein Grinsen.

Es ist Samstagvormittag. Um uns herum fließt der Großstadtverkehr. Menschen schieben sich an uns vorbei. Manche meckern, dass wir ihnen den Weg versperren. Die ganze Situation ist absolut absurd und faszinierend zugleich.

Stefano tritt ein paar Schritte zurück und nimmt Lena ins Visier seiner Kamera.

Lena setzt ein gelangweiltes Gesicht auf. Sie legt ihre ganze Abscheu hinein. Ich kenne das aus der Schule, vom Geschichtsunterricht. Sie beherrscht es wirklich perfekt. Fast möchte ich applaudieren.

Stefano macht eine Aufnahme von ihrem Gesicht – einmal frontal, einmal im Profil – und eine Ganzkörperaufnahme.

„Wie alt bist du?", fragt Mari-Anne.

„Sechzehn."

„Wie schwer? Wie groß?"

„Keine Ahnung." Lena zuckt mit den Schultern.

Mari-Anne seufzt.

Stefano zeigt ihr die Polaroids. Sie stecken die Köpfe zusammen und tuscheln miteinander.

Schließlich lächelt Stefano.

„Wir würden dich gerne in die Agentur einladen", sagt er. Oder soll ich sagen ‚säuselt er'?

„Die Polaroids sind super, aber wir brauchen richtige Aufnahmen. Wohnst du in Hamburg?"

„Nö." Lena schiebt sich ein Kaugummi zwischen die Zähne und bietet mir auch eins an, bevor sie die Packung an Stefano und Mari-Anne weiterreicht.

Beide lehnen dankend ab.

„Das macht überhaupt nichts", versichert Stefano und meint

vermutlich die Tatsache, dass Lena woanders wohnt. Er fragt, wie lange wir noch in der Stadt sind.

Lena sagt es ihm.

„Fein", meint er. „Könntest du morgen Vormittag in die Agentur kommen?"

„Morgen ist Sonntag", bemerkt Lena.

„Wir arbeiten auch sonntags", sagt Mari-Anne spitz.

„Cool." Lena lässt eine Kaugummiblase platzen.

„Wir brauchen eine Einverständniserklärung deiner Eltern", fährt Mari-Anne fort. „Wir machen mit dir ein professionelles Fotoshooting und entscheiden anschließend, ob wir dich in unsere Kartei aufnehmen. In diesem Fall würden wir einen Agenturvertrag mit dir abschließen und dich an Kunden vermitteln. Wir agieren international. Gehst du noch zur Schule?"

„Ich bin sechzehn", erinnert Lena sie freundlich.

Ich höre die ganze Zeit sprachlos zu. Dieser Dialog ist filmreif, ich schwör's. Die ganze Szene ist es.

Mari-Anne lässt sich nicht aus der Fassung bringen.

„Es gibt Mädchen in deinem Alter, die den Höhepunkt ihrer Karriere bereits erreicht oder überschritten haben", entgegnet sie ebenso freundlich. „Wir sollten also keine Zeit verlieren. *Time is money.* Unser Business ist kein Ponyhof. Wenn du mir die Telefonnummer gibst, spreche ich mit deinen Eltern und erkläre ihnen alles."

„Das mach ich lieber selber", sagt Lena. „Meine Mütter sind gerade auf einem Hexenmeeting in Glastonbury. Ich frag meinen Vater. Reicht das?"

Stefano gibt ihr die schimmernde Visitenkarte zurück. Ich bin inzwischen davon überzeugt, dass sie aus irgendeinem wertvollen Edelmetall besteht und jede Menge Magie enthält. Bestimmt ist sie der Schlüssel zu irgendetwas Wichtigem. Vielleicht zum Modeluniversum. Zu einem geheimen Zirkel weltweit operierender Heidi-Klum-Klone. Meine Fantasie blüht wie verrückt. Lena wird ein Topmodel – und ich bin live dabei!

Lena nimmt die Karte mit spitzen Fingern entgegen, als hätte sie Angst, sie könnte sich verbrennen.

„Ich regel das mit meinem Dad", verspricht sie.

Stefano freut sich.

„Fein", sagt er und reicht ihr eine zweite Karte – nicht aus Metall diesmal, sondern aus eierschalenfarbenem Karton. „Hier ist die Adresse unserer Agentur. Am besten nimmst du die S-Bahn. Komm bitte ungeschminkt. Sei einfach ganz natürlich und du selbst."

„Was denn sonst?" Lena lässt noch eine Kaugummiblase platzen.

Kurz darauf sind wir allein.

Nachdem Mari-Anne und Stefano hatten, was sie wollten, haben sie sich ziemlich schnell von uns verabschiedet und sich wieder ins Getümmel gestürzt – vermutlich auf der Suche nach weiteren Objekten ihrer internationalen Begierde.

Lena und ich starren uns an.

Dann fangen wir gleichzeitig zu lachen an.

„Big City Life", sagt Lena trocken.

„Was denn sonst?", füge ich grinsend hinzu.

Wir klatschen uns ab und beschließend, irgendwo in Ruhe einen Kakao zu trinken.

„Ich brauch Zucker und Kalorien“, meint Lena. „So ein Modelleben ist echt anstrengend.“

„Bald ist es vorbei mit Zucker und Kalorien“, bemerke ich. „Topmodels ernähren sich von kleinen grünen Äpfeln und Wattebäuschen. Weiß doch jeder.“

„Ohne mich!“, ruft Lena und stopft die Visitenkarten – die magische und die normale – in ihren handgewebten peruanischen Umhängebeutel. „So wahr ich Lena Kowalski heiße!“

KAPITEL 9

Lena im Blitzlichtgewitter und ich daneben

Ein paar Ecken weiter entdecken wir ein kleines Café. Wir steuern darauf zu und setzen uns an einen der runden Tische.

„Willst du wirklich morgen zu dieser Agentur?“, frage ich, nachdem wir bestellt haben.

„Keine Ahnung“, antwortet Lena. „Mir kommt das alles irgendwie merkwürdig vor. Ich als Model?“ Sie holt tief Luft und lässt ihren Blick nachdenklich über die Menschen schweifen, die an uns vorübergehen. „Es gibt zig Billionen Mädchen auf der Welt, die hübscher sind als ich. Guck doch mal die da, zum Beispiel!“

Sie zeigt auf zwei jüngere Mädchen, die im Vorbeischlendern kichernd auf ihre Handys schauen. Die beiden sehen aus, als wären sie geradewegs einer Werbeanzeige für Pickelcreme entstiegen. Frisch, sportlich, rosig und schlank. Total perfekt.

„Aber Stefano und Mari-Anne haben nun mal dich ausgesucht“, entgegne ich. „Irgendwas müssen sie sich dabei ja gedacht haben.“

„Wahrscheinlich fall ich morgen beim Fotoshooting eh durch.“ Lena grinst. „Die wissen ja nicht, was ihnen bevorsteht. Weißt du noch, meine Grimasse auf unserem letzten Klassenfoto? Ich hab das ganze Jahrbuch versaut!"

„Ich fand's witzig."

„Ich auch."

„Hauptsache, Gregor gibt dir die Einverständniserklärung. Darf er das überhaupt, ohne deine Mütter zu fragen?"

Lena zuckt mit den Schultern.

„Er kann sie ja vorher anrufen. Sünje und Hannah haben bestimmt nichts dagegen."

Unser Kakao kommt. Wir bedanken uns bei der Kellnerin und stoßen mit den Bechern an.

„Auf Mari-Anne, Stefano und ihre protzige Visitenkarte", sagt Lena feierlich.

„Auf deine Karriere!", füge ich hinzu. Wir trinken ein paar Schlucke. Plötzlich fällt mir etwas ein.

„Brauchst du nicht auch einen Künstlernamen?"

„Wieso? Was ist an Lena Kowalski verkehrt?" Lena hat einen Kakaobart auf der Oberlippe. Ich wette, Stefano wäre von ihrem Look entzückt.

„Gar nichts", erwidere ich. „Aber es gibt doch schon Lena Gercke. Sind zwei deutsche Lenas nicht zu viel für den internationalen Laufsteg? Ich meine, wegen der Unverwechselbarkeit und so."

„Hm", macht Lena. „Und wenn ich mich einfach nur Kowalski nenne?"

„Klingt nach einer echten Marke", sage ich und pruste in meinen Kakao. „Und so international!"

Wir probieren aus, wie ihr Nachname auf Englisch, Französisch, Italienisch und Spanisch klingt, und brechen vor Lachen fast zusammen.

Anschließend verbringen wir einen herrlich vergnügten Tag in der City. Statt schnödem Shopping geben wir uns ausgiebigem Sightseeing hin. Wie echte Touristen eben.

Es gibt aber auch so viel zu sehen! Wir machen eine Hafenrundfahrt, wandern durch die alte Speicherstadt und kommen aus dem Staunen gar nicht mehr heraus. Phillip schicken wir ein Selfie von uns per MMS. Wir knipsen zig Fotos mit unseren Handys, aber es ist unmöglich, alles festzuhalten. Zwischendurch bekommen wir immer wieder Lach-Flashs.

„*Unser Business ist kein Ponyhof*", imitiert Lena Mari-Anne und schwenkt geziert ihre Sonnenbrille vor meiner Nase.

Ich winsele um Gnade. Von dem ganzen Kichern hab ich schon Bauchmuskelkater.

Am Abend stehen wir – zu gleichen Teilen müde und hungrig – bei Gregor und Roman auf der Matte. Wir haben uns leicht verspätet, weil wir zuerst in eine falsche S-Bahn gestiegen sind (ich sag's ja: echte Landeier!), aber es scheint niemandem aufzufallen.

Roman öffnet uns die Tür. Wahrscheinlich hat Martha übers Wochenende frei.

Lena und ich stehen in der Eingangshalle herum und schnuppern wie zwei Kaninchen. Es duftet nach italienischen Kräutern und frischen Blumen. Eine Mischung aus Pizzeria und botanischem Garten. Kein Wunder, auf einem runden Tisch in der

Mitte der Halle steht eine riesige Vase mit Lilien. Sie sehen ein bisschen nach Beerdigung aus, finde ich, aber hübsch.

Die italienischen Kräuter haften an Romans Kochschürze. Sie ist ebenso blütenweiß wie die Lilienkelche.

„Kommt am besten gleich mit in die Küche", schlägt er vor. „Oder möchtet ihr euch vor dem Essen frisch machen?"

Er mustert uns mit relativ neutralem Blick. Frisch sehen wir nach dem langen Tag in der Stadt garantiert nicht aus.

„Klar. Wir waschen uns fix die Pfoten und sind dann gleich bei euch", erwidert Lena locker. „Keine Panik, wir finden die Küche schon. Immer dem Duft nach, stimmt's?"

Roman zuckt kaum merklich zusammen. Ich glaube, er muss sich erst noch an Lenas forschen Umgangston gewöhnen.

Ich beiße mir schnell auf die Lippen, um nicht zu lachen, und verschwinde mit Lena in dem kornblumenblauen Gäste-WC.

Zum Essen erscheinen wir wenig später zwar nicht gerade wie aus dem Ei gepellt, aber immerhin mit sauberen, nach Lavendelseife duftenden Händen und frisch gekämmten Haaren. Und die Küche finden wir auch ohne Umwege.

Der große Tisch ist für vier Personen gedeckt.

„Wir dachten uns, dass es hier ein bisschen zwangloser ist als im Esszimmer", sagt Gregor, nachdem er uns mit Küsschen links, Küsschen rechts, noch ein Küsschen links in Empfang genommen hat.

Ich weiß zwar nicht, wie das Esszimmer der Villa aussieht, aber die Küche ist sehr gemütlich. Bäuerlich-rustikal würde ich sagen. Sie würde Krischan todsicher gefallen. Töpfe, Pfannen und Schöpfkellen hängen an Haken. Es gibt sogar eine rot und weiß gewürfelte Tischdecke mit passenden Servietten. Fehlen nur noch der Erntedankkranz und ein selbst gepflückter Feldblumenstrauß.

Roman steht an einem Herd, der Ähnlichkeit mit der Gefechtsstation eines klingonischen Raumschiffs hat, und rührt in einem Messingtopf.

„Es gibt Pizza", verkündet er.

„Hoffentlich mögt ihr Pizza?", fragt Gregor.

„Klar. Pizza geht immer", grinst Lena und verkneift sich die Bemerkung, dass wir uns erst gestern Abend eine geteilt haben. Aber so eine liebevoll selbst gemachte, mit frischen Zutaten dekorierte Designerpizza ist mit einer Margherita aus dem Lieferkarton wahrscheinlich eh nicht zu vergleichen.

Weil Roman und Gregor unser Angebot, ihnen bei der Zubereitung zu helfen, ablehnen, hocken wir uns an den Tisch und beobachten von dort fasziniert, wie sie alles Mögliche schnippeln, häckseln und reiben, von dem wir kaum wissen, was es ist, geschweige denn, dass man es auf eine Pizza legen kann. Die beiden sind ein eingespieltes Team, das merkt man sofort.

In dem Messingtopf kocht Lauchsuppe. In einem anderen Töpfchen blubbert selbst gemachte Tomatensoße vor sich hin. Roman schöpft sie mit einer Kelle auf den vorbereiteten Pizzaboden und verteilt sie. Gregor wirft lässig aus dem Handgelenk verschiedene Käsesorten, Tomaten, Zucchini, Oliven und Kräuter, Kräuter, Kräuter obendrauf. Wenn es noch leckerer riecht, fange ich an zu sabbern. Ich schwör's.

Als das Pizzablech im Ofen ist, gibt es die Lauchsuppe als

Vorspeise. Roman fragt uns, ob wir zum Essen Wein trinken möchten – „roten oder weißen?“.

„Nein, vielen Dank“, krächze ich. „Weder noch.“

Lena legt die Stirn in Falten, als ob sie kurz nachdenken müsste, dann schüttelt sie den Kopf. „Habt ihr O-Saft?“

„Aber sicher doch.“ Gregor kredenzt uns frisch gepressten Saft (der gehört offenbar zur Grundausstattung des Villen-Kühlschranks) in Gläsern, die sehr wertvoll und sehr alt aussehen. Ich wage kaum damit anzustoßen, als Gregor und Roman uns ihre Weingläser entgegenhalten.

„Auf euren Besuch“, sagt Gregor feierlich. „Auf meine hübsche Tochter!“

„Auf dich, mein hübsches Papilein“, grinst Lena.

Gregor lächelt selig.

Wir widmen uns dem Lauchsüppchen.

Von irgendwoher kommt klassische Musik. Irgendetwas Düsteres, Dramatisches. Vielleicht Wagner. Ich kenne mich damit nicht so aus.

Nebenbei unterhalten wir uns über die Schule und die Reisen, die wir schon gemacht haben. Wie es sich herausstellt, war Gregor schon fast überall auf der Welt. Roman hat sogar mal einige Zeit in Hongkong gelebt. Beneidenswert.

„Mir würde San Francisco schon reichen“, seufze ich und weihe unsere Gastgeber in das tragische Schicksal ein, das mich ein ganzes halbes Jahr von meiner großen Liebe trennt. Sie bedauern mich gebührend.

Wir haben den ersten Gang hinter uns gebracht und lauschen der Musik. Die Pizza ist noch nicht so weit.

„Wo wir vorhin von *hübsch* gesprochen haben …“, sagt Lena plötzlich. Sie zieht einen zerknautschten Zettel aus ihrer Jeanstasche, faltet ihn auseinander und schiebt ihn über den Tisch. „Ich bin gescoutet worden.“

Gregor und Roman beugen sich gleichzeitig über das Schreiben der Modelagentur. Ihre Köpfe stoßen zusammen.

„Huch!“, entfährt es Gregor.

Ich weiß nicht, ob es dem Zusammenstoß oder dem Inhalt des Zettels galt.

„Das ist ja phänomenal!“, ruft Roman und klatscht in die Hände. „*Blondes-non-Blondes* hat einen ausgezeichneten Ruf in der Branche. Absolut seriös. Sie machen wirklich spektakuläre Kampagnen!“

Er zählt ein paar Markennamen auf, von denen ich einige kenne. Berühmte Modeschöpfer, Klamottenlabels, Kosmetikfirmen. Und für *die* soll Lena arbeiten?

Wir starren uns an. Plötzlich erscheint das morgige Shooting in einem ganz anderen Licht.

Mari-Anne und Stefano sind also wahrhaftig Modelscouts.

Die Agentur ist seriös.

Sie arbeitet mit namhaften Kunden zusammen.

Weltweit.

Bestimmt auch in San Francisco.

San Francisco?

Wieso ist Lena entdeckt worden und ich nicht?

Ich könnte einen Job in Kalifornien gerade sehr gut gebrauchen. An einem einzigen Tag würde ich mehr Geld verdienen als beim Eisverkaufen im Stadtpark in einem ganzen Monat. Und ich wäre in Phillips Nähe. Vor allem das.

Ich denke an meine durchschnittlich blonden Haare, die an manchen Tagen (heute zum Beispiel) wie schlappe Nudeln aussehen, die zu lange gekocht haben.

Ich denke an die sprießfreudigen Pickel auf meiner Stirn und an mein unterentwickeltes Modebewusstsein.

Vor allem denke ich an meine Beine, die niemals so lang sein werden wie die von Lena. So viele Wachstumsschübe kann ich gar nicht haben!

Ich denke an mein Durchschnittsdasein als Durchschnittsschülerin in einer durchschnittlichen Kleinstadt und weiß, dass ich niemals ein Model sein werde. Niemals.

Aber Lena! Vielleicht jedenfalls. Wenn Gregor die Einverständniserklärung unterschreibt und sie morgen keine Grimassen macht, sondern wie ein professionelles Model einfach nur gelangweilt und professionell in die Kamera guckt. Sie kann das, wenn sie will.

Ich stupse sie unter dem Tisch an.

Sie stupst zurück.

Roman und Gregor lesen immer noch. Nicht nur die Vorderseite, auch die Rückseite des Schreibens ist dicht bedruckt.

„Das kann ich nicht unterschreiben“, sagt Gregor schließlich und hebt den Kopf. „Ich bin nicht erziehungsberechtigt.“

Roman springt auf und zieht die Pizza aus dem Ofen. An die hab ich gar nicht mehr gedacht.

Lena holt tief Luft.

„Mooment …“, sagt sie gedehnt. „Du könntest meine erziehungsberechtigten Mütter aber eventuell vertreten und an ihrer Stelle unterschreiben. Ich hab vorhin mit Sünje telefoniert. Hannah und sie hätten nichts dagegen.“

Es stimmt. Sie hat ihre Mutter wirklich angerufen. Ich stand daneben. Wer Sünje und Hannah, Lenas Mütter, kennt, weiß, dass die beiden total unkonventionell sind und Lena in fast allen Belangen die größtmögliche Entscheidungsfreiheit lassen.

Gregor sieht aus, als wäre er ein bisschen überfordert. Kein Wunder, er hat ja auch keine Erfahrung damit, erziehungsberechtigt zu sein. Wahrscheinlich kommt das alles ein bisschen plötzlich für ihn.

„Du willst Model werden?", fragt er, während Roman die Gemüsepizza in handliche Stücke säbelt und auf Teller verteilt. „Davon weiß ich ja gar nichts! Was ist mit der Schule? Dem Studium? Deiner Zukunft?"

Komisch. Er reagiert genau so, wie mein Vater in dieser Situation reagieren würde. Da sind wohl alle Väter gleich.

Lena rollt mit den Augen.

„Nö, ich will überhaupt nicht Model werden", gibt sie zu. „Ich fände es nur ziemlich cool, es mal auszuprobieren. Das heißt ja nicht, dass ich gleich die Schule hinschmeiße. Keine Panik, Paps. Ich hab alles im Griff. Man kann auch teilzeitmodeln. In den Schulferien zum Beispiel. Ich brauch nur deine Unterschrift. Vertretungshalber. Oder soll ich sie lieber fälschen?"

Roman schiebt uns die Pizzateller hin und wirft mir dabei einen Blick zu.

Ich verstehe, was er mir sagen will: Wir sollten uns aus der Diskussion heraushalten.

Er hat Recht. Genau wie er spüre ich ziemlich deutlich, dass ich in dieser Story nur eine Randfigur bin. Hier geht es um Lena. Um Lenas Vater. Um Lenas Entschluss und Gregors Entscheidung.

Ich sitze einfach nur daneben. Ich beobachte, höre zu und bin da, wenn sie mich braucht. Ich verhalte mich wie eine Freundin. So, wie Lena sich andersherum auch verhalten würde. So, wie sie sich verhalten hat, als ich Stress mit Phillip hatte. Oder nach seiner Abreise. Als ich gelitten und mich von allem zurückgezogen habe. Lena war da, aber sie hat sich nicht aufgedrängt und eingemischt. Nicht besonders jedenfalls.

Jetzt bin ich für sie da. Es ist ein schönes Gefühl.

Ich zwinkere ihr zu.

Sie erwidert das Zwinkern, als wüsste sie genau, woran ich gerade denke.

„Wieso soll ich unterschreiben, dass ich einverstanden bin, wenn du gar nicht als Model arbeiten möchtest?" Gregor schneidet eine Ecke von seiner Pizza ab, schiebt es sich zwischen die Zähne und kaut nachdenklich.

Wir anderen folgen seinem Beispiel. Ich hab Hunger. Von dem bisschen Lauchsuppe bin ich noch lange nicht satt.

„Hab isch doch gerade geschagt", nuschelt Lena mit vollem Mund. „Weil isch dasch mal auschprobieren will."

„Möchte", korrigiert Gregor sie.

Lena mustert ihn mit hochgezogener Augenbraue. „Von mir ausch", mümmelt sie. „Möschte. Isch möschte, Papsch."

Ich muss mich voll auf meine Pizza konzentrieren, um nicht loszulachen. So ganz verstehe ich Lena auch nicht, mal ehrlich. Sie hat mir gegenüber noch nie den Wunsch geäußert, in schicken Designerklamotten über einen Catwalk zu stolzieren. Im Gegensatz zu Anna, die dafür glatt ihre Oma verkaufen würde. Okay, ihre Oma vielleicht nicht gerade. Aber vielleicht Lukas, was bei genauer Betrachtung vielleicht sogar ein guter Handel wäre. Aber Anna ist leider genauso durchschnittlich wie ich; vielleicht sogar noch ein kleines bisschen durchschnittlicher. Das soll jetzt nicht gemein oder abwertend klingen. Es ist einfach eine realistische Einschätzung der natürlichen Gegebenheiten.

Lena ist anders als wir alle. Das müssen Mari-Anne und Stefano sofort erkannt haben. Als professionelle Modelscouts kennen sie sich schließlich damit aus.

Sie haben den Blick und Lena hat den Look. Eine ganz einfache Gleichung.

Als wir Stunden später in unser Hotelzimmer zurückkehren und todmüde in die Betten sinken, hat Lena die Unterschrift in der Tasche beziehungsweise auf dem Zettel.

‚i.V.' – in Vertretung – hat Gregor geschrieben und seinen Namen dahintergesetzt.

Anschließend haben wir angestoßen. Mit echtem Champagner. Das war so eklig! Total sauer und prickelig. Ich muss jetzt noch rülpsen, obwohl ich nur ein winziges Schlückchen von dem Zeug genippt habe. Aber Roman hat gemeint, dass das Getränk dem Anlass angemessen sein muss. Also Champagner. Jeden Tag muss ich das wirklich nicht haben. Lena auch nicht.

„Mir ist schlecht", jammert sie und springt auf, um ins Bad zu stolpern. Kein Wunder, im Gegensatz zu mir hat sie zwei Gläser getrunken.

„Werd jetzt bloß nicht krank!", rufe ich hinter ihr her. „Morgen startet deine Weltkarriere!"

Lenas Antwort ist ein unmelodisches Würgen.

*

Zum Glück geht's ihr am nächsten Morgen besser. Wir haben wie zwei Murmeltiere geschlafen und frühstücken in der Pension. Die Inhaberin bemuttert uns von vorne bis hinten. Es gibt ofenfrische Brötchen, Müsli, Obst und warmen Kakao. Ich komme mir vor wie im Schlaraffenland.

Wenig später machen wir uns auf die Socken.

Lena ist die Ruhe selbst.

Ich bin ein Nervenbündel.

„Bist du gar nicht aufgeregt?", frage ich.

„Nö. Wieso?"

Sie latscht in ihren schlabberigen Bikerboots neben mir her und sieht schon fast aus wie ein Model. Oder zumindest so, wie ich mir ein Model in seiner Freizeit vorstelle: Skinny-Jeans, weißes Tanktop, darüber ein schwarzes Männerjackett in Übergröße. Ihr Gesicht ist blass und ungeschminkt. Ihre langen, hennaroten Haare hat sie zu einem unordentlichen Pferdeschwanz zusammengetütelt.

Sie sieht einfach toll aus. Kein Wunder, dass sie entspannt ist. Sie hat es nicht nötig, nervös zu sein. Dieser Part ist anscheinend mir vorbehalten – obwohl es überhaupt nicht um mich geht.

Die Agentur finden wir dank der Handy-App auf Anhieb. Wir fahren ein Stück mit der S-Bahn. Den Rest des Weges legen wir zu Fuß zurück.

Blondes-non-Blondes residiert in einem Hinterhof eines angesagten Szeneviertels. Das zweigeschossige Backsteingebäude muss früher mal eine Fabrik oder so etwas gewesen sein. In dem holprigen Kopfsteinpflaster, das bis zur Eingangstür führt, verlaufen noch alte, rostige Schienen.

Im Innern des Gemäuers setzt sich der nüchterne Industriecharme fort: grauer Betonfußboden; kahle, weiße, rau getünchte Wände; kantige Möbel; ein paar Edelstahl-Details; großformatige, körnige Fotos in schwarzen Rahmen. Alles wirkt kühl, zweckmäßig und dabei sehr schick und edel.

Im Hintergrund läuft Elektro-Pop. Eine Musikrichtung, von der ich Zahnschmerzen bekomme, wenn ich sie länger höre.

Ich presse die Kiefer fest zusammen und stolpere hinter Lena her.

Wie sich herausstellt, ist Stefanos metallene Visitenkarte tatsächlich der Schlüssel zu einem anderen Universum. Lena muss sie an einem Tresen vorzeigen, hinter dem ein unglaublich dürrer Typ mit einem riesigen Vollbart steht. Er fragt auch nach der Einverständniserklärung. Lena reicht sie ihm.

Der Typ nickt und zeigt auf eine Eisentür. Lena greift nach meiner Hand. Wird sie jetzt doch noch nervös?

„Und du bist?“, wendet sich der Vollbart an mich.

Ich merke, wie mir die Hitze in die Wangen schießt.

„Ich bin nur ihre Freundin“, sage ich hastig.

„Dann musst du hier warten.“

Ich starre den Empfangschef an. Er schiebt ein halbherziges „Sorry“ hinterher.

„Macht doch nichts“, sagt Lena. „Das geht bestimmt schnell.“

Wir gucken uns an. Sie nickt mir zu und grinst.

„Toi, toi, toi", sage ich und spucke über ihre Schulter. „Wenn was ist, ruf mich auf dem Handy an. Ich warte draußen."

„Tüdelü", sagt Lena. Sie stakst entschlossen auf die Eisentür zu. Bevor sie dahinter verschwindet, dreht sie sich noch einmal um und winkt mir zu.

Dann ist sie weg. Verschluckt vom Modeluniversum.

Ohne dem Bärtigen noch einen Blick zu gönnen, gehe ich in die entgegengesetzte Richtung und trete hinaus in den Herbstsonnenschein.

Zwei schlaksige Mädchen mit riesigen Umhängetaschen und nicht wesentlich kleineren Sonnenbrillen schieben sich an mir vorbei. Beide halten einen Pappbecher in der einen Hand und ein Smartphone in der anderen. Während sie telefonieren, nippen sie synchron am Kaffee. Es wirkt wie ein Ballett. Als hätten sie es einstudiert.

Ich könnte das nicht, gleichzeitig Kaffee trinken, telefonieren, über Kopfsteinpflaster laufen und dabei noch dünn sein und gut aussehen. Aber vielleicht lernt man so was in der Modelschule. Wer weiß.

Ich hocke mich auf ein Mäuerchen und zücke mein Handy, um Phillip eine SMS zu schicken. Es ist Vormittag in Hamburg. Bei ihm ist es mitten in der Nacht. Weil ich ihn nicht wecken möchte, speichere ich die Nachricht, um sie später abzuschicken.

Aus purer Langeweile mache ich anschließend ein Foto von dem Agenturschild und maile es an Anna, Billi und Dina.

„Ihr glaubt es nicht!", texte ich dazu und drücke auf Senden. Dann warte ich weiter.

Es dauert Ewigkeiten! Ich vermute mal, dass es daran liegt, dass

Lena nicht die Einzige ist, die gestern gescoutet wurde. Immer wieder traben junge Mädchen in den unterschiedlichsten Stadien der Nervosität, Essstörung und Verwirrung an mir vorbei. Einige werden von ihren Eltern begleitet.

Der Platz vor dem Agenturbüro füllt sich mit Wartenden. Ich hätte gerne ein Eis oder eine Cola. Vielleicht gibt es in der Nähe einen Kiosk, aber ich trau mich nicht, mein Mäuerchen zu verlassen. Um mich abzulenken, telefoniere ich nacheinander mit Anna, Billi und Dina. Nachdem sie den mysteriösen Handyschnappschuss von mir bekommen haben, wollen sie natürlich wissen, was los ist. Ich erkläre es ihnen stichpunktartig.

Billi und Dina sind beeindruckt.

Anna bekommt Schnappatmung.

„WAS??", kreischt sie in den Hörer. „Eine Modelagentur? Echt jetzt??"

Ich nehme das Handy vom Ohr und warte ab, bis sie mit dem Kreischen fertig ist. Ich hab keine Lust auf ein geplatztes Trommelfell.

„Boah!", stößt sie schließlich hervor. „Warum bin ich nicht mit nach Hamburg gekommen?"

Ich runzele die Stirn. Glaubt sie vielleicht, dass sie dann auch angesprochen worden wäre? Vermutlich ja. Ich lasse sie in dem Glauben.

„Und jetzt?", will sie wissen.

„Keine Ahnung", gebe ich zu. „Eigentlich will Lena überhaupt nicht modeln. Ich glaub, für sie ist das Ganze eher so etwas wie eine Sitcom, in der sie zufällig mitspielt. Nichts Ernsthaftes."

„Sie will gar nicht modeln?"

„Nö. Eigentlich nicht."

Anna schweigt. Ich kann förmlich hören, wie es in ihr arbeitet, und stelle mir ihr Gesicht vor. Dass Lena von einem Scout angesprochen wird und nicht als Model arbeiten möchte, bringt ihr Weltbild ins Wanken.

„Komisch", sagt sie schließlich.

„Jo", nicke ich. „Irgendwie schon."

Ich muss ihr versprechen, sie auf dem Laufenden zu halten – „Ruf mich SOFORT an, wenn was passiert!" –, dann beenden wir unser Gespräch.

Was soll schon passieren, überlege ich, während ich das Gefühl habe, langsam zu verdursten. Außer, dass Lena heute noch einen Modelvertrag unterschreibt, vom Fleck weg für eine Kampagne in New York, Mailand oder Paris gebucht wird, in den nächsten Flieger steigt und ich die Heimreise alleine antreten muss, fällt mir nichts wirklich Wichtiges ein.

Aber das wird sie nicht machen. Ich meine, den Vertrag unterschreiben und in den nächsten Flieger steigen. Oder?

Plötzlich bin ich nicht mehr so sicher.

Warum macht sie dieses Theater – ich nehme mal an, dass ein Fotoshooting Theater ist; sieht man doch manchmal im Fernsehen – sonst mit?

Dass wir ursprünglich nur nach Hamburg gefahren sind, damit sie ihren leiblichen Vater kennenlernt, ist jedenfalls irgendwie total in den Hintergrund gerückt.

Als Lena auftaucht, wirkt sie müde und ein bisschen gereizt. Außerdem sind ihre Augen schwarz umrandet und die Haare straff nach hinten gebunden. Es bringt die hohen Wangenknochen zur Geltung und verleiht ihrem Gesicht etwas Asketisches und Strenges.

„Mann!", schnauft sie zur Begrüßung.

„Hi", erwidere ich vorsichtig. „Wie war's?"

„Total verrückt. Hast du zufällig irgendwas Süßes dabei?"

Ich schüttele den Kopf.

„Nicht mal ein Kaugummi?"

„Doch!" Ich wühle in meinem Rucksack und finde tatsächlich zwei zerknautschte Pfefferminzstreifen. Einen reiche ich ihr, den anderen schiebe ich mir in den Mund.

Lena kaut und seufzt.

„Musst du noch hierbleiben oder wollen wir abhauen?" Am liebsten würde ich sie mit meinen Fragen bombardieren, aber ich glaube, sie braucht erst mal Ruhe und ein bisschen Abstand, um das alles zu verkraften. Obwohl ich vor Neugier fast platze, halte ich mich zurück. Das Shooting scheint ziemlich anstrengend gewesen zu sein.

„Abhauen", antwortet sie, ohne zu zögern. „Irgendwohin, wo's ruhig ist. Am besten ans Wasser. Ich würde gerne Enten zugucken."

„Enten zugucken? Bei was?"

„Beim Schwimmen? Paddeln? Schnattern vielleicht?", schlägt Lena vor. „Ich finde Enten cool. Sie beruhigen mich."

„Ähm, okay." Ich trabe neben ihr her. Wir sind mitten in Hamburg. Der Stadtteil heißt Altona, glaub ich. Ringsherum sind nur Straßen, Häuser und Autos. Ob es hier irgendwo in der Nähe einen Park gibt? Mit einem Teich, auf dem Enten schwimmen, paddeln und dabei beruhigend schnattern?

Ich bemerke ein paar zusammengerollte Papiere, die aus Lenas Jackett ragen, aber ich traue mich nicht, sie darauf anzusprechen. Zuerst müssen wir mal die Enten finden. Danach sehen wir weiter.

KAPITEL 10

Die beruhigende Wirkung von Enten, Pflanzen und Blumen

Am Bahnhof stehen drei Punks. Sie sehen nett aus. Wir fragen sie nach einem Ententeich in der Nähe.

Jeder normale Mensch würde sich wahrscheinlich veräppelt fühlen und uns und unsere Frage ignorieren. Die Punks nicht. Die sind echt hilfsbereit.

Der eine erzählt vom Altonaer Volkspark, der hier irgendwo sein soll. Wo genau, kann er uns leider nicht sagen. Auch nicht, ob es da einen Teich gibt.

„Planten un Blomen", mischt der andere sich ein. „Das heißt auf Hochdeutsch Pflanzen und Blumen."

Er hat eine zahme Ratte auf der Schulter.

Lena ist entzückt und streichelt sie. Die Ratte, nicht die Punkschulter.

„Nehmt die S-Bahn Richtung Dammtor", schlägt der dritte vor. „Dann seid ihr in 'ner Viertelstunde da."

„Und bei den Pflanzen und Blumen gibt's auch Enten?", vergewissere ich mich vorsichtshalber.

„Garantiert!", nickt der Typ.

„Danke!"

„Keine Ursache.“

Lena reißt sich von der Ratte los. Die Punks winken uns mit ihren Bierdosen hinterher.

„Ich hätte denen ja gerne was in die Hand gedrückt“, meint Lena, als wir den Bahnhof betreten und nach dem richtigen Gleis Ausschau halten.

„Ich auch. Aber vielleicht würde das komisch rüberkommen. Ich glaub, die haben sich echt gefreut, dass sie uns helfen konnten.“

Wir bleiben vor einem Backshop stehen. Im Nu sind wir von einer verführerischen Duftwolke eingehüllt. Frische Brötchen, Kuchen, Überbackenes …

Wir gucken uns an und haben die gleiche Idee.

Drei Minuten später überreichen wir den überraschten Punks eine große Tüte mit Puddingteilchen.

„Sind noch warm“, grinst Lena.

Ich halte der Ratte eine Körnerstange hin. Sie ergreift sie mit ihren Vorderpfötchen und fängt sofort zu knabbern an. Total süß.

Die Jungs bedanken sich überschwänglich und wünschen uns noch viel Spaß in Hamburg.

„Ihr könnt gerne wieder vorbeikommen“, meint der mit der Ratte und winkt.

„Mal sehen!“, rufen Lena und ich über die Schulter zurück.

Kichernd durchqueren wir den Bahnhof und schnappen uns die nächste Schnellbahn. Sie ist zwar proppenvoll, aber sie fährt in die richtige Richtung.

„Heute ist unser Glückstag“, sagt Lena und quetscht sich auf einen frei gewordenen Platz.

Ich schiebe mich neben sie und lächele und warte ab. Wenn sie meint, dass heute ein Glückstag ist, ist das Shooting vielleicht doch nicht so schlecht gelaufen.

Eine knappe Viertelstunde später springen wir aus der S-Bahn und traben in Richtung Bahnhofsausgang. Draußen bleiben wir stehen und atmen auf. Menschen drängeln sich an uns vorbei. Wir werden angerempelt. Autos hupen. Lastwagen rauschen vorbei. Es stinkt nach Abgasen und es ist laut.

„Weißt du, was?", sage ich zu Lena.

„Nee", sagt sie. „Was?"

„Ich freu mich auf zu Hause."

Es stimmt. Wenn es nach mir ginge, könnten wir uns in den nächsten Zug setzen und nach Hause fahren. Mein Bedarf an Großstadt ist irgendwie gedeckt. Ich bin wohl doch ein Landei.

Lena stupst mich mit dem Ellbogen an.

„Weißt du, was?", fragt sie.

„Nee", sage ich.

„Ich kann dich verstehen." Sie schiebt mich auf eine Ampel zu und drückt auf den Knopf. „Wir sind das einfach nicht gewohnt. All die Menschen und dieser Verkehr. S-Bahn fahren, Punks füttern … Das sind Eindrücke, die wir erst mal verkraften müssen!"

Ich pruste.

Lena auch.

„Entschuldigung. Geht's hier zu Planten un Blomen?", fragt sie eine ältere Dame, die neben uns steht und ebenfalls auf Grün wartet.

Die Frau guckt ein bisschen verwirrt, aber dann nickt sie.

„Gibt's da zufällig Enten?", frage ich.

Wieder nickt die Dame.

„Danke", sagt Lena. „Dann ist ja alles gut."

Der Park ist riesig. Und grün und bunt. Es gibt nicht nur einen Teich, sondern eine regelrechte Seenlandschaft. Außerdem Liegewiesen, Sitzmöbel zum Chillen und Relaxen, einen Apothekergarten, einen japanischen Garten, phänomenale Spielplätze (bei denen ich sofort an meinen kleinen Bruder denken muss und noch mehr Heimweh bekomme), verschiedene Gewächshäuser, Mittelmeerterrassen und überall dazwischen natürlich jede Menge prächtige exotische und einheimische Pflanzen.

Wir sind vollkommen überwältigt und auch ein bisschen überfordert, weshalb wir zuerst mal auf Toilette gehen.

„Ich seh wie ein beknackter Panda aus", stellt Lena fest, als sie einen Blick in den Spiegel über dem Waschbecken wirft.

Ich gebe ihr uneingeschränkt Recht.

Sie reißt eine Handvoll Papiertücher aus einem Spender, hält sie unter fließendes Wasser und wischt sich damit das Augen-Make-up ab. Anschließend löst sie das Zopfgummi, pickt ein paar Haarnadeln heraus und schüttelt ihre Mähne über Kopf.

Danach sieht sie plötzlich wieder ganz normal aus. Wie das Mädchen, das in der Schule neben mir sitzt, und nicht wie ein erschöpftes Fotomodell. Ich bin erleichtert.

Nachdem wir den Parkplan studiert haben, der vor dem Toilettenhäuschen angebracht ist, wissen wir nicht, wohin wir laufen und was wir uns alles angucken sollen. Die Enten sind Nebensache.

Irgendwann traben wir einfach los. Wir haben Zeit. Wir sind frei. Wir können uns treibenlassen.

Das tun wir jetzt, und wir genießen es.

Am Ufer einer großen Wasserfläche stehen Liegestühle. Wir schnappen uns zwei und werfen uns hinein. Lena seufzt behaglich und schließt die Augen.

Ich höre ein leises Quaken und lasse meinen Blick über das Wasser schweifen.

„Hey, da drüben sind Enten!"

„Echt? Was tun sie?"

„Sie schwimmen und paddeln und quaken rum."

„Cool! Ich fühl mich schon viel entspannter." Lena seufzt noch einmal.

Ich lehne mich zurück. Die statistische Wahrscheinlichkeit von Regen scheint heute außer Kraft zu sein. Es ist ein goldener Herbsttag wie aus dem Bilderbuch. Ich wünschte, Phillip wäre hier.

„Wenn ich ein Haustier hätte", reißt Lena mich aus meinen Gedanken, „müsste es eine Ente sein."

„Dann bräuchtest du aber einen Garten und einen Teich", erwidere ich. „Sünje und Hannah sind großzügig, ich weiß, aber ob sie mit einem Federvieh in eurer Badewanne einverstanden wären? Außerdem müsstest du zwei Enten haben. Enten muss man immer paarweise halten, sonst werden die zickig oder schwermütig. Manchmal sogar beides."

„Woher weißt du das?" Lena lupft ihre Sonnenbrille und mustert mich, als wäre ich ein Alien.

„Hab ich mal irgendwo gelesen. Aber hier geht's doch gar nicht um Enten, oder?" Ich richte mich in meinem Liegestuhl auf. „Was war bei dem Shooting los? Wie ist es gelaufen? Warum erzählst du mir nichts?"

Sie zuckt mit den Schultern.

„Gut ist es gelaufen. Sie haben mir einen Vertrag angeboten."

Ich schnappe nach Luft.

„Einen Modelvertrag? Echt?"

„Ja, ich glaub schon. Es nennt sich Agenturvertrag. Das hier ist ein Mustervertrag." Sie zieht die Papierrolle aus ihrer Jackentasche. „Außerdem wollen sie eine *Sedcard* machen und übernehmen die Kosten dafür. So was ist richtig teuer."

„*Sedcard?* Ist das dieses Album, das die Mädchen bei Heidi ‚Ich-habe-heute-leider-kein-Foto-für-dich' Klum auch immer haben? Worin sie ihre Bilder sammeln?"

„Nein, das ist ein *Modelbook*. Eine *Sedcard* ist eine große Visitenkarte mit deinem Namen und einem Gesichtsfoto auf der Vorderseite und ein paar kleineren Bildern und den wichtigsten Infos auf der Rückseite."

„Mit den wichtigsten Infos sind wahrscheinlich die Maße gemeint", vermute ich.

„Größe, Gewicht, Umfang von Brust, Taille und Hüfte. Dazu Augenfarbe und Haarfarbe", bestätigt Lena. „Und natürlich die Kontaktdaten der Agentur."

„Du hörst dich schon richtig professionell an", stelle ich beeindruckt fest.

„Ich hab ja auch einen Crash-Kurs hinter mir", antwortet Lena. Endlich erzählt sie von ihrem Vormittag.

„Ich musste eigentlich nur vor einem neutralen Hintergrund

posieren und auf Zuruf des Fotografen verschiedene Gesichter machen und dabei meine Gefühle ausdrücken. Glücklich, albern, nachdenklich, traurig, erschrocken, genervt, wütend, überrascht. Anschließend noch ein paar Posen im Stehen, im Sitzen, im Liegen. Von vorne, von hinten, von der Seite. Hüpfend, hopsend, tanzend. Ich kam mir so doof vor! Wie eine Marionette. Ständig kam jemand angeschossen und hat an mir rumgezupft. Ich war kurz davor, abzuhauen."

„Aber anscheinend hast du alles richtig gemacht. Sonst hätten sie dir doch keinen Vertrag angeboten!"

„Stimmt. Der Fotograf hat mich in den höchsten Tönen gelobt. Anscheinend bin ich so etwas wie ein Naturtalent." Sie verzieht das Gesicht. Ich kann mir gut vorstellen, dass der Fotograf von ihr begeistert war.

„Wahnsinn!", sage ich. „Herzlichen Glückwunsch!"

„Danke", sagt sie ein bisschen gedämpft.

Totale Begeisterung klingt irgendwie anders. Aber ich kann sie verstehen. So ein Erlebnis muss man natürlich erst mal sackenlassen, bevor man es tatsächlich realisiert, könnte ich mir vorstellen.

„Willst du es wirklich machen?", hake ich nach.

„Ich muss darüber nachdenken. Außerdem müssen Sünje und Hannah natürlich einverstanden sein. Aber da seh ich eigentlich kein Problem. Wenn es stimmt, was die Agenturchefin heute gesagt hat, verdiene ich bald mehr als die beiden zusammen. Warum sollten sie also was dagegen haben?"

Ich hatte von Lenas Müttern bisher zwar nicht den Eindruck, dass sie besonders materiell eingestellt sind – im Gegenteil –, aber vielleicht habe ich mich getäuscht. Vielleicht freuen sie sich, wenn ihre Tochter selbstständig ist und ihr eigenes Geld verdient.

„Meine beste Freundin wird Model ... Ich fass es nicht!“ Ich lasse mich zurücksinken und strecke meinen Arm in ihre Richtung. „Kannst du mich bitte mal kneifen? Das ist alles so unglaublich!“

„Du sagst es“, seufzt Lena und kneift mich.

„Aua!“, jaule ich auf.

„Du hast es so gewollt“, erwidert sie ungerührt.

Als wir genug von Park, Pflanzen, Blumen, der frischen Luft und den Enten haben, schlendern wir zum S-Bahnhof zurück. Lena will zu Gregor in die Villa fahren, um ihm den Vertragsentwurf zu zeigen und ihm alles zu erzählen.

Ich winke ab.

„Ich fahr lieber schon voraus und warte in der Pension auf dich. Ich bin irgendwie müde.“ Wie zur Bestätigung muss ich plötzlich gähnen.

„Okay“, nickt Lena. „Dann sehen wir uns später.“

Wir verabschieden uns voneinander.

„Lass dich nicht ansprechen“, sage ich.

„Nein, danke. Ein Modelvertrag reicht mir.“ Sie lacht, dreht sich um und stapft davon.

Ich bleibe einen Augenblick stehen und schaue ihr hinterher, bevor ich mich der großen Anzeigetafel über meinem Kopf widme, um herauszufinden, welche der zahlreichen S-Bahnen mich am ehesten in die Nähe unserer Pension bringen könnte.

Es fühlt sich merkwürdig an, so ganz auf mich allein gestellt zu sein. Nicht, dass ich Angst habe – es ist helllichter Nachmittag –, aber ein kleines bisschen mulmig ist mir schon irgendwie.

Um das Gefühl zu verdrängen, straffe ich die Schultern, hebe das Kinn und tue so, als würde ich mich ständig durch diesen Großstadtdschungel bewegen.

Es wirkt. Ich fühle mich gleich ein ganzes Stück größer und selbstsicherer. Und die passende S-Bahn-Linie entdecke ich auch auf Anhieb.

Bevor ich mich zum Bahnsteig begebe, kaufe ich mir noch schnell eine Limo und ein Croissant.

Kurz darauf sitze ich in einem rumpelnden Waggon, nippe an der Brause und finde mich im Großen und Ganzen ziemlich toll.

In unserem winzigen Pensionszimmer lässt die Euphorie ein wenig nach. Nein, nicht ein wenig. Sie ist schlagartig weg. Statt euphorisch, groß und stark fühle ich mich mit einem Mal unglücklich, einsam und klein. So klein, dass ich mich auf mein Bett lege und mir das Kopfkissen übers Gesicht ziehe. Am liebsten würde ich eine Runde heulen. Aber wieso nur?

Ich weiß es natürlich: Phillip fehlt mir. Er fehlt mir so sehr, dass es wehtut. Normalerweise hab ich dieses Gefühl ganz gut im Griff. Ich hab mich daran gewöhnt, die Sehnsucht nicht zuzulassen; sie nicht zu stark werden zu lassen. Aber manchmal schafft sie es, an die Oberfläche zu drängen. Dann tut es weh. So wie jetzt.

In meiner Brust brennt es vor lauter Sehnsucht.

Ich wühle mich unter dem Kissen hervor, schnappe mir mein Handy und werfe einen Blick auf das Display. In Berkeley ist jetzt früher Morgen. Ich muss die Uhrzeit gar nicht mehr umrechnen, das funktioniert inzwischen vollautomatisch. Kurz entschlossen klappe ich meinen Laptop auf und schicke gleichzeitig eine SMS an Phillip: *Geh mal on!*

Er textet zurück: *Geht nicht, sorry. Sitze im Kurs.*

Sitze im Kurs?

Was für ein Kurs denn?

Und wieso ist der wichtiger als ich?

Ich antworte mit einem traurigen Smiley: ☹

Dann beiße ich in mein Kissen und suhle mich ein bisschen in meinem Weltschmerz.

Bevor ich komplett in Depressionen verfalle, rufe ich zu Hause an. Meine Eltern sind nicht da. Jakob geht ran.

„Hi, du Ei!“, meldet er sich.

Ich muss grinsen und stelle fest, dass es mir gleich ein bisschen besser geht. Kleine Brüder können nervig sein, aber manchmal sind sie auch das beste Heilmittel.

Ich muss gar nicht viel sagen, nur zuhören.

Jakob erzählt mir, dass er seinen Rucksack schon gepackt hat, weil er morgen ins Fußballcamp fährt. Er schildert mir anschaulich, dass er im letzten Training drei tolle Tore geschossen hat. Dass mein Kater Mau eine Maus gefangen und sie in unserem Wohnzimmer unter dem Sofa freigelassen hat, erfahre ich auch.

„Mama wär fast ausgeflippt“, kichert Jakob.

„Das kann ich mir vorstellen.“ Ich grinse. „Und dann?“

„Dann haben Papa und ich die Maus in einem Marmeladenglas gefangen und draußen ausgesetzt“, antwortet mein Bruder.

„Schön weit weg vom Haus, damit Mau sie nicht gleich wieder anschleppt. Wann kommst du wieder?“

„Morgen“, sage ich.

„Cool. Vielleicht sehen wir uns ja noch.“

„Nee, glaub ich nicht. Aber ich wünsch dir viel Spaß in deinem Camp. Schieß ein Tor für mich!“

„Okidoki, mach ich. Tschüss!“

„Tschüss.“

Ich drücke auf die rote Taste. Das Grinsen will gar nicht mehr aus meinem Gesicht verschwinden. Eine Maus im Marmeladenglas … Schade, dass ich nicht dabei war.

*

Am nächsten Morgen sitzen Lena und ich im Zug. Wir gucken uns an und strecken behaglich unsere Beine aus.

Ursprünglich hatten wir geplant, den Tag noch in Hamburg zu verbringen und erst abends zu fahren, aber dann haben wir spontan beschlossen, die Heimfahrt früher anzutreten. Wir haben keine feste Zugbindung. Ist also kein Problem.

„Wir haben alles erledigt, was zu erledigen war“, hat Lena beim Frühstück gemeint.

„Stimmt. Du hast deinen Papa kennengelernt und bist entdeckt worden. Was kann jetzt noch passieren, um das zu toppen?“

„Eben.“

Während wir auf die planmäßige Abfahrt des Intercitys warten, schließen wir Wetten darüber ab, ob wir Lars wiedertreffen oder nicht.

„Ruf ihn mal an", schlage ich vor. „Du hast doch seine Handynummer."

„Nö", sagt Lena. „Seh ich gar nicht ein."

„Schon klar. Du willst dich überraschen lassen."

„Genau! Wenn die Schicksalsgöttin will, dass wir uns wiedersehen, lässt sie ihn irgendwann einfach vor meine Füße plumpsen."

Lena gähnt. Sie ist gestern Abend erst ziemlich spät in die Pension gekommen. Ich war schon im Schlafanzug und hab mir im Fernsehen eine Auswanderer-Soap angeguckt.

Lena hatte ein großes Futterpaket von Roman dabei. Wir haben ein Picknick auf ihrem Bett veranstaltet und uns unterhalten, während wir Käsewürfel, Obst und gerollte Vollkornpfannkuchen gemümmelt haben. Dabei hat sie mir erzählt, was Gregor und Roman zu dem Agenturvertrag gesagt haben.

Weil die beiden sich mit geschäftlichen Dingen gut auskennen, hat sie ihnen den Entwurf natürlich gezeigt. Sie hatten nichts daran auszusetzen.

„Den richtigen Vertrag schickt mir die Agentur per Post. Gregor will ihn dann von seinem Anwalt prüfen lassen", sagt Lena jetzt. „Bis dahin hab ich genug Zeit, um es mir zu überlegen."

Ich war mit meinen Gedanken ganz woanders – wo wohl? Beziehungsweise *bei wem*? – und hab nicht richtig zugehört.

Durch den Zug geht ein kurzer Ruck. Wir fahren los.

Tschüss, Hamburg, denke ich. War schön bei dir.

„Was überlegen?", wende ich mich an Lena, als wir aus dem Bahnhof rollen.

„Ob ich den Wisch unterschreiben will oder nicht."

„Ach so … Ja, klar." Ich nicke. „Was sagt Krischan denn eigentlich zu der ganzen Sache? Du hast doch inzwischen mit ihm telefoniert, oder? Wenn du den Vertrag erst mal abgeschlossen hast und Aufträge bekommst, wirst du ständig auf Achse sein. Ob ihm das gefällt?"

Lena verschränkt die Arme vor der Brust und schaut aus dem Fenster auf die vorüberziehende Stadt.

„Ja, ich hab mit ihm telefoniert. Und nein, es gefällt ihm natürlich nicht." Sie stülpt die Unterlippe vor, zieht einen Flunsch und sieht wie ein trotziges Kleinkind aus.

„Oh-oh, höre ich da etwa leise Untertöne?"

„Weder ‚leise' noch ‚Untertöne'", schnaubt Lena.

„Sondern?", frage ich vorsichtig.

„Er findet, dass es nicht zu mir passt." Sie springt auf und zerrt ihren Rucksack aus dem Gepäckfach. Er fällt ihr fast auf den Kopf.

Ich muss mich sehr zusammennehmen, um nicht zu lachen. Irgendwie ist Lena gerade nicht in der Stimmung für Witze, so viel steht fest. Statt zu kichern, gucke ich ihr dabei zu, wie sie in ihren Sachen herumwühlt und dabei unablässig vor sich hin brabbelt. Als sie endlich wieder aufschaut, hält sie eine Familientüte Weingummi in der Hand und sieht ein bisschen irre aus.

„Nervenfutter!", triumphiert sie. „Ich wusste, dass ich eine Tüte eingepackt hab!"

„Hau rein", sage ich gutmütig.

Lena reißt so heftig daran, dass die Packung aufplatzt und geschätzte eintausendfünfhundert Weingummis herausspringen.

Sie regnen auf uns, unsere Sitze, den Klapptisch und den Fußboden. Es könnte ganz lustig sein – ein bisschen wie auf einem Kindergeburtstag, einer Pyjamaparty oder so ähnlich –, wenn Lena nicht gerade so mies drauf wäre. Ich hab den leisen Verdacht, dass sie beim Aufreißen der Verpackung an Krischan gedacht hat. Vielleicht an seine Kehle oder einen anderen lebenswichtigen Körperteil. Wie gesagt: Sie sieht ein bisschen irre aus.

Ich helfe ihr schnell beim Aufsammeln, wobei wir die Weingummis, die auf dem Boden gelandet sind, dezent mit dem Fuß unter den Sitz unseres Vordermannes schieben.

Den Rest stopfen wir uns zu gleichen Teilen in die Backentaschen beziehungsweise zurück in die kaputte Tüte.

„Mannomann, so war das eigentlich nicht geplant“, schnauft Lena, als wir wieder sitzen.

Das glaub ich ihr aufs Wort.

Empfindet es zufällig noch jemand außer mir so, dass, wenn man auf Achse ist, die Rückfahrt immer schneller vergeht als die Hinfahrt? Ich wette, das ist irgendein unerforschtes Naturphänomen. Vielleicht kann man es auch physikalisch oder psychologisch begründen. Keine Ahnung, ist mir auch egal. Fakt ist, egal wo ich bin und welches Verkehrsmittel ich benutze: heimwärts geht's immer schneller.

Der Zug rauscht durch die Landschaft, hält kaum an und erreicht nur wenig später unser Ziel. Wir haben gar keine Gelegenheit, Lars im Bordbistro zu suchen. Wir schaffen es nicht mal, ein ausführliches Gespräch zu führen. Was zum großen Teil allerdings daran liegt, dass Lena sich die Stöpsel ihres iPods bis zum

Anschlag in die Ohren gestopft hat und vor sich hin grübelt und mir damit signalisiert, dass sie nicht darüber sprechen möchte.

Worüber?

Über ihre Zukunftspläne zum Beispiel.

Über ihren neuen Vater.

Über Krischan.

Über das ganze Leben eben.

Ich respektiere ihren Wunsch, klappe meinen Laptop auf und schreibe einen Brief an Phillip, den ich kurz vor unserer Ankunft abspeichere, um ihn später zu Hause per Mail zu versenden.

Nachdem Phillip mich an meinem einsamen Abend in der Pension so hartherzig abgewürgt hat, haben wir noch mal miteinander gesprochen. Der Kurs war ihm so wichtig – wenn ich ihn richtig verstanden habe, ging es im weitesten Sinne um Friedenspolitik –, weil er die Punkte für irgendeinen Schein braucht.

Ich kenne mich mit dem amerikanischen Schulsystem nicht aus, aber ich hab Phillip verziehen, dass ihm der Weltfrieden für einen kurzen Moment wichtiger war als ich. In solchen Dingen bin ich ziemlich großzügig.

Der Zug hält mit quietschenden Bremsen. Ich klappe meinen Laptop zu.

Wir raffen unsere Siebensachen zusammen und schieben uns zur Tür. Kurz darauf stehen wir auf dem Bahnsteig und Lena zieht endlich die Stöpsel aus ihren Segelohren.

„War cool, oder?“ Sie grinst.

„Ein echtes Abenteuer!“, bestätige ich nickend. „Was hast du jetzt vor?“

„Ich glaub, ich fahr direkt zu Krischan. Sünje und Hannah sind sowieso nicht da.“ Sie tippt auf ihrem Handy herum und schickt Krischan eine SMS.

„Okay“, antworte ich gedehnt. Was soll ich sonst auch sagen? Lena benimmt sich komisch. Ich würde gerne einen Blick in ihr Gehirn werfen. Ich wette, das rattert gerade im Vollbelastungsmodus vor sich hin und steht kurz vor einer Implosion. Kein Wunder.

Wir schlendern zum Ausgang. Dann verabschieden wir uns voneinander. Kurzes Küsschen, kurze Umarmung. Ich kann mit dem Stadtbus nach Hause fahren. Lena muss eine andere Linie nehmen. Krischans Bauernhof liegt ein ganzes Stück außerhalb.

Als ich im Bus sitze und die vertrauten, ein bisschen verschlafenen Straßen sehe, muss ich lächeln.

Ich freu mich auf zu Hause. Auch wenn ich weiß, dass Phillip nicht da ist, dass Jakob im Fußballcamp ist, dass meine Eltern bei der Arbeit sind und Mau vermutlich irgendwo herumstreunt und nicht daran denkt, mich zu begrüßen. Ganz egal. Ich freu mich.

KAPITEL 11

Wenn dich das große Seufzen packt, mach eine Mütze draus

Und dann sind die Ferien plötzlich vorbei. Die Schule hat wieder angefangen und der Herbst ist mit voller Wucht da.

Keine Ahnung, wo die Zeit abgeblieben ist. Ich hab tagelang gechillt, gelesen, mich zwischendurch mit Anna, Lena und den anderen verabredet und mein kleines, unbedeutendes Leben gelebt.

Nach der Rückkehr von unserem Hamburg-Trip waren die Herbstferien ähnlich flüchtig wie die dürren Nebelschwaden, die jetzt jeden Morgen auf meinem Weg zur Schule an mir vorüberziehen und sich in nichts auflösen.

Es ist kühl geworden. Neulich hat es nachts sogar schon Bodenfrost gegeben.

„Viel zu früh!“, hat meine Mutter gejammert und ihre geliebten Topfpflanzen von der Terrasse ins Haus gerettet.

Mir ist es vollkommen schnuppe, wie kalt es ist. Ob es friert, hagelt, stürmt und schneit oder ob die Sonne scheint … Hauptsache, die Zeit vergeht. Alles andere ist Nebensache.

Dass die Zeit tatsächlich vergeht, beweist mir der Kalender mit jedem Blatt, das ich abreiße. Er wird von Mal zu Mal dünner. Viel ist nicht mehr dran an diesem Jahr. Bald muss ich nicht mehr die Monate bis zu Phillips Rückkehr zählen, sondern die Wochen. Irgendwann sind es dann nur noch Tage, dann Stunden, Minuten und Sekunden.

Ich kann's kaum erwarten.

In der Schule läuft alles super. Die Lehrer sind entspannt.

Ich bin es auch. Sehr zur Freude meiner Eltern.

Aber auch das ist mir relativ egal. Schließlich lerne ich nur wie eine Bekloppte, weil es mich ablenkt und weil ich nicht weiß, was ich sonst mit mir anfangen soll. Ich mache es bestimmt nicht, weil ich plötzlich zur Streberin mutiert bin oder jeden Morgen beim Frühstück in die glücklichen Gesichter meiner Eltern gucken will.

Lena benimmt sich immer noch ein bisschen merkwürdig. Nicht nur die Modelsache beschäftigt sie, auch Krischans Verhalten. Sie ist hin und her gerissen, hat sie mir gerade erst gestanden.

„Wenn Krischan sich weiter wie ein eifersüchtiger Depp benimmt, zieh ich nach Hamburg“, hat sie geschnaubt. „Ich kann bei Gregor und Roman wohnen, gar kein Problem. Als Model bin sowieso kaum zu Hause.“

Weil ich nicht wusste, was ich dazu sagen sollte, hab ich lieber gar nichts gesagt.

Ich kann Krischan irgendwie verstehen. Wahrscheinlich geht es ihm so ähnlich wie mir, als Phillip sich damals für das Auslandshalbjahr in Berkeley entschieden hat, ohne dabei an mich zu denken. Ich hab mich verraten, betrogen und verlassen gefühlt. Ich kann mir also sehr gut vorstellen, was Krischan gerade durchmacht. Er kommt sich garantiert wie ein überflüssiges, lästiges Anhängsel vor. Genau so ging es mir jedenfalls. Vielleicht sollte ich mal mit ihm reden.

Auch meine anderen Freundinnen haben ihre eigenen Baustellen. Anna hängt die meiste Zeit mit Lukas rum, Billi ist in Sachen Tierschutz aktiv und Dina geht voll in ihrer Manga-Zeichnerei auf. Ihre Klasse bereitet gerade eine Ausstellung vor. Was soll ich also sonst tun, als meine Tage in der Schule und die ereignislosen Abende zu Hause am Schreibtisch zu verbringen?

Ich fürchte, Phillip macht sich schon Sorgen um mich. Als wir gestern geskypt haben, hat er tatsächlich gemeint, dass ich unbedingt mal wieder was unternehmen soll.

Hier ein kleiner Auszug aus unserem geistreichen Dialog:

Er (besorgt): „Geh aus, geh ins Kino, geh schwimmen. Das hast du doch sonst immer so gerne gemacht. Du kannst doch nicht ständig nur in deinem Zimmer hocken!"

Ich (leicht trotzig): „Warum nicht?"

Er (leicht ungeduldig): „Weil ich dich so nicht kenne!"

Ich (beleidigt schmollend): „Pfft …"

Er (aufmunternd): „Hab einfach mal wieder Spaß!"

Ich (zweifelnd): „Spaß?"

Er (seufzend): „Jaah!"

Ich (nachdenklich): „Ja, okay … Vielleicht hast du Recht. Ich geh mal wieder schwimmen. Nächste Woche oder so."

Er (triumphierend): „Yess!"

Das Blöde ist, dass ich weiß, dass er Recht hat.

Ich erkenne mich ja selbst kaum wieder. Im Sommer war ich viel aktiver. Ich hatte den Job. Ich bin jeden Morgen vor der Arbeit im Waldsee schwimmen gegangen. Ich war einfach gut drauf. Und jetzt?

Ich bin ein Trauerkloß.

Ich habe das große Seufzen.

Und nein, ich fühle mich in dieser Rolle überhaupt nicht wohl.

Aber der Sommer ist vorbei. Es ist Herbst, wie gesagt. Und haben im Herbst nicht ziemlich viele Menschen mit Antriebslosigkeit und latenter Schwermut zu kämpfen? Wieso darf ich das nicht auch?

Ich finde das irgendwie ungerecht.

Phillip hat außerdem gut reden. Bei ihm scheint pausenlos die Sonne und ein warmer Wind weht vom Pazifik über die kalifornische Küste. Er kann den ganzen Tag in Shorts und Flipflops durch die Gegend latschen, unter Palmen eisgekühlte Getränke schlürfen und surfen. Anscheinend hat er vollkommen vergessen, wie es um diese Jahreszeit in Deutschland ist. Total blöd nämlich. Nass, kalt, ungemütlich, dunkel, deprimierend.

Um schwimmen zu gehen, bleibt mir nur der Weg in die Schwimmhalle. Mir wird schon ganz anders, wenn ich nur an die Geräuschkulisse, den Chlorgeruch und die vielen Menschen denke, mit denen ich mir das Wasser teilen muss.

Vielleicht sollte ich lieber ins Kino gehen? Möglicherweise läuft ja gerade was Lustiges. Ein drolliger Animationsfilm in Kombination mit einem Rieseneimer Popcorn wäre vermutlich genau die richtige Therapie für mich. Fragt sich nur, wie lange so was wirkt. Ich versuche es einfach mal.

*

Zwei Tage später gehe ich tatsächlich in die Stadt. Die Mädels haben was anderes vor. Also gehe ich allein, womit ich überhaupt kein Problem habe, obwohl es mit einer Clique natürlich lustiger wäre. Aber frau kann nicht alles haben, wie Lena gerne sagt.

Das Kinoprogramm haut mich nicht um, weshalb ich spontan beschließe, einen Einkaufsbummel zu machen.

Unsere gesamte Innenstadt besteht aus einer kurzen, nicht besonders spektakulären Fußgängerzone, einem Marktplatz und vielen kleinen Nebenstraßen. Alles sehr überschaubar. Die großen Hauptgeschäfte liegen in der Fußgängerzone.

Aber ich finde die Nebenstraßen viel netter. Da gibt es eine gemütliche Buchhandlung mit einem Antiquariat, einen Blumenladen, ein Spielzeuggeschäft, einen Konditor, einen Gemüsehändler und ein klitzekleines Handarbeitsstübchen.

Keine Ahnung, warum ich genau das ansteuere. Vielleicht, weil das Schaufenster in meinen Lieblingsfarben dekoriert ist. Es sieht aus wie in Dänemark. Alle weiß und rot, wie die dänische Flagge.

Ist heute ein wichtiger dänischer Feiertag? Hat die Königin Geburtstag? Wurde ein neuer Thronfolger geboren? Ist die Inhaberin des Geschäfts vielleicht Dänin? Oder gefallen ihr die Farben nur zufällig genauso gut wie mir?

Über meinem Kopf bimmelt ein Glöckchen, als ich den Laden betrete. Das letzte Mal, als ich hier war, haben Anna, Billi, Dina und ich Wolle und Häkelgarn für unsere Weihnachtsgeschenke gekauft. Das ist schon zig Jahre her. Ich glaub, ich war zwölf. Phillip hat damals einen selbst gestrickten Schal von mir zu Weihnachten bekommen. Ich muss lächeln, als ich daran denke. Ein

Wollschal ist das Letzte, was er in diesem Jahr braucht. Aber vielleicht fällt mir etwas anderes ein? So fix wie der Herbst vergeht, ist übermorgen Weihnachten. Außerdem muss ich berücksichtigen, dass ich in Sachen Handarbeit nicht gerade die Allerschnellste bin. Und ein Päckchen nach Kalifornien braucht bestimmt auch ziemlich lange. Wenn ich ihm also etwas Selbstgemachtes schenken will – was ich soeben beschlossen habe –, sollte ich langsam damit anfangen.

„Kann ich Ihnen helfen?", begrüßt mich die Ladenbesitzerin.

Ich hab mich immer noch nicht daran gewöhnt, dass ich jetzt meistens gesiezt werde. Es dauert ein paar Sekunden, bis ich realisiere, dass ich gemeint bin. Wer auch sonst? Ich bin die einzige Kundin.

„Ich möchte meinem Freund gerne etwas zu Weihnachten stricken oder häkeln. Oder nähen vielleicht? Ich weiß noch nicht genau. Er ist gerade in Kalifornien. Es sollte also nichts zu Warmes sein."

Oh. Mein. Gott. Hab ich das wirklich gesagt? Die Frau muss mich für völlig bescheuert halten!

Falls sie es tut, lässt sie es sich nicht anmerken. Im Gegenteil, sie lächelt sehr nett und zuvorkommend.

Ich lächele zurück und sage ihr, wie gut mir ihre rot-weiße Deko gefällt. „Das sind meine Lieblingsfarben."

„Trägt Ihr Freund Mützen?" Sie verschwindet hinter dem Verkaufstresen und kommt mit einer Handarbeitszeitschrift zurück. „Solche Beanies sind bei jungen Männern gerade ziemlich im Trend."

Ich betrachte das Cover. Es zeigt ein attraktives Männermodel mit einer dunklen Sonnenbrille und einem Beanie in Blockstreifen.

„Hm …“, mache ich, während ich versuche, mir Phillip mit so einem Ding auf dem Kopf vorzustellen. Es will mir nicht so recht gelingen. Obwohl – je länger ich darüber nachdenke, desto hartnäckiger flüstert mir eine innere Stimme zu, dass er damit sehr süß aussehen würde. Besonders in Rot-Weiß. Wie eine Zuckerstange vom Weihnachtsmarkt.

Ja, okay. Rot und Weiß sind *meine* Lieblingsfarben, nicht seine. Aber trotzdem …

„Werden die gestrickt oder gehäkelt?“, frage ich. Ich sehe Phillip direkt schon vor mir, wie er sich mein liebevoll gehäkelstricktes Weihnachtsgeschenk über die weichen Locken stülpt, um sich und seine sensiblen Ohren gegen den pazifischen Wind zu schützen.

„Sowohl als auch“, lautet die Antwort, was mir nicht wirklich weiterhilft.

„Was wäre denn einfacher?“, präzisiere ich meine Frage.

„Für Anfänger empfehle ich die Häkelbeanies. Ich habe eine prima Anleitung. Damit geht das ruck, zuck. Und man braucht nur eine Nadel.“ Die Dame schmunzelt. Offenbar hat sie mich verstanden und weiß meine beschränkten feinmotorischen Handarbeitsfähigkeiten genau richtig einzuschätzen. Kunststück, sie ist schließlich Expertin.

„Okay, dann nehm ich das“, sage ich entschlossen. „Rote und weiße Wolle, eine Häkelnadel und die Anleitung, bitte.“

„Für ihre Zwecke rate ich zu Baumwolle. Die ist leicht und atmungsaktiv. Für warme Temperaturen bestens geeignet. Wenn

Sie Fragen haben, können Sie jederzeit vorbeischauen. Ich helfe gerne." Sie wuselt in dem engen Laden herum und sucht das Gewünschte zusammen.

Kurz darauf verlasse ich das Geschäft mit einer großen Papiertüte in der Hand und einem breiten Grinsen im Gesicht. Von mir aus kann Weihnachten kommen!

*

Natürlich ist es noch ziemlich lange hin bis Weihnachten. Wäre übermorgen Heiligabend, wäre überübermorgen Phillip wieder da und ich das glücklichste Mädchen der Welt.

Aber so läuft das leider nicht im echten Leben.

Im echten Leben bricht regelmäßig um diese Jahreszeit erhöhter Schulstress aus, weil sämtliche Lehrer an unserer Schule gleichzeitig feststellen, dass es kurz nach den Weihnachtsferien tatsächlich schon Halbjahreszeugnisse gibt. – „Huch, so plötzlich?" – „Jaa-ha!"

Natürlich müssen wir bis zum Halbjahresende noch jede Menge Stoff durchpauken und zig Arbeiten schreiben. Wir haben also mehr als genug zu tun. Das trifft besonders auf Lena zu, die sich immer noch nicht entschieden hat. Sie muss sich nicht nur auf die Schule konzentrieren, sondern gleichzeitig ihr Leben regeln.

Wider Erwarten sind Hannah und Sünje ganz und gar nicht damit einverstanden, dass Lena die Schule vorzeitig abbricht und nach Hamburg zieht, um Model zu werden. Sie bestehen darauf, dass sie – falls sie den Agenturvertrag unterschreibt – vorläufig nur in ihrer Freizeit und in den Ferien modelt und auf jeden Fall das Gymnasium zu Ende bringt.

Lena ist ziemlich sauer über diesen – wie sie es nennt – massiven Eingriff in ihre Autonomie.

„In dem bescheuerten Vertrag ist sowieso eine Probezeit von drei Monaten festgelegt", schnaubt sie voller Entrüstung, als sie es uns erzählt. „Ich könnte es drei Monate lang einfach mal testen und mich dann endgültig entscheiden."

Anscheinend möchten ihre Mütter sie auch nicht für drei Monate von der Schule nehmen.

Wir stehen auf dem Schulhof. Windböen fegen über die triste Betonfläche, treiben bunt verfärbte Blätter vor sich her und bringen sie zum Wirbeln.

Ich ziehe die Schultern hoch. Ja, es ist eindeutig Herbst. Die Bäume um uns herum sind schon fast kahl.

„Probezeit bedeutet doch, dass ich es sowieso erst mal nur ausprobiere", fährt Lena so temperamentvoll fort, dass der Kakao in ihrem Becher überschwappt. Sie leckt zuerst den Becherrand ab und trinkt dann einen Schluck.

„Meine Güte", meint Anna und rollt mit den Augen. „Hast du noch ein anderes Thema? Seit ihr in Hamburg wart, geht es nur noch um diese Agentur!"

Lena zieht die Stirn kraus.

„Es geht nicht um *diese Agentur*", stellt sie richtig. „Es geht um mein zukünftiges Leben. Es geht darum, ob ich noch länger an dieser verstaubten Penne bleibe und mein Abi mache oder ob ich richtig durchstarte und fette Kohle verdiene. Schaut euch doch mal um!", sagt sie und macht eine weit ausholende Geste. Sie trifft Lukas an der Schulter. Er zuckt zusammen, aber Lena achtet gar nicht auf ihn.

„Die Schule geht mir total auf den Geist. Ich fühle mich eingesperrt, versklavt. Alles ist so eng und öde und vorprogrammiert. Merkt ihr das denn gar nicht?"

„Nö", sagt Paul.

Lukas grinst.

Die beiden klatschen sich ab.

„Aber war das nicht schon immer so?", wendet Billi ein.

„Ja, klar. Aber das macht es doch nicht besser", entgegnet Lena. „Im Gegenteil!"

„Also willst du nur Model werden, um von hier wegzukommen?", frage ich skeptisch.

Lena wirft mir einen Blick zu, als wäre ich ihr in den Rücken gefallen.

„Natürlich nicht", antwortet sie leicht genervt. „Jedenfalls nicht nur."

„Ich wusste gar nicht, dass Kleiderständerdarstellerin dein Traumberuf ist", bemerkt Anna spitz. „So wahnsinnig toll ist das ja nun auch nicht gerade, oder?"

Kleiderständerdarstellerin? Ich muss lachen. Gleichzeitig wundere ich mich ein bisschen. Anna ist die Einzige von uns, die sämtliche Staffeln von *Germany's Next Topmodel* gesehen hat. Soweit ich weiß, hat sie keine einzige Folge versäumt und folgt einigen der Mädels sogar auf Twitter.

Bisher hatte ich den Eindruck, dass sie nur darauf wartet, entdeckt zu werden, um eine von ihnen zu sein. Wenn ihre Mutter nicht so strikt dagegen wäre, hätte sie sich garantiert schon längst zu einem Modelcasting angemeldet. Streng genommen ist also das, was Lena gerade passiert, genau das, was Anna sich immer erträumt hat, oder nicht?

Ist sie etwa eifersüchtig?

Ihrem verkniffenen Gesichtsausdruck nach zu urteilen eindeutig ja.

Lena scheint es nicht zu bemerken. Sie trinkt ihren Kakao aus und versenkt den Becher in einem Abfallkorb.

„Hannah und ich fahren bald nach Hamburg", erzählt sie nebenbei. „Sie will sich die Agentur mal anschauen und die Leute da kennenlernen. Außerdem haben wir einen Termin bei der Fotografin, die die Aufnahmen für meine Sedcard machen soll."

„Hey, cool!", mischt Paul sich ein. „Nimmst du mich mit? Ich wollte immer schon mal Schule schwänzen, um fotografiert zu werden!"

„Wer will dich schon fotografieren?", frotzelt Billi.

Anna und Luki kichern. Ich auch.

„Ich schwänze nicht, ich werde für einen Tag vom Unterricht freigestellt." Lena seufzt und sieht plötzlich müde aus.

Es gongt zur Stunde.

Wir lassen die anderen vorausgehen und schieben uns langsam hinterher.

„Und sonst so?", frage ich vorsichtig. „Wie läuft's mit Krischan?"

„Keine Ahnung", antwortet Lena. „Ich hab ihn seit ein paar Tagen nicht gesehen."

„Wie, seit ein paar Tagen? Habt ihr Stress?"

„Kann man so sagen." Sie drängelt sich vor mir durch die Tür und zuckt im Weitergehen mit den Schultern.

„Wie bitte? Und das erfahre ich mal eben so nebenbei?"

Ich bleibe zwei Schritte zurück. Ich bin fassungslos. Lena und Krischan … Mein Traumpaar bekommt Risse. Zumindest gerät das Bild, das ich bisher von ihnen als Paar hatte, ins Wanken.

„Aber wieso das denn?", hake ich nach, als ich Lena eingeholt habe.

Sie zuckt noch einmal mit den Schultern.

„Ist einfach so."

Seite an Seite biegen wir in einen langen Gang, der zu den Naturwissenschaftsräumen führt. Wir haben jetzt eine Doppelstunde Physik.

„Wollen wir uns heute Nachmittag irgendwo treffen und quatschen?", schlage ich vor.

Zu meiner Überraschung nickt sie.

„Um vier? Bei dir oder bei mir?" Sie öffnet die Tür zum Physiksaal und schiebt sich in die vorletzte Bankreihe.

Ich folge ihr.

„Ist mir egal. Wir können uns auch in der Stadt treffen", sage ich. „Ist vielleicht besser, wenn die Stimmung bei euch gerade nicht so prickelnd ist."

„Okay." Begleitet von einem abgrundtiefen Seufzer wirft sie zuerst ihren Rucksack auf den Tisch und anschließend sich selbst auf einen Stuhl. „Dann um vier am Marktplatz."

„Perfekt", sage ich lächelnd.

Normalerweise ist die Entenbrücke im Stadtpark der ultimative Treffpunkt, aber bei dem ungemütlichen Wetter ist der Marktplatz eindeutig besser. Da gibt es ein kleines Eiscafé und einen Dönerladen. Das Kino ist auch ganz in der Nähe, falls uns der Sinn nach Berieselung steht. Wir werden schon etwas Passendes finden.

*

Pünktlich um kurz vor vier stehe ich am Rathaus, von wo ich den Marktplatz gut überblicken kann. In den frischen Wind hat sich leichter Nieselregen gemischt. In der Stadt ist nicht viel los. Ich presse mich eng an die Mauer und ärgere mich darüber, dass meine Jacke keine Kapuze hat. Vielleicht sollte ich mir auch eine Beanie häkeln? Ich werde darüber nachdenken.

Zum Glück taucht Lena schon bald auf. Anders als heute Vormittag in der Schule scheint sie ausgesprochen gut drauf zu sein.

„Hi!", ruft sie von weitem und schwenkt einen übergroßen pinkfarbenen Regenschirm über ihrem Kopf.

Pink ist gut, denke ich. Pink steht für Frohsinn und gute Laune. Wäre der Schirm schwarz oder grau, würde ich ins Grübeln kommen.

Weil das Wetter alles andere als einladend ist, überschlagen wir kurz unsere Finanzen und beschließen dann, uns bei Angelo einen Tee zu gönnen. Wir sind Stammkundinnen in seiner Eisdiele und dürfen dort so lange hocken, wie wir möchten, ohne dass uns jemand böse Blicke zuwirft oder mit Rauswurf droht, wenn wir nichts bestellen außer einem Kännchen Tee mit zwei Gläsern.

Angelo serviert den Tee persönlich und stellt sogar noch ein Schälchen mit italienischem Gebäck dazu.

„Grazie mille", sage ich, meine bescheidenen Italienisch-Kenntnisse hervorkramend.

Angelo verschwindet wieder hinter seinem Tresen. Aus den Lautsprechern kommt leise Musik. Ich verstehe nicht, worum es geht, aber es klingt ziemlich melancholisch und passt gut zum Wetter.

Lena wirft zwei Zuckerwürfel in ihren Tee und rührt gedankenverloren darin herum.

Ich schaue ein Weilchen den Regentropfen dabei zu, wie sie an der Fensterscheibe herunterrutschen, dann wird mir das Schweigen irgendwann zu blöd und ich räuspere mich.

„Und?", frage ich.

Lena hört auf zu rühren und macht ein Gesicht wie ein Kobold.

„Was willst du wissen?"

„Alles", antworte ich wahrheitsgemäß und puste in meinen Tee. „Besonders natürlich, wieso du und Krischan euch seit Tagen nicht gesehen habt, wo ihr doch sonst nicht ohneeinander könnt."

„Können wir ja auch nicht", grinst Lena.

„Soll heißen?" Ich hasse es, ihr jedes winzige Detail der Beziehungskrise aus der Nase ziehen zu müssen. Dabei ist sie sonst doch so ein Plappermäulchen!

„Soll heißen, dass Krischans Eltern für ein paar Tage verreist sind und wir sturmfreie Bude haben."

Ich will einen Schluck Tee trinken und verbrenne mir die Zunge. „Autsch, ist der heiß!"

„Es heißt ja nicht umsonst ‚abwarten und Tee trinken'", sagt Fräulein Altklug Lena. „Die Betonung liegt auf *abwarten*!"

„Haha, danke." Ich schiebe mir einen Keks zwischen die Kiemen und kontere: „Für mich liegt die Betonung eindeutig auf *sturmfrei*. Was willst du mir damit sagen?"

„Nichts weiter. Nur dass Krischan und ich endlich mal ganz alleine sind und ausreichend Zeit haben, um unseren Beziehungsstatus zu klären und uns über ein paar grundlegende Dinge im Klaren zu werden." Lena setzt ein betont harmloses Gesicht auf und nimmt sich auch einen Keks.

„Aha", sage ich.

„Nix, *aha*. Wir wollen uns einfach mal in Ruhe über alles aussprechen."

„Schon klar." Ich kann nicht anders und muss grinsen. Lena ist ein Jahr älter als ich und ziemlich frustriert, weil sie noch Jungfrau ist. Krischan unternimmt nichts, um daran etwas zu ändern. Im Gegenteil: Sobald sie versucht, ihn zu verführen, zieht er sich zurück. So viel zum Thema Beziehungsstatus. Ich glaube, bei der sturmfreien Bude geht es eher um ihren Jungfrauenstatus.

„Im Großen und Ganzen geht es um Hamburg, das Modeln und so", sagt sie, als hätte sie meine Gedanken gelesen und wollte ihnen widersprechen. „Krischan ist sich nicht sicher, ob wir zusammenbleiben können, wenn ich erst mal Aufträge bekomme und in der Welt rumreise."

„Und was denkst du?" Endlich ist mein Tee abgekühlt. Ich trinke einen Schluck.

„Keine Ahnung", sagt Lena seufzend. „Es gibt Beziehungen, die das aushalten. Andere Beziehungen zerbrechen. Woher soll ich wissen, zu welcher Sorte wir gehören?"

„Stimmt", gebe ich ihr Recht. „So etwas weiß man erst, wenn

man es ausprobiert. Phillip und ich wussten auch nicht, ob unsere Beziehung hält."

„Aber das war kein Grund für ihn, nicht nach Berkeley zu gehen", wendet Lena ein.

„Wir waren uns einfach sicher, dass wir es schaffen werden. Wir *sind* uns sicher", korrigiere ich mich. Schließlich ist das halbe Jahr noch nicht rum.

„Und bald habt ihr euch wieder", lächelt Lena.

„Ja." Ich nicke und spüre, wie bei dem Gedanken mein Herz ganz warm wird. Das liegt bestimmt nicht nur an dem Tee.

Wir schweifen ein bisschen vom Thema ab. Unterhalten uns über die Schule und das Gefühl des Eingesperrtseins, das Lena so oft hat. Ich schiebe es auf ihren unbändigen Freiheitsdrang.

„Vielleicht wird es ja besser, wenn du erst mal modelst", wage ich eine Prognose.

„Ach, ich weiß nicht ...", erwidert sie. „Da gibt es dann neue Zwänge und Einschränkungen. So richtig frei bin ich dann auch nicht."

„Nein, wohl nicht."

Vom Modeln kommen wir irgendwann auf das Thema Weihnachten und Silvester. Keine Ahnung, wie wir den Bogen gekriegt haben. Jedenfalls erzähle ich Lena, dass ich mich sowohl an Weihnachten als auch an Silvester in meinem Zimmer verkriechen und mir eine Papiertüte über den Kopf ziehen werde, um von dieser ganzen gefühlsduseligen Zeit möglichst wenig mitzubekommen.

„Wieso das denn?", fragt sie.

„Weil ich genau weiß, dass ich Phillip an Weihnachten noch mehr vermissen werde als sowieso schon", erwidere ich. „Und

Silvester ohne ihn kann ich mir erst recht nicht vorstellen. Also fällt beides aus. Beziehungsweise werde ich beides mit meiner Familie verbringen und mich dabei vermutlich fühlen, als wäre ich wieder zehn."

„Oder neun", kichert Lena.

„Oder viereinhalb", sage ich todernst. „Ist mir vollkommen wurscht."

„Ach, darüber reden wir dann noch mal." Lena gießt uns neuen Tee ein. Ich hab gar nicht gemerkt, dass mein Glas schon leer ist. „Ist ja noch ein bisschen hin."

Sie erzählt mir, dass Krischan und sie vorhaben, eine große Silvesterparty auf seinem Bauernhof zu schmeißen. „Falls wir bis dahin noch zusammen sind", schränkt sie ein.

„Na klar seid ihr das!"

Ich weiß nicht, woher ich die Gewissheit nehme. Aber Lena ohne Krischan? Unvorstellbar!

„Wir werden sehen." Sie versenkt zwei Würfelzucker in ihrem Teeglas und lächelt still in sich hinein. Sie sieht aus wie eine Sphinx. Nein, wie eine Madonna auf einem alten Bild. Total hübsch. Ich kann verstehen, was Krischan in ihr sieht. Und auch, was die Modelscouts in ihr sehen.

„Du wirst mir fehlen, wenn du erst mal in Paris, Rom oder New York bist", stelle ich fest.

„Du mir auch", gesteht sie und hört nicht auf zu lächeln.

„Dabei dachte ich immer, dass du später mal bei Pussy Riot oder Femen landest", sage ich.

„Femen? Du meinst diese Mädels, die überall oben ohne ins Bild hüpfen und Politiker bloßstellen?" Lena lacht. „Ja, die sind cool! Aber zu denen gehe ich erst, wenn mein politisches Bewusstsein voll ausgeprägt ist. Vorher probier ich's mal mit Kleiderständerdarstellerin. Hihi, der Begriff gefällt mir!“

Ich sage nichts mehr. Die Vorstellung von Lena in High Heels auf einem Catwalk will irgendwie nicht zu dem Bild passen, das ich bisher von ihr hatte. Wie gesagt: Für mich war bis jetzt immer Anna eine Anwärterin für *GNTM*. Aber Lena? Das ist ähnlich absurd, wie es Pauls Nominierung für den Nobelpreis in Mathematik wäre. Es sind Dinge, die nicht zusammenpassen. Bilder, die nicht in meinen Kopf wollen.

Ich bin wirklich gespannt, wie die ganze Sache weitergeht.

KAPITEL 12

Der aktuelle Jungfrauenstatus

Irgendwann fange ich mit dem Beanie-Häkeln an und stelle fest, dass es tatsächlich Spaß macht. So viel Spaß, dass ich daran denke, nicht nur Phillip, sondern auch meine Familie und meine Freundinnen mit bunten Weihnachtsböhnchen zu beglücken. Ich hoffe, ich nehme mir nicht zu viel vor. Ob ich bei der netten Dame im Handarbeitsstübchen Mengenrabatt bekomme?

Natürlich brauche ich selbst dann auch eine, klar. Ich sehe schon eine Invasion von Häkelmützen vor mir. Am liebsten würde ich meinen Häkelkram sogar mit in die Schule nehmen, um langweilige Unterrichtsstunden zu überbrücken und die Pausen sinnvoll zu nutzen, aber das verkneife ich mir dann doch.

Neben der Mütze wird Phillip übrigens noch einen Brief von mir bekommen. Keine Mail, keine SMS. Nein, einen richtigen echten handgeschriebenen Liebesbrief.

Es gibt so viele Dinge, die ich ihm sagen möchte. Aber ich kann sie ihm nicht sagen, weil er so weit weg ist. Inzwischen hat sich einiges in mir angesammelt. Ich möchte ihm alles erzählen.

Wie ich die Wochen und Monate ohne ihn verbracht habe.

Was ich erlebt und gefühlt habe.

Ich möchte, dass er weiß, dass ich in jeder Sekunde mit jeder Faser meines Herzens an ihn gedacht habe, als er weg war.

Ich fürchte, das hört sich jetzt ziemlich pathetisch an, aber ich kann es nicht anders ausdrücken. Außerdem stimmt es:

Phillip ist immer bei mir. Er ist ein Teil von mir. Er ist in meinem Herzen. Es funktioniert einfach nicht, auch nur eine Sekunde *nicht* an ihn zu denken.

Ob das anderen auch so geht?

Das würde mich mal interessieren. Schließlich bin ich nicht das einzige Mädchen auf der Welt, das vorübergehend von seinem Freund getrennt ist.

Was mich außerdem noch interessieren würde:

Geht es Phillip umgekehrt genauso?

Denkt er auch pausenlos an mich?

Oder vergisst er mich zwischendurch?

Falls ja: Spüre ich das?

Sind das vielleicht diese Augenblicke, in denen ich traurig bin und mich einsam fühle?

Zum Glück sind solche Augenblicke selten geworden. Die meiste Zeit geht es mir gut. Den Trauerkloß, der kurzzeitig von mir Besitz ergriffen hatte, habe ich erfolgreich verbannt. Ich hoffe, er bleibt, wo er ist.

Es ist einer dieser trüben Novembertage, an denen es einfach nicht hell werden will, weshalb ich ein paar Teelichter angezündet habe. Ich sitze gerade gemütlich in meinem Zimmer und bin dabei, in alten Tagebüchern zu blättern und mir Notizen für den Phillip-Brief zu machen, als mein Handy düdelt.

Ich werfe einen Blick auf das Display. Es ist Lena. Eigentlich hab ich keine Lust zu telefonieren – ich schwelge gerade so schön in Erinnerungen –, aber dann bin ich doch neugierig und gehe ran. Vielleicht will sie was für die Schule wissen oder mir vorschwärmen, wie toll die Silvesterparty werden wird, von der ich wild entschlossen bin sie zu boykottieren. Die Party ist im Moment ihr Lieblingsthema, seit mit Krischan alles wieder in Ordnung ist. (Ja, die beiden haben sich ausgesprochen. Und ja, sie wollen zusammenbleiben. Hab ich's nicht gleich gesagt?)

„Hallo?", melde ich mich.

Statt Lenas Stimme höre ich Britney Spears. Sie quietscht *„Oops! I did it again"* in mein rechtes Ohr. Vor Schreck lasse ich fast das Handy fallen.

„Lena? Bist du das?", frage ich vorsichtig.

„Yeah, yeah, yeah", singen Lena und Britney im Chor. *„I'm not that innocent …"*

„Lena!", versuche ich dagegenzuhalten. „Willst du mit mir telefonieren oder hast du dich verwählt?"

Es kann ja sein, dass sie auf eine Taste gedrückt hat, ohne es zu merken. Ist mir auch schon mal passiert. In diesem Fall spreche ich jetzt vermutlich mit der Innenseite ihres Rucksacks.

„Leena!", versuche ich es noch einmal.

„Yeah, Baby!", schreit sie zurück.

Ich bin mir ziemlich sicher, dass es Lena und nicht Britney war. Wenigstens hört dieses *Oops I did it again*-Gejaule endlich auf. Nichts gegen Britney, aber ich steh nicht so auf sie als Sängerin. Da ist mir die kleine Jack-Russell-Britney aus Hamburg eindeutig lieber.

„Ich. Hab's. Getan“, sagt Lena atemlos und verbessert sich sofort. „Nee, falsch: *Wir* haben es getan! Dazu gehören schließlich zwei, wenn man's richtig macht.“

Sie gackert. Es hört sich ein bisschen irre an.

Das ganze Gespräch – wenn man es so nennen darf – hört sich irre an.

„Wenn man *was* macht?“, frage ich zurück.

„Na, DAS!“

„Hä? Wovon sprichst du? Hast du zu viel Hustensaft genommen? Hast du an irgendwas geschnüffelt? Lena!“

„Hihi“, kichert sie. Dann atmet sie so tief ein, dass ich es hören kann. „Krischan und ich hatten S.E.X.“

Ich wiederhole die mysteriöse Buchstabenfolge. Endlich fällt der Groschen. Ich werfe mein Tagebuch auf den Boden, springe auf und schnappe nach Luft. Alles gleichzeitig.

„Nein! Was? Echt jetzt? Nee, oder?“ Ich nehme das Handy vom Ohr und starre es kurz an, bevor ich es wieder an meinen Lauscher presse. „Sag, dass das nicht wahr ist!“

„Doch, ist wahr.“ Lena kichert wie ein überdrehter Schlumpf.

Ich weiß nicht, was ich sagen soll.

Lena hat ihren Jungfrauenstatus geändert.

Sie und Krischan haben es getan.

Sie hatten S.E.X.

Das ist –

„Wahnsinn!“, rufe ich und meine es auch so. „Los, erzähl! Nein! Halt! Stopp! Lieber nicht. Bitte keine Details. Sag mir einfach nur, wie's war. Also: Wie war's?“

Ich setze mich auf die Bettkante und versuche, meinen Puls

zu beruhigen. Das ist so aufregend! Ich hab mich immer gefragt, welche meiner Freundinnen wohl als erste mit einem Jungen schlafen würde. Vielleicht Anna? Vielleicht sogar ich? Aber wir sind gerade erst fünfzehn.

Bei Lena liegt die Sache anders. Bei ihr war es nur eine Frage der Zeit. Wie gesagt: Sie ist ein ganzes Jahr älter als ich. Und sie war sich absolut sicher, dass sie es wollte. (Was man von mir nicht unbedingt behaupten kann.) Außerdem war sie bei einer Frauenärztin und nimmt schon seit Wochen die Pille. Wenn eine von uns sich auf das erste Mal gut vorbereitet hat, dann sie.

Trotzdem kommt es jetzt irgendwie ziemlich plötzlich.

„Hast du ihn etwa verführt?", frage ich und merke im selben Augenblick, dass meine Stimme ein bisschen vorwurfsvoll klingt. Schließlich weiß ich, dass Krischan sich Zeit lassen wollte. Er hat es mir selbst erzählt.

„Das war überhaupt nicht nötig", antwortet Lena. „Es hat sich einfach ergeben. Ganz von selbst. Wir waren allein und haben gekuschelt und dann –"

„Keine Details!", erinnere ich sie.

„Ja, ja, schon gut." Sie prustet leise.

„Sag mir nur, ob es schön war. Romantisch. Zärtlich. So, wie du es dir immer vorgestellt hast. War es so?"

„Ja", sagt sie, ohne eine Millisekunde zu zögern. „Genau so war es."

„Das ist toll. Ich freu mich so für dich!"

„Ich mich auch!" Sie seufzt. „Ich hab ihn so lieb. Jetzt noch mehr als vorher. Ich glaub wirklich, wir gehören zusammen."

„Natürlich tut ihr das", bestätige ich.

Wir unterhalten uns noch ein bisschen, aber Lena ist viel zu aufgekratzt. Kein Wunder. Außerdem ist sie gleich mit Krischan verabredet. Sie wollen das Ereignis bei einer Pizza feiern und anschließend vielleicht noch ins Kino gehen.

„Kommst du morgen in die Schule?", frage ich, bevor wir uns verabschieden.

„Klar, ich bin doch nicht krank. Im Gegenteil!" Sie lacht.

„Dann sehen wir uns morgen", sage ich. „Viel Spaß und schöne Grüße an Krischan."

„Werde ich ausrichten", verspricht Lena. Dann beenden wir das Gespräch.

Ich bleibe noch eine Weile auf meinem Bett sitzen, das Handy in der Hand haltend. Ich merke, dass ich lächele. Nein, ich grinse. Ich freue mich wirklich für Lena. Ich hoffe, sie und Krischan bleiben immer so glücklich, wie sie jetzt in dieser Sekunde sind.

Es kratzt an der Tür. Ich werfe das Telefon aufs Bett und lasse meinen Kater herein. Er streift mir um die Beine, stolziert anschließend im Zickzack durchs Zimmer und maunzt dabei die ganze Zeit total vorwurfsvoll. Es klingt, als wolle er sich beschweren, dass ich ihn stundenlang draußen im Flur habe sitzen lassen.

„Stimmt ja gar nicht", sage ich und hebe ihn vorsichtig hoch. Ich lege ihn mir wie einen kleinen Pelzkragen über die Schulter und schnuppere an seinem Fell. Mau reibt seinen Kopf an meinem Ohr und schnurrt. Lieber kleiner weicher Kater.

*

Am nächsten Morgen liegt glitzernder Raureif auf Bäumen, Dächern, Straßen und Wegen. Ich muss erst zur dritten Stunde in die Schule. Es ist schon hell und ich radele staunend durch die gefrorene Zauberwelt. Der Stadtpark sieht wunderschön aus. Wie von einem Konditor überzuckert.

Ich halte an, mache ein Foto mit dem Handy und speichere es ab, um es später Phillip zu schicken. Zum Glück hab ich Handschuhe angezogen und eine Mütze aufgesetzt. Es ist wirklich kalt. Vor meinem Mund dampfen weiße Atemwölkchen, als ich weiterfahre.

Lena sitzt schon auf ihrem Platz, als ich in die Klasse komme. Sie grinst mir entgegen. Ich grinse zurück.

„Mann", sage ich nur.

„Jepp", sagt sie und nickt.

Ich unterziehe ihr Gesicht und ihre Körperhaltung einer eingehenden Betrachtung. Keine Ahnung, wonach ich suche. Möglicherweise nach sichtbaren Anzeichen ihres geänderten Status.

Strahlt sie heute besonders?

Sitzt sie gerader?

Leuchten ihre Augen?

Glänzen ihre Haare mehr als gestern?

Ist ihre Haut besser durchblutet?

Hat sie zwei verschiedene Socken an?

Hat sie ihren Pulli verkehrt herum angezogen?

Hm, schwer zu sagen. Auf den ersten Blick scheint alles normal zu sein. Kein Unterschied zu vorher. Und doch habe ich den Eindruck, dass sie leuchtet. Irgendwie von innen heraus. Und ja: Ihre Augen strahlen. Eindeutig.

„Mann“, sage ich noch einmal und lasse mich auf meinen Stuhl fallen. „Du machst Sachen!“

„Hihi“, gackert sie und wird ein bisschen rot.

Wir stecken die Köpfe zusammen. Muss ja nicht jeder mitkriegen, über welches Thema wir uns hier austauschen.

„Und wie fühlst du dich jetzt?“, frage ich flüsternd. „Anders als vorher?“

„Nö, ja. Keine Ahnung. Ein bisschen“, brabbelt Lena etwas zusammenhanglos. „Irgendwie schon. Aber nicht viel. Es ist spannend, aber cool.“

„Okay“, sage ich und nicke langsam, obwohl ich nicht wirklich kapiere, wovon sie spricht. Sie ist verwirrt, ganz klar. Kein Wunder, ihre Hormone fahren bestimmt gerade Achterbahn.

In dieser Sekunde gongt es über unseren Köpfen. Wir haben Französisch und schreiben einen Test. Die Schule ist wirklich nicht der beste Ort für Frauengespräche. Zum Glück haben wir nach der Mittagspause eine Freistunde.

Leider kommen wir während und nach dem Mittagessen auch nicht richtig zum Quatschen. Unsere Parallelklasse hat ebenfalls eine Freistunde. Wir treffen Anna, Billi, Lukas und Paul im Aufenthaltsraum. Anna setzt sich sofort zu Lena und mir. Sie kommt mir vor wie ein kleiner Spionagesatellit mit Röntgenbrille. Sie lässt uns keine Sekunde aus den Augen, spitzt die Ohren wie Mr Spock und versucht, jedes einzelne Wort, das Lena und ich flüsternd wechseln, aufzufangen.

Strahlt Lena tatsächlich veränderte Schwingungen aus? Oder ist es nur Annas grenzenlose Neugier wegen des Modeljobs?

Vermutlich kommt eins zum anderen. Anna ist immer gerne umfassend über alles informiert, was in ihrem Dunstkreis passiert. Außerdem ist es fast unmöglich, etwas vor ihr zu verheimlichen. Sie hat ihre Antennen einfach überall.

„Wolltest du nicht diese Woche nach Hamburg fahren?", fragt sie Lena so beiläufig, als würde es sie überhaupt kein bisschen interessieren.

Ich muss grinsen. Anna ist meine älteste Freundin. Ich kenne sie nicht anders.

„Jo. Übermorgen", nuschelt Lena. Sie hat sich gerade ein halbes Schokocroissant in den Mund geschoben.

„Aha", macht Anna. Es klingt ein bisschen verschnupft.

Billi und ich wechseln einen amüsierten Blick.

„Hast du denn schon Jobs in Aussicht?", mischt Lukas sich ein. Er hockt auf einem Stuhl schräg hinter Anna und wickelt von da aus seine langen Arme um sie wie ein Riesenkrake, der sie verschlingen will.

„Nö." Lena schüttelt den Kopf. „Zuerst brauch ich mal diese Sedcard. Deshalb fahren wir ja nach Hamburg. Ist aber auch gar nicht mehr so wichtig."

„Hä? Wie jetzt?" Paul zieht seine Stirn in krause Welpenfalten und sieht dadurch aus, als wäre er gerade erst aufgestanden. Total verstrubbelt und verpeilt.

„Na, das Modeln! Ist doch echt kein Ding, oder?" Lena zupft an dem Rest des Croissants herum und lächelt verträumt vor sich hin. „Es gibt Wichtigeres auf der Welt. Findet ihr nicht?"

„Klar", sage ich, weil ich weiß, was sie meint. „Liebe zum Beispiel."

„Weltfrieden", brummt Paul zustimmend.

„Genau", nickt Billi.

„Heißt das, du willst nicht mehr modeln?" Anna macht ein ungläubiges Gesicht.

Lena seufzt.

„Weißt du", sagt sie dann, „ich lass das einfach mal auf mich zukommen. Nur weil ich einen Agenturvertrag und eine Sedcard habe, bedeutet das ja noch lange nicht, dass ich auch Aufträge bekomme. Vielleicht ende ich ja als verstaubte Karteileiche in deren Schubladen."

„Karteileiche?", echot Anna.

„Es gibt garantiert viel mehr Models als Aufträge", erklärt Lena. „Warum sollte ein Auftraggeber ausgerechnet mich buchen?"

„Ja, stimmt", meint Anna nach einer kurzen Denkpause. „Schließlich hast du überhaupt noch keine Erfahrung in dem Job."

„Genau", bestätigt Lena und wirft sich den letzten Happs ihres Croissants in den Mund. „Es gibt hunderttausend Mädels, die das bestimmt viel besser können als ich!"

Ich werfe ihr einen fragenden Blick zu.

Ihr Lächeln, mit dem sie antwortet, ist genauso unergründlich wie das der Mona Lisa im Louvre von Paris.

Junge, Junge, denke ich im Stillen. Von wegen „verrücktes Huhn" …

Lena macht sich ziemlich kluge Gedanken über ihre Zukunft, finde ich. Egal, ob sie weiter zur Schule gehen oder als Model Karriere machen wird: Für ihr Alter blickt sie wirklich durch.

Im Gegensatz zu mir. Manchmal bin ich noch ein bisschen naiv. Vielleicht nicht ganz so schlimm wie Anna. Aber trotzdem ...

Natürlich gibt es viel mehr Models als Aufträge. Man sieht das ja hin und wieder im Fernsehen, wie solche Castings ablaufen. Von hundert Mädels, die da aufmarschieren und sich Hoffnungen machen, bekommt höchstens eine Handvoll einen Job. Ganz schön heftig. Für mich wär das eindeutig nichts. Ich hasse Enttäuschungen.

Ich zwinkere Lena zu. Sie zwinkert zurück. Dann lächeln wir beide gleichzeitig.

KAPITEL 13

Wie schreibt man einen Liebesbrief?

Vielleicht, indem man sich zuerst daran erinnert, wie alles angefangen hat, und dann einfach loslegt?

Gute Idee!

An dem Tag, an dem Lena mit ihrer Mutter nach Hamburg gefahren ist, um die Agentur zu besuchen und die Aufnahmen für die Sedcard zu machen, setze ich mich gleich nach der Schule an meinen Schreibtisch und betrachte die Fotos an der Pinnwand.

Auf einigen ist Phillip allein zu sehen; auf anderen sind wir zusammen. Ich weiß noch ganz genau, wann und wo die Fotos entstanden sind. Während ich vor mich hin lächele, fühle ich mich, als würde ich eine Zeitreise in die Vergangenheit machen.

Vor mir breitet sich ein weißes Blatt Papier aus. Daneben liegt mein Füller. Bis jetzt habe ich nur das Datum aufgeschrieben.

Und jetzt?

Wie soll ich anfangen?

Der richtige Anfang ist wichtig.

Und er ist am schwierigsten, stelle ich fest.

Lieber Phillip? Viel zu förmlich.

Mein lieber Phillip? Klingt zu sehr nach seiner Oma.

Mein Schatz? Oh, nee …

Mau liegt in seinem Körbchen neben der Heizung und schnarcht. Von ihm kann ich keine Hilfe erwarten.

Entschlossen greife ich nach dem Füller, ziehe die Kappe ab und hole tief Luft. Dann lege ich los.

Liebster,
erinnerst Du Dich daran, als wir uns zum ersten Mal begegnet sind?
Es war der Tag nach den Sommerferien. Das neue Schuljahr hatte gerade angefangen und in unserer Klasse herrschte das totale Chaos, weil irgendein kreativer Idiot Tische und Stühle zu einer Pyramide aufgetürmt hatte.
Plötzlich standest Du in der Tür.
„Sorry, ist das hier ein Kindergarten oder die Quinta von Frau Lindmann?“, hast Du gefragt und Dein spezielles Lächeln gelächelt, von dem ich damals noch nicht wusste, dass es zu Dir gehört wie Deine blonden Locken und die braunen Augen.
Du warst so unglaublich arrogant! Arrogant, aber süß.
Ich bin mir sicher, dass alle Mädchen aus der Klasse sich in dieser Sekunde in Dich verliebt haben. Nur ich hab ein bisschen länger gebraucht.
Kurz darauf wurdest Du zum Klassensprecher gewählt und wir sind ins Waldcamp gefahren.
War es Zufall, dass ich eines Nachts in einem Graben gelandet bin und ausgerechnet Du mich gefunden und gerettet hast?
War es Schicksal?

Vielleicht von beidem etwas.
Auf jeden Fall war es mein großes Glück.
Du hast meine Hand genommen, mich aus diesem blöden Graben gezogen und mich aus dem Wald geführt. Du hast meine Hand so fest gehalten, als wolltest Du sie nie wieder loslassen.
Bis heute spüre ich Deine Hand, auch wenn Du nicht bei mir bist. Sie gibt mir Sicherheit und Geborgenheit. Sie gibt mir die Gewissheit, dass ich mit Dir an meiner Seite aus jedem Wald finden kann, und wenn er noch so finster ist.

Ich stoppe meinen Schreibfluss und knabbere nachdenklich am Füller, während ich mir durchlese, was ich bisher geschrieben habe. Klingt es nicht ein bisschen zu kitschig?

Hm, ja, irgendwie schon. Aber es ist genau das, was ich fühle und ausdrücken möchte. Phillip wird schon verstehen, was ich ihm sagen will. Kitsch hin oder her.

Innerhalb weniger Minuten steigere ich mich in einen regelrechten Schreibrausch hinein. Kennt ihr das auch? Wenn's erst mal läuft, kann man sich nicht mehr bremsen. Dann schreibt man, bis die Füllerspitze qualmt und man kurz davor ist, einen Krampf zu bekommen. Irgendwann geht's nicht mehr. Man wirft den Füller auf den Tisch, schüttelt die Hand aus, stöhnt ein bisschen rum und – genau! – schreibt einfach weiter.

Ich fülle eine Seite nach der anderen, bis meine Finger total verkrampfen. Irgendwann erkenne ich meine eigene Schrift nicht mehr.

Was sind das für Hieroglyphen?

Seit wann kann ich Steno?

Oder ist das auf dem Papier eine neue Art von Höhlenmalerei?

Dann ist plötzlich die Patrone leer und ich muss zuerst eine neue Packung suchen, bevor ich weitermachen kann. Dabei schimpfe ich leise vor mich hin.

„Die Klaue kann echt kein Meerschwein lesen! Das kann ich alles noch mal abschreiben, wenn ich fertig bin!"

Motz, motz, nörgel, mecker.

Mau wacht auf und blinzelt mich an, als würde er sich Sorgen um meine geistige Verfassung machen. Dabei könnte ich gerade jetzt ein bisschen Zuspruch und Lob gebrauchen.

Ich kann mich nicht erinnern, wann ich das letzte Mal so viel am Stück geschrieben habe. Hab ich überhaupt schon mal so viel geschrieben?

Mir fällt eine endlos lange Deutsch-Klausur über das Ei des Kolumbus ein. Aber das waren garantiert ein paar Seiten weniger. Dabei bin ich noch lange nicht fertig! Wenn ich so weitermache, wird dies der längste Liebesbrief des Jahrhunderts. Und der unleserlichste.

Ob ich damit in das große Buch der Weltrekorde komme? Egal. Hauptsache, das Porto nach San Francisco wird nicht so teuer. Für einen normalen Briefumschlag ist das Ding jetzt schon zu dick. Zusammengefaltet würde mein Text ein schickes Päckchen abgeben. Aber ich muss ja sowieso ein Päckchen packen, fällt mir ein. Die Beanie-Mütze passt schließlich auch nicht in einen Umschlag. Ist also vollkommen wurscht, wie viel ich noch schreibe.

Weiter geht's, Klawitter!

Irgendwann lege ich den Füller beiseite. Erstens braucht mein Gehirn eine Verschnaufpause. Zweitens meine Hand auch. Drittens klingelt mein Telefon.

Ich strecke mich, bevor ich aufstehe. Das Handy liegt auf meinem Nachttisch. Als ich danach greife, rechne ich fest damit, dass Lena dran ist, um mir von Hamburg zu erzählen, aber es ist Phillip.

„Hi, Süße", sagt er, als ich mich melde.

Er lächelt, das höre ich sofort.

„Hi! Was gibt's?" Ich werfe mich aufs Bett.

Phillip gluckst leise. „Ich hab ihn!"

„Wen?"

„Meinen Führerschein!"

„Wie bitte? Echt?" Ich setze mich auf. Natürlich hat Phillip mir von seinen Führerscheinplänen erzählt. Den Theorieteil hat er in einem speziell dafür eingerichteten Kurs an seiner Highschool gemacht; das praktische Fahren mit seinem Gastvater geübt. Aber dass das so schnell geht?

„Wahnsinn!", rufe ich. „Warum hast du mir nicht gesagt, dass du heute Prüfung hattest? Ich hätte dir alle Daumen gedrückt!"

„Hab ich komplett vergessen", gibt er kleinlaut zu.

Ich verzeihe ihm sofort.

„Herzlichen Glückwunsch! Wow, das ist cool! Hast du Zeit? Wollen wir chatten? Handy ist immer so teuer!"

„Danke", sagt er, und: „Nee, leider hab ich keine Zeit. Ich wollte es dir nur schnell sagen. Vielleicht können wir später noch reden. Bist du nachher on?"

Wir verabreden eine Zeit. Dann verabschieden wir uns.

Weil Phillip so gut drauf ist, bin ich es auch.

„Darfst du jetzt so richtig überall fahren?", frage ich noch, bevor er auflegt. „Auch hier in Deutschland?"

Er lacht. „Schön wär's! Leider bin ich erst sechzehn."

„Stimmt. Daran hab ich nicht gedacht."

„Ciao, Süße. Ich muss los. Bis später!"

„Bis dann!" Ich knutsche mein Handy, aber Phillip ist schon weg.

„Boah, ey", sage ich zu Mau. „Phillip am Steuer … Kannst du dir das vorstellen?"

Der Miene nach zu urteilen, die mein Tigerkater aufsetzt, liegt es komplett außerhalb seines Vorstellungsbereichs.

Ein ganz ähnliches Gesicht macht mein Vater, als ich meiner Familie kurz darauf beim gemeinsamen Abendessen von Phillips bestandener Fahrprüfung erzähle.

„Ach …", brummt mein Papa und säbelt sein Schinkenbrot in mundgerechte Stücke.

Ich hab keinen Schimmer, ob sein Kurzkommentar positiv oder negativ gemeint ist. Wahrscheinlich irgendetwas dazwischen. Er ist in Gedanken, sonst würde er sich bestimmt ein bisschen mehr freuen. Wahrscheinlich hatte er einen anstrengenden Tag.

„Cool!", grinst Jakob. „Phillip kriegt bestimmt ein eigenes Auto, wenn er wieder da ist."

„Nee, das glaub ich nicht", erwidere ich und kläre ihn darüber auf, dass der amerikanische Führerschein leider nicht automatisch in Deutschland gilt. „Hier kann man erst mit siebzehn Führerschein machen. Und dann darf man auch nur fahren, wenn ein Erwachsener neben einem sitzt."

„Dann wird er hier wohl noch mal in die Fahrschule gehen müssen“, sagt meine Mam. „So genau kenne ich mich damit zwar nicht aus, aber ich glaube, ein amerikanischer Führerschein ist sowieso nur für einen begrenzten Zeitraum gültig. Wahrscheinlich muss er ganz normal Fahrstunden nehmen und eine Prüfung machen wie jeder andere Fahrschüler auch.“

„Ja, sieht so aus.“ Ich packe mir zwei Scheiben Mortadella auf meine Stulle und beiße ab. „Aber das schafft er locker.“

„Steht denn schon fest, wann Phillip genau wiederkommt?“ Mein Vater hat die Schinkenbrotwürfel auf seinem Teller mit exakt geachtelten Tomaten und winzigen Gurkenstücken geschmückt. Er betrachtet das Gesamtkunstwerk gerührt, als würde er darüber nachdenken, ob er nicht schnell ein Foto machen und es ins Internet stellen sollte, bevor er alles verspeist.

Ich muss grinsen. Jakob auch.

„Am 6. Januar“, antwortet meine Mam für mich. „Stimmt's?“

„Jepp.“ Das Datum hat sich so fest in mein Gehirn gebrannt, dass ich es unmöglich vergessen kann. Ich weiß sogar schon die planmäßige Ankunftszeit des Flugzeugs. Hab ich im Internet recherchiert.

Zum Glück ist der 6. Januar der letzte Tag der Weihnachtsferien. Aber selbst wenn Schule wäre, wäre das kein Hinderungsgrund für mich, Phillip persönlich abzuholen. Ich muss nur noch meine Eltern irgendwie dazu bringen, mit mir zum Flughafen zu fahren, um Phillip in Empfang zu nehmen. Wenn die nicht wollen (oder nicht können, weil sie an dem Tag arbeiten müssen, was vermutlich der Fall sein wird), frage ich einfach Phillips Vater. Und falls der mich nicht mitnehmen will (warum sollte er nicht?), muss ich eben Krischan und Lena beknien. Wenn alle Stricke reißen, fahre ich mit dem Zug. Oder mit dem Fahrrad. Oder ich geh zu Fuß. Was weiß ich. Auf jeden Fall bin ich da, wenn Phillip landet. Das steht so fest wie nur was.

Nach dem Abendbrot ist es noch zu früh, online zu gehen. Lena hat sich auch noch nicht gemeldet.

Um mich zu beschäftigen, nehme ich mein Häkelzeug und lasse die Nadel tanzen – beziehungsweise eher stolpern. Meine erste Beanie, die ich ursprünglich Phillip zu Weihnachten schenken wollte, ist leider ziemlich in die Hose gegangen. Wenn ich ehrlich sein soll, sieht das Ding zwar schon ein bisschen wie eine Bohne aus, aber nicht wie eine, die man sich in der Öffentlichkeit auf den Kopf setzen würde. Eher wie ein misslungenes Riesenbohnenexperiment aus dem Versuchslabor eines verrückten Wissenschaftlers, der Forschungsreihen mit Baumwolle und Radioaktivität durchführt.

Keine Ahnung, was da schiefgelaufen ist. Ich bilde mir ein, mich ganz genau an die Anleitung gehalten zu haben. Aber so eine Anleitung kann ja auch mal fehlerhaft sein.

Auf jeden Fall ist der Prototyp nicht als Geschenk geeignet. Höchstens für jemanden, den ich nicht mag. Aber da fällt mir so schnell niemand ein.

Luki vielleicht? Aber warum sollte ich dem was schenken?

Zum Glück hab ich noch genug Garn, um einen zweiten Versuch zu starten. Wenn das wieder nichts wird, strick ich einen Schal. Schals kann ich.

Im äußersten Notfall bekommt Phillip nur den Brief. Da steckt so viel Liebe drin. Da braucht er überhaupt keine Beanie mehr.

Aber ich krieg das schon hin. Wär doch gelacht. Oder soll ich ihm eine fertige Mütze schenken? Von einem Profi angefertigt? Ich denke mal darüber nach.

Als ich es mir gerade auf meinem Bett gemütlich machen will, ruft Lena an.

„Na?“, sage ich. „Wie ist es gelaufen?“

„Alles super. Die Fotografin war echt nett. Die Fotos sind der Hammer“, erzählt sie.

„Hast du den Vertrag unterschrieben?“

Täusche ich mich oder zögert sie mit der Antwort?

„Jaa“, sagt sie gedehnt. „Hab ich. Hannah auch. Als meine Erziehungsberechtigte.“

„Wow, herzlichen Glückwunsch“, gratuliere ich ihr. „Dann steht deiner Modelkarriere jetzt also nichts mehr im Wege. Wie fühlt es sich an?“

„Komisch, surreal, abstrakt, merkwürdig, verrückt“, antwortet sie. „Irgendwie, als hätte es überhaupt nichts mit mir als Person zu tun. Als Mensch, verstehst du? Der Modelvertrag ist nur ein Stück Papier. Trotzdem komme ich mir vor, als hätte ich meine Seele verkauft. Schließlich hab ich mit dieser oberflächlichen Glitzerwelt überhaupt nichts am Hut. Ich weiß nicht, ob ich wirklich ein Teil davon sein möchte. Allein heute, bei diesem Fotoshoot … *Kinn hoch, Schultern nach hinten, Brust raus, Bauch rein!*,“ äfft sie die Kommandos der Fotografin nach.

„Na ja, das gehört halt dazu“, wende ich ein. „Das wusstest du doch vorher.“

Lena schnaubt. „Klar wusste ich das. Aber ob ich es mag, steht auf einem ganz anderen Blatt.“

Ich unterdrücke ein Aufstöhnen. Hätte sie sich das nicht früher überlegen können?

„Und wie geht's nun weiter?", frage ich vorsichtig.

„Keine Ahnung. Jetzt bin ich in der Modelkartei. Wenn mich jemand buchen will, bekomme ich Nachricht."

„Kannst du dir die Aufträge aussuchen?"

„Du meinst, ob ich eine Buchungsanfrage ablehnen kann, wenn sie mir nicht gefällt? Ja, klar. Das steht so im Vertrag. Allerdings macht es bestimmt keinen besonders guten Eindruck, wenn eine Anfängerin wählerisch ist", erwidert sie.

Ich stimme ihr zu. Um einen Auftrag abzulehnen, braucht sie garantiert gute Argumente. Immerhin lebt eine Agentur wie *Blondes-non-Blondes* davon, dass die Models, die das Unternehmen vertritt, möglichst viele lukrative Jobs machen.

„Ich glaub, ich geh doch lieber zu Femen", sagt Lena und gähnt. „Weißt du zufällig, wo man sich da bewerben kann?"

„Keine Ahnung", kichere ich. „Frag doch mal das Internet."

„Mach ich", verspricht sie. „Wir sehen uns morgen."

„Zwangsläufig", antworte ich. „Hast du Mathe schon?"

„Nee, mach ich morgen früh. Ich muss mich erst mal von meinem anstrengenden Modelleben erholen."

„Dann gute Nacht."

„Gute Nacht."

Wir beenden das Gespräch.

Ich streichele meinen Kater, der neben mir liegt und schnurrt.

„Lena ist vielleicht 'ne Nudel", sage ich zu ihm. „Millionen Mädchen würden sie beneiden. Und was tut sie? Sie zögert und will einen Rückzieher machen! Unglaublich, was?"

Mau zuckt mit dem linken Ohr. Dann fängt er an sich zu putzen.

Ich betrachte ihn lächelnd. Wie Lena wohl reagiert, wenn die erste Anfrage kommt? Ob überhaupt eine kommt? Und wie lange dauert es, bis ein Model sich einen Namen gemacht hat? Ob es auch Models gibt, die niemals einen Auftrag bekommen und sang- und klanglos wieder verschwinden, ohne jemals gearbeitet zu arbeiten? Wahrscheinlich schon.

Wie Lena sich gerade angehört hat, sollte ich ihr vielleicht wünschen, dass die Agentur sich niemals wegen eines Jobs bei ihr meldet und sich noch während der Probezeit wegen Erfolglosigkeit von ihr trennt.

Auf der anderen Seite ist es aber viel zu spannend, dass es einfach so enden sollte, ohne dass sie jemals einen Catwalk betreten hat.

Ich wünschte, ich könnte in die Zukunft blicken. Nicht nur in meine, sondern auch in Lenas. Ich bin mir sicher, dass die noch ganz schön turbulent werden wird.

Als ich zum zweiten Mal an diesem Abend nach meinem Häkelzeug greife, um meine Beanie-Mission zu erfüllen, meldet sich mein aufgeklappter Laptop mit dem typischen Geräusch.

Ups, ist es schon so spät? Ich hab gar nicht auf die Uhr geachtet. Tatsächlich! Phillip ist schon on.

„Lunch time!“, ruft er und wedelt fröhlich mit einem dreistöckigen Sandwich vor der Kamera.

Bei ihm ist jetzt Mittagszeit. Ich muss gar nicht mehr großartig rumrechnen, um das zu wissen. Der Zeitunterschied zwischen hier und San Francisco ist mir inzwischen in Fleisch und Blut übergegangen.

„Guten Appetit“, sage ich lächelnd.

Er beißt ab und nuschelt etwas.

Ich stutze. Irgendwas ist anders.

Wo sind seine Locken geblieben?

Er sieht aus wie der Zwilling von Tim Bendzko, nachdem der sich von seiner Lockenpracht getrennt hat.

„Sag mal, warst du beim Friseur?“

„Jo“, mümmelt er ungerührt. „Wurde mir zu warm. Außerdem –“, er legt das Sandwich zur Seite und hält ein kleines buntes Kärtchen hoch, „– macht es sich besser auf dem Foto.“

Ich beuge mich vor und kneife die Augen zusammen.

„California Driver Licence“, entziffere ich. „Cool! Ist das dein Führerschein?“

„Jepp!“ Er grinst breit. „Schade, dass wir nicht zusammen feiern können.“

„Wir holen alles nach, wenn du wieder da bist“, sage ich schnell.

„Alles?“

„Alles.“

Wir schauen uns an. Unsere Augen versinken ineinander.

Irgendwie ist die Verbindung heute so gut, dass Phillips Gesicht ausnahmsweise mal nicht total verpixelt ist.

Ich stütze mein Kinn auf, betrachte ihn und seufze.

Er seufzt auch.

„Ich muss Schluss machen“, sagt er schließlich. Er schiebt sich die letzte Ecke des Sandwichs zwischen die Zähne und reißt mich unsanft aus meiner verträumten Versunkenheit.

„Was hast du jetzt?“

„Amerikanische Literatur. Romantik, Transzendentalismus.

Emerson, Hawthorne, Thoreau, Whitman … Ziemlich coole Typen. Haben ein paar richtig gute Sachen geschrieben. *When I give, I give myself.*“

„Das gefällt mir. Von wem ist das?“

„Von Walt Whitman. Vielleicht findest du in der Bücherei was von ihm. Sonst leih ich dir was, wenn ich wieder da bin.“

„Wenn du wieder da bist …“, wiederhole ich.

„Dauert nicht mehr lange“, lächelt er.

„Zum Glück“, antworte ich.

Er nickt und sieht ein bisschen traurig aus. Oder bilde ich mir das nur ein?

Nachdem Phillip sich ausgeloggt hat, gehe ich sofort ins Internet und suche die Namen der Schriftsteller, die er eben genannt hat. Oder sind es Dichter? Egal.

Von Walt Whitman gibt es eine tolle Zitatensammlung.

„Keep your face always toward the sunshine – and shadows will fall behind you“, murmele ich halblaut vor mich hin. *Richte dein Gesicht immer dem Sonnenschein entgegen und die Schatten werden hinter dich fallen* – das ist wirklich genial. Nicht nur ein wunderschönes Zitat, sondern eine echte Lebensweisheit!

Ich kopiere die Zeile und verschiebe sie in mein Tagebuch. Auch das, was Phillip vorhin gesagt hat – *When I give, I give myself* –, kommt dazu.

Ob wir in der Schulbibliothek Bücher von Whitman & Co haben? Ich werde gleich morgen nachforschen.

Es ist ein schönes Gefühl, dass Phillip und ich trotz der ganzen Zeitzonen und Flugmeilen, die uns zeitlich und räumlich voneinander trennen, unsere Gedanken miteinander teilen können. Dass ich mich mit dem beschäftige, womit er sich gerade befasst, fühlt sich gut an. Es ist auf jeden Fall besser als Beanie-Häkeln. Fast sogar besser, als einen Liebesbrief zu schreiben.

Aber nein, das ist überhaupt nicht miteinander zu vergleichen. Mein Liebesbrief ist meine eigene Zitatsammlung. Und die ist ganz allein für Phillip und mich bestimmt.

KAPITEL 14

Anna, mach keinen Quatsch!

Am nächsten Morgen fühle ich mich seltsam beschwingt und hüpfe ganz leicht aus dem Bett. Im Badezimmer summe ich vor mich hin. Auch beim Zähneputzen, was gar nicht so einfach ist.

Beim Frühstück grinse ich so blöd, dass es sogar meinem verschlafenen kleinen Bruder auffällt. Ob mein Zustand darauf zurückzuführen ist, dass ich mich die halbe Nacht mit Lyrik und Prosa beschäftigt habe? Falls ja, sollte ich das ab jetzt vielleicht öfter machen.

Die gute Stimmung hält an, bis ich mit dem Rad auf den Schulhof rolle, es in den Unterstand schiebe und abschließe.

Der Morgen ist wunderschön. Die Luft ist kalt und klar. Plötzlich verspüre ich große Lust, ein ausuferndes Gedicht über die blasse Novembersonne zu schreiben.

Als ich mich wieder aufrichte, steht Anna vor mir. Sie sieht müde aus. Ihre Nase ist rot.

„Guten Morgen“, sage ich freundlich. „Bist du erkältet?“

„Was? Nee, wieso?“, fragt sie misstrauisch zurück.

„Deine Nase“, sage ich nur und zeige mit dem Handschuh darauf.

Wir gehen zusammen Richtung Haupteingang. Anna befühlt ihre Nase. Ich betrachte den Himmel und lege mir romantische Verse zurecht.

„Was ist jetzt eigentlich mit Lena?“, fragt Anna, als wir uns Seite an Seite durch die Tür quetschen.

„Was soll mit ihr sein?“, frage ich zurück.

„Ich hab gehört, dass sie zu ihrem Vater nach Hamburg zieht“, erwidert Anna. „Stimmt das?“

„Nö.“ Ich schüttele den Kopf. „Jedenfalls nicht, dass ich wüsste. Ich weiß nur, dass sie gestern den Agenturvertrag unterschrieben hat und jetzt eine Sedcard hat.“

„Aber Aufträge hat sie noch nicht?“

„Nö, ich glaub nicht.“ Annas Fragerei geht mir ein bisschen auf den Keks. „Frag sie doch selber. Du siehst sie doch spätestens in der großen Pause.“

Anna nickt verschnupft. Anscheinend ist sie doch erkältet. Vielleicht hat sie's nur noch nicht gemerkt.

In der Aula trennen sich unsere Wege. Anna geht nach links. Ich muss geradeaus.

Ich bin gerade auf der Treppe, als mein Handy düdelt. Eine SMS von Lena:

HAB VERPENNT.
KOMME SPÄTER.
CU.
L.

BIS DANN,
texte ich zurück.

Kein Wunder, dass sie verschlafen hat. Gestern Hamburg, heute Schule. Wer weiß, wo sie morgen ist? Paris? Rom? London?

Ich lasse mich auf meinen Platz fallen und schiebe meinen Rucksack tief unter den Tisch. Für WiPo – Wirtschaft und Politik – brauche ich kein Buch. Da wird meistens nur gelabert und diskutiert. Manchmal über ganz interessante Dinge; manchmal aber auch nicht.

Lena taucht erst zur zweiten großen Pause auf. Ich stehe mit Anna, Billi, Paul und Lukas in der Pausenhalle. Draußen ist es kalt und grau. Es gießt in Strömen. Meine dichterische Hochstimmung ist schlagartig verflogen und hat dem Novemberblues Platz gemacht.

Zu allem meteorologisch bedingten Überfluss trägt Pauls Hoodie auch noch zu meiner Novemberstimmung bei. Er ist rabenschwarz und hat einen blutroten, nicht zu übersehenden Aufdruck:

ICH TRAGE SO LANGE SCHWARZ,
BIS ETWAS DUNKLERES ERFUNDEN IST.

Noch dunkler als schwarz? Na, super …

Entweder hat Paulchen schlechte Laune und möchte uns damit infizieren, oder es kriselt in seiner Beziehung.

Wo steckt Nicole überhaupt? Ich hab die beiden schon lange nicht mehr zusammen gesehen. Hat der Pärchenstatus sich geändert und es gibt zwei neue Singles unter uns? Das würde mir leidtun.

Ich unterhalte mich mit Billi, ob wir nicht mal wieder alle was zusammen unternehmen wollen. Anna steht neben uns, hört kaum zu und wirkt insgesamt irgendwie abwesend. Lukas zupft ein bisschen an ihr herum. Sie scheint es gar nicht zu merken.

Erst als Lena sich zu uns stellt, sich mit einer Hand die Locken aus dem Gesicht streift und gleichzeitig an ihrem Cappuccino nippt, den sie sich unterwegs beim Bäcker geholt hat, erwacht Anna aus ihrer merkwürdigen Trance.

Sie robbt ein Stück näher heran.

„Na, wie war's in Hamburg?", fragt Billi.

„Puh", macht Lena und schlürft noch einen Schluck Heißgetränk.

„Ist das Puh jetzt positiv oder negativ gemeint?", will Paul wissen.

„Weder noch. Einfach nur *Puh, ich bin froh, dass ich's hinter mir habe*", sagt Lena. „Jeden Tag muss ich das echt nicht haben."

„So schlimm?", frage ich mitfühlend.

„Nein, schlimm nicht direkt. Aber anstrengend. Und laut. Und fremdbestimmt."

Ich nicke, als wüsste ich genau, was sie meint. Natürlich hab ich keinen Schimmer, was bei so einem Fotoshooting abgeht. Ich weiß nur das, was man ab und zu im Fernsehen zu sehen bekommt. Es reicht aus, um mir sicher zu sein, dass es nichts für mich wäre. Schließlich ist es etwas anderes, Selfies zu machen oder mit den Freundinnen für alberne Schnappschüsse zu posieren, als einem professionellen Fotografen zu gehorchen und auf Kommando vorgegebene Gesichter und Posen einzunehmen. Ich könnte das jedenfalls nicht. Allerdings bin ich auch nicht so extrovertiert wie Lena.

Sie trinkt ihren Cappuccino aus, rülpst leise, wirft den Becher in einen Abfallkorb und zieht eine zerknautsche Brötchentüte aus ihrer Jackentasche. Zum Vorschein kommt ein plattes Mandelhörnchen, das sie in der Mitte auseinanderbricht und mit zwei Happen in ihrem Mund versenkt.

„Und? Bist du schon gebucht worden?", fragt Anna neugierig. Sie wechselt vom Spielbein aufs Standbein und knickt in der Hüfte ein wie Jennifer Lopez auf dem roten Teppich.

„Nö", mümmelt Lena. „Wie denn? Meine Sedcard ist noch gar nicht fertig. Nur die Fotos. Der Rest muss noch gedruckt und in die Modelkartei eingepflegt werden. Keine Ahnung, wie lange das dauert. Ist mir auch schnurz. Ich werde angerufen, sobald ein Kunde sich meldet oder ich zu einem Casting angefordert werde. Ich glaub aber nicht, dass das dieses Jahr noch was wird. Die ganz großen Kampagnen und Events sind schließlich schon vorbei. Vielleicht im Frühjahr. Mal sehen."

„Und wie teuer war das jetzt? Das Shooting, die Sedcard und das alles?", will Anna wissen.

„Wie, wie teuer?", fragt Lena zurück.

„Na ja, ich hab gehört, so eine Sedcard gibt's nicht umsonst. Manche Agenturen verlangen ziemlich viel Geld, bevor sie einen überhaupt in ihre Kartei aufnehmen."

„Echt? Kann ich mir gar nicht vorstellen", brummt Lena. „Ich hab jedenfalls keinen Cent bezahlt. Wär ja wohl auch noch schöner! Schließlich wollen die was von mir und nicht umgekehrt."

Anna schweigt, als hätte sie mit dieser Antwort nicht gerechnet. An ihrem Gesicht lässt sich ablesen, wie es in ihr arbeitet.

„Es gibt bestimmt ein paar kleinere Agenturen, die sich das alles bezahlen lassen", mische ich mich ein, ohne wirklich Ahnung zu haben, „aber ich glaub, das sind dann nicht unbedingt die seriösen, oder? Man liest ja hin und wieder, dass es da auch viele schwarze Schafe geben soll."

„Stimmt", sagt Billi. „Da muss man echt aufpassen, damit man nicht über den Tisch gezogen wird. Die verdienen sich dumm und dämlich mit der Eitelkeit der Mädchen."

„*Blondes-non-Blondes* ist total seriös", meint Lena. „Mein Daddy hat das gecheckt. Außerdem haben sie gute Referenzen und arbeiten nur mit großen Namen zusammen. Das wird schon alles korrekt sein."

„Das glaub ich auch", stimme ich ihr zu.

Wie gesagt: Ich hab keine Ahnung von dem ganzen Business, aber die Agentur hat wirklich einen guten Eindruck auf mich gemacht. Sehr professionell und absolut seriös. Ich kann mir nicht vorstellen, dass Betrüger so arbeiten. Die werkeln bestimmt eher in so kleinen, düsteren Hinterhofstudios vor sich hin und haben kein Namensschild neben der Klingel. Oder hab ich zu viel Fantasie?

Es gongt zur Stunde. Die Pause ist vorbei.

Anna macht ein nachdenkliches Gesicht. Ihre Eifersucht auf Lena scheint sich etwas gelegt zu haben, worüber ich froh und erleichtert bin. Worauf sollte sie auch eifersüchtig sein, wenn Lena überhaupt nicht vorhat, großartig Karriere zu machen? Nur auf ein paar Fotos? Vielleicht mal einen Auftrag für eine Anti-Pickel-Kampagne oder ein Haarshampoo?

Nee, Anna. Das ist zwar eine tolle Sache, aber bestimmt nichts, auf das du neidisch sein musst. Entspann dich lieber und freu dich für Lena!

Ich lächele ihr aufmunternd zu, als wir uns in Richtung Treppe bewegen.

Sie nickt nur.

*

Am Nachmittag brüte ich über endlosen Kolonnen von unregelmäßigen französischen Verben und versuche, sie dazu zu überreden, mit meinem Gedächtnis zu verschmelzen, damit ich sie jederzeit dort abrufen kann. Insbesondere nächste Woche, wenn wir eine ausführliche Wiederholung schreiben, wäre so eine Kernschmelze äußerst sinnvoll. Nur leider sträuben sie sich. Ich fürchte, mein Gehirn ist einfach nicht kompatibel. Ob ich es mal mit den guten alten Karteikärtchen versuchen soll?

Ich wühle gerade in meiner Schreibtischschublade, ob ich nicht zufällig noch einen Packen Karteikarten habe, als mein Handy klingelt.

Anna. Nanu?

„Hi, Anna", sage ich, überaus dankbar für die willkommene Unterbrechung.

„Hi!", flüstert sie. Ja, sie flüstert. Oder ist das Netz so schwach?

Ich werfe einen Blick auf das Display. Nö, am Netz liegt es eindeutig nicht. Vielleicht muss Anna ihre Stimme schonen. Vielleicht hat sie Halsschmerzen. Eine Kehlkopfentzündung. Was weiß ich. Ist ja eigentlich auch egal. Worauf ich hinauswill: Kennt ihr das zufällig, dass man automatisch die eigene Stimme senkt, wenn jemand flüstert? Mir geht es jedenfalls immer so, weshalb ich ziemlich gedämpft zurückflüstere: „Hey, was gibt's?"

Es raschelt leise, als würde sie das Ohr wechseln.

„Ich bin in Schwierigkeiten."

„In Schwierigkeiten? Wieso? Was ist los? Wo bist du?"

„In der Stadt." Sie nennt einen Straßennamen, mit dem ich spontan nichts anfangen kann. Auf jeden Fall ist sie allein unterwegs und hat irgendein Problem, so viel bekomme ich mit.

„Und was machst du da?" Ich habe aufgehört zu flüstern und stelle die Frage in normaler Lautstärke.

Anna antwortet ebenfalls normal.

„So ein Typ versucht mich zu linken!"

Irgendwo tief in mir drinnen klingelt ein Alarmglöckchen. Zuerst ganz leise, dann wird es lauter. „Was für ein Typ?", frage ich.

Anna seufzt. Nein, es hört sich mehr wie ein Stöhnen an.

„Ich weiß auch nicht …", sagt sie stockend. „Er hat Bilder von mir gemacht und jetzt rückt er sie nicht raus."

„Bilder? Was für Bilder?" Mein inneres Alarmglöckchen wird zur Sirene. „Anna!"

„Kannst du kommen und mir helfen? Ich schaff das nicht alleine. Bring am besten die anderen mit. Bitte!"

„Natürlich komm ich, klar. Bleib, wo du bist!" Ich hab gar nicht gemerkt, dass ich aufgestanden bin. Plötzlich stehe ich am Fenster und schaue hinaus. Es ist grau und düster draußen. Regentropfen prasseln ans Fenster. Kahle Bäume wiegen sich im Wind. „Soll ich deine Mutter anrufen?"

„Bist du verrückt?", ruft Anna entsetzt. „Die bringt mich um oder steckt mich ins Internat!"

„Kannst du mir bitte ganz kurz erklären, worum es geht?"

Während ich mit einer Hand meine Siebensachen zusammensuche und in meinen Rucksack werfe, erzählt Anna mir stichpunktartig, was passiert ist. Wenn ich sie richtig verstehe, hat sie auf irgendeine Anzeige in einem Käseblatt geantwortet.

„Die sah wirklich total seriös aus", versichert sie mir. „‚Models für internationale Modeaufnahmen gesucht. Gerne Anfängerinnen. Gutes Honorar. Wir bringen Sie ganz groß raus!'"

„Wir bringen Sie ganz groß raus?", wiederhole ich. Ich glaube, meine Nackenhaare sträuben sich. Es fühlt sich jedenfalls so an.

„Ich hab da gleich angerufen und einen Termin für Probeaufnahmen vereinbart", erzählt sie weiter. Ihre Stimme überschlägt sich, so aufgeregt ist sie.

„Und dann?", frage ich vorsichtig.

„Dann bin ich hingefahren und der Typ hat Fotos von mir gemacht."

„Was für ein Typ?"

„Na ja, so ein Kerl. Anfang zwanzig vielleicht. Er hat mir erzählt, dass er auf die Berufsschule geht und Fotograf werden will. Die Bilder sollen sein Durchbruch sein. Er hat gemeint, dass er supergute Kontakte und ich jede Menge Potenzial hätte. Aus mir wird ein Topmodel, hat er gesagt."

„Anna!" Jetzt bin ich es, die aufstöhnt. Ich sehe die Szene direkt vor mir: Anna in einem dunklen Hinterhofstudio, ein windiger Typ in Lederjacke, eine Zigarette im Mundwinkel. *Yeah, Baby, so ist gut! Zeig's mir!*

Ich glaub, mir wird schlecht …

„Bleib, wo du bist“, sage ich noch einmal. „Das heißt, nein. Gibt es da vielleicht irgendwo ein Café, wo du auf uns warten kannst? Einen Imbiss? Irgendetwas, wo Menschen sind und du nicht alleine bist?“

„Um die Ecke ist ein Dönerladen“, antwortet sie kleinlaut.

„Setz dich da rein und bestell dir einen Tee oder was immer du willst“, ordne ich an. „Rühr dich nicht von der Stelle. Ich sag den anderen Bescheid. Wir sind in zehn Minuten bei dir. Okay?“

„Okay“, kommt es piepsig zurück.

„Falls der Typ auftaucht und dich belästigt, ruf die Polizei“, sage ich noch. Dann lege ich auf. Nicht ohne Anna vorher versprochen zu haben, dass ich jederzeit für sie erreichbar bleibe.

Innerhalb weniger Minuten habe ich eine Telefonkette auf die Beine gestellt und die Mädels zusammengetrommelt.

Lena, Billi und Dina haben, ohne zu zögern, versprochen mitzukommen. Ich habe nichts anderes erwartet. Auf meine Freundinnen kann ich mich verlassen.

Meine Eltern sind noch nicht zu Hause. Jakob auch nicht. Ich kritzele auf ein Post-it, dass ich noch mal zu Lena fahre und bald zurück bin. Den Zettel pinne ich an den Spiegel im Flur, wo er nicht zu übersehen ist.

„Wünsch mir Glück!“, sage ich zu Mau und schlüpfe hinaus.

Leider dauert es etwas länger als die versprochenen zehn Minuten, bis wir bei Anna sind. Wir kommen aus ganz unterschiedlichen Richtungen. Dina ist zu Fuß da. Lena und Billi sind mit dem

Bus gefahren. Ich habe mich mit dem Rad abgestrampelt – trotz Nieselregen und Gegenwind. Ich bin total aus der Puste.

Anna hockt wie ein Häufchen Elend an einem Tisch am Fenster und starrt in den Tee, der vor ihr steht. Als wir den Dönerladen betreten, springt sie auf.

Der junge Türke hinter der Theke macht ein erstauntes Gesicht, als würde er sich über so viel Laufkundschaft wundern.

„Hallo!", sagt Billi und winkt ihm zu. „Können wir vier Gläser Pfefferminztee bekommen, bitte?"

„Pfefferminztee ist perfekt!", nickt Lena und reckt einen Daumen. „Beruhigend und tonisierend zugleich."

„Auch was essen?", fragt der Döner-Mann.

„Nö, danke. Im Moment nicht. Vielleicht später."

Wir pflanzen uns zu Anna. Sie ist blass. Davon abgesehen sieht sie eigentlich ganz normal aus. Aber was hatte ich denn erwartet? Blutergüsse? Striemen? Ein blaues Auge und zerrissene Klamotten vielleicht?

Ich atme erleichtert auf.

Mann, sage ich zu mir selbst. Anna ist fotografiert worden, nicht vergewaltigt.

Zum Glück, füge ich hinzu.

Als der Tee da ist – wir bekommen noch einen kleinen Teller mit Baklava dazu –, erzählt Anna uns, was passiert ist. Dass sie die Kleinanzeige in der Zeitung entdeckt hat. Dass sie die angegebene Nummer angerufen und sofort einen Termin für ein Probeshooting bekommen hat.

Für ein *angebliches* Probeshooting, sollte sie wohl besser sagen. Denn dass die Anzeige alles andere als seriös ist, sehe ich auf den ersten Blick, als sie ein Stück graues Papier aus ihrer Tasche zieht, es auseinanderfaltet und in die Mitte des Tisches schiebt. Es ist die Zeitungsanzeige, deren Text ich schon kenne.

„*Gutes Honorar*“, liest Billi halblaut murmelnd vor. „*Wir bringen Sie ganz groß raus …* Haha, ja, klar! Deshalb steht das wahrscheinlich auch unter ‚Vermischtes‘ in unserem internationalen Käseblatt!“

Dina wirft einen Blick auf die Anzeige und zieht die Stirn kraus. „Nur eine Handynummer? Kein Name? Keine Adresse?“

Lena schnaubt.

Anna zieht den Kopf ein.

„Mensch, Anna“, sage ich nur und gebe ihr einen Stups mit dem Ellbogen.

„Bitte nicht schimpfen“, sagt sie. „Ihr dürft mich naiv nennen, von mir aus auch dumm und leichtgläubig. Aber bitte macht mir keine Vorwürfe. Die mach ich mir schon selber. Wie konnte ich nur so blöd sein!“

„Tja, das fragen wir dich auch“, sagt Lena und hebt ihr Teeglas hoch. Bevor sie daran nippt, wirft sie Anna einen langen, langen Blick zu, der so viel bedeutet wie: *Was hast du dir nur dabei gedacht?*

Anna stöhnt auf und vergräbt das Gesicht in beiden Händen. „Ich weiß es doch auch nicht! Wahrscheinlich wollte ich irgendwie genau das, was du hast: Erfolg, Anerkennung“, stößt sie hervor.

„Und einen Modelvertrag“, fügt Billi hinzu.

Anna nickt hinter den vorgehaltenen Händen.

Ich stupse sie noch einmal an.

„Hey“, sage ich. „Hör auf, dich zu zerfleischen. Das bringt doch nichts. Es ist passiert. Du bist auf die Anzeige reingefallen. Das passiert bestimmt auch tausend anderen Mädchen. Solange nichts Schlimmeres geschehen ist …“

Anna nimmt die Hände herunter und schnappt nach Luft. Neben der Blässe haben sich hektische Flecken auf ihrer Stirn und den Wangen breitgemacht. Es sieht nicht sehr vorteilhaft aus, aber das ist im Moment vollkommen egal.

„Nichts Schlimmeres?“, faucht sie. „Ist es denn nicht schlimm genug, dass der Typ mich fotografiert hat und die Bilder nicht rausrücken will? Wahrscheinlich verkauft er die Fotos. Oder er stellt sie ins Internet. Was weiß ich. Ich will das nicht!“

Dass sie mich anfaucht, nehme ich nicht persönlich. Sie steht unter Stress, ganz klar.

„Was ist das denn überhaupt für ein Typ?“, will Lena wissen.

„Kennen wir den Kerl?“, frage ich fast gleichzeitig.

„Nein.“ Anna schüttelt den Kopf. „Er hat mir erzählt, dass er Fotograf werden will. Am liebsten einer von diesen Paparazzi, weil man mit Starfotos wohl richtig viel Geld verdienen kann. Dann hat er noch gesagt, dass er gute Connections zur Modelszene hat und dass er meine Fotos einem großen Magazin anbieten will.“

„Connections zur Modelszene?“ Billi macht ein verächtliches Gesicht.

„Wer’s glaubt, wird selig“, brummt Dina.

„Von was für Fotos reden wir hier eigentlich?“, mischt Lena sich ein. „Kannst du das bitte mal präzisieren?“

„Etwa Nacktfotos?“, raunt Billi.

„Nein! Natürlich nicht!“ Anna wird rot. Die hektischen Flecken werden noch ein bisschen hektischer.

„Puh!“, rutscht es mir heraus. „Wenigstens etwas!“

Sie wirft mir einen kurzen Seitenblick zu.

„Ist doch wahr“, sage ich schnell. Die Vorstellung, dass sie womöglich in Unterwäsche oder vielleicht sogar ohne alles vor diesem wildfremden Typen posiert hat, möchte ich mir und ihr gerne ersparen.

„Nein, es sind keine Nacktfotos“, stellt sie klar. „Trotzdem … Ich hab halt so komische Posen gemacht. Ich sollte meine Bluse weiter aufmachen und dabei verführerisch gucken. Solche Sachen eben.“

„So ein Schwein!“, sagt Lena laut. Sie haut mit der flachen Hand auf den Tisch. Ihr Gesicht ist empört. „Das war doch nur die Vorstufe! Als Nächstes hätte er garantiert von dir verlangt, dass du die Bluse ausziehst!“

„Ja, kann sein“, sagt Anna leise. „Ich hatte plötzlich auch so ein komisches Gefühl. Ich meine, ich war ganz alleine mit dem in seiner Wohnung. Da war niemand. Keine Assistentin oder so. Als er zwischendurch in die Küche gegangen ist, um Kaffee zu kochen, bin ich abgehauen.“

„Das hast du gut gemacht!“, sage ich und lege einen Arm um sie.

„Und dann?“, fragt Dina atemlos.

„Als ich schon fast aus dem Haus war, sind mir die Fotos eingefallen“, fährt Anna fort. „Er hatte so eine Digitalkamera und hat die Aufnahmen darauf gespeichert. Ich bin umgedreht und hab ihm gesagt, dass er die Speicherkarte sofort löschen soll.“

„Du bist umgekehrt?“ Billi bläst die Wangen auf. „Boah, das hätte ich mich nie getraut!“

„Ich stand unter Schock!" Annas Hände flattern wie aufgescheuchte kleine Vögel. „Ich wusste echt nicht, was ich machen sollte. Ich wollte nur, dass er diese Fotos löscht."

Der junge Mann hinter der Theke hat seinen Platz verlassen und füllt unsere Teegläser neu.

„Wollt ihr jetzt vielleicht was essen?", fragt er freundlich.

Wir haben den ganzen Baklava-Teller leer gefuttert. Er nimmt es mit einem Lächeln zur Kenntnis.

„Nein, danke", antworte ich, ebenfalls lächelnd. „Später gerne. Vorher haben wir noch einen wichtigen Job zu erledigen."

Er nickt mir zu und verschwindet wieder hinter der Theke.

Anna erzählt weiter.

„Natürlich hat er sich geweigert", murmelt sie. „Er war total sauer, dass ich abgehauen bin. Er meinte, wir hätten einen mündlichen Vertrag geschlossen. Ich wäre mit allem einverstanden gewesen und hätte ihm freiwillig sämtliche Rechte an den Fotos abgetreten."

Lena ballt die Fäuste. „Hat der sie noch alle? Das darf ja wohl echt nicht wahr sein! Es gibt immer noch so etwas wie Persönlichkeitsrechte!"

Billi, Dina und ich gucken uns an.

Anna schluckt.

„Und jetzt?", fragt Dina in das betretene Schweigen hinein.

„Jetzt gehen wir zu dem feinen Herrn und holen uns Annas Fotos!", sage ich entschlossen.

„Aber hallo!", ruft Lena. „Der kann sich warm anziehen!"

Ich erschrecke ein bisschen. Sie sieht wild aus. Wie eine blutrünstige Amazone auf dem Kriegspfad.

„Aber ohne Gewalt, ja?“ Dina hat es anscheinend auch bemerkt.

Lenas Kiefermuskeln mahlen.

„Okay“, sagt sie knirschend.

Wir bezahlen den Tee am Tresen und versprechen, später noch einmal wiederzukommen.

„Ciao, bis dann!“, sagt der Döner-Mann und winkt uns hinterher.

Draußen bleiben wir unschlüssig stehen. Es ist schon fast dunkel und nieselt leicht.

„Willst du wirklich mitkommen?“, wende ich mich an Anna, die neben mir steht. „Wir können das auch ohne dich erledigen. Du musst uns nur sagen, wo der Miesling wohnt.“

Sie schüttelt den Kopf.

„Ich komm mit!“, sagt sie mit fester Stimme.

„Na, dann …“ Lena strafft die Schultern. „Auf geht's, Mädels!“

Wenige Minuten später stehen wir in einer Seitenstraße vor einem unscheinbaren Mehrfamilienhaus. Keine Spur von schummrigen Hinterhöfen und zwielichtigen Gestalten, die sich hinter Ecken verstecken. Es ist eine stinknormale Wohngegend mit Straßenbäumen und parkenden Autos links und rechts.

„Ganz schön spießig“, stellt Lena fest und betrachtet mit hochgezogenen Brauen eine Rüschengardine und eine Topfpflanze aus rosa Plastik hinter einem Fenster im Erdgeschoss.

Sie hat Recht.

„Hoffentlich hast du dir seinen Namen gemerkt“, sage ich zu Anna, während ich mir die Klingelknöpfe und Namensschilder anschaue. Acht Parteien wohnen in dem Haus.

„Oben links“, antwortet sie und zeigt auf einen Knopf.

Das Namensschild ist zerkratzt und mehrfach übergeklebt. Der Name ist verwischt, aber noch zu entziffern.

Wir gucken uns an.

Billis Gesicht ist grimmig. Lenas sowieso. Dina sieht ein bisschen ängstlich aus. Anna wirkt müde und macht ein Gesicht, als wäre sie am liebsten woanders, was ich gut verstehen kann.

Wie ich selbst aussehe, weiß ich nicht. Es ist mir auch egal. Ich weiß nur eins: Ich muss meiner ältesten besten Freundin aus dieser Patsche helfen.

In meinem Magen gluckert der Pfefferminztee, so aufgeregt bin ich. Hoffentlich klappt es!

„Hoffentlich ist der Typ überhaupt zu Hause.“ Lena streckt ihren Finger aus. „Soll ich klingeln?“

Ein kurzer Blick in die Runde.

Wir nicken gleichzeitig.

„Tu's!“, sagt Billi.

Lena presst den Zeigefinger auf den Klingelknopf.

Ich halte die Luft an.

Anna krallt sich an meinem Arm fest. Ich kann ihre Fingernägel durch den Jackenstoff spüren.

Es dauert nicht lange, bis ein Summer ertönt.

Die Haustür springt mit einem leisen Klick auf. Das Licht geht an.

Wir quetschen uns blitzschnell durch die Tür und drängen uns in einem engen Flur, in dem es nach Abendessen, Turnschuhen und nassem Hund riecht.

„Ganz oben“, flüstert Anna. „Im Dachgeschoss.“

Es gibt keinen Fahrstuhl. Wir schrauben uns die Treppen hoch. Langsam und schweigend. Lena ganz vorne. Dahinter ich. Hinter mir Billi. Dann Dina und Anna.

Irgendwo knarrt eine Tür. Gedämpfte Stimmen sind zu hören. Ein Fernseher läuft. Wir stapfen unbeirrt weiter.

„Wir sind die fünf Musketiere!“, sagt Lena über die Schulter.

„Das waren aber nur drei“, raune ich ihr zu.

„Egal. Wir sind fünf!“ Sie schüttelt den Kopf und lacht leise.

Ganz kurz habe ich Bedenken, dass ausgerechnet sie an der Spitze geht. Nicht, dass sie den Typen gleich anspringt, sobald er die Wohnungstür öffnet! Sie hält den Kopf gesenkt und schnauft wie ein kleiner mutiger Stier.

Ich zupfe von hinten an ihrer Jacke, um sie zu bremsen. Sie achtet gar nicht darauf.

Fast auf jeder Etage müssen wir das Treppenlicht wieder einschalten. Wir wechseln uns ab. Mal drückt die eine, mal die andere. Je nachdem, wer von uns gerade in Reichweite des Lichtschalters ist. Oben bleiben wir stehen.

Es gibt zwei Türen. Anna zeigt auf die linke.

Lena klopft an.

Ich hole tief Luft. Alle Muskeln in meinem Körper spannen sich an. So muss sich ein Tier fühlen, das zur Flucht bereit ist, denke ich noch, da wird die Tür aufgerissen.

Ich weiß nicht, was ich erwartet hatte. Irgendwie den ekligen Kerl aus meiner Fantasie. Einen Typen mit breiten Schultern, in einer billigen, abgewetzten Lederjacke und mit einer halb gerauchten Kippe im Mundwinkel, von der die Asche herunterhängt.

Das Gesicht, das uns jetzt durch den schmalen Türspalt mustert, gehört zu einem ganz normalen jungen Mann. Er ist schätzungsweise Anfang zwanzig. Marke *Mamas Liebling*. Jeans, T-Shirt, Brille, braune Haare. Total durchschnittlich. Ein bisschen blass, sehr schmal. Keiner, vor dem man Angst haben muss. Oder doch? Blitzt hinter den Augen, mit denen wir misstrauisch gemustert werden, nicht eine gewisse Verschlagenheit auf?

„Ja, was ist?“, fragt der Typ genervt. Wahrscheinlich haben wir ihn beim Fernsehen gestört. Oder beim Essen. Aus der Wohnung dringen der Geruch von Bratkartoffeln und die gedämpfte Stimme eines Nachrichtensprechers in den Hausflur.

„Wir haben Gesprächsbedarf!“ Lena lehnt sich gegen den Türrahmen und lächelt, als wolle sie einen Höflichkeitsbesuch machen. Nur die Blumen hat sie leider vergessen.

Anna steht halb hinter mir. Der Typ kann sie nicht sehen. Als sie einen Schritt zur Seite tritt, reißt er die Augenbrauen hoch.

„Ich will meine Fotos!“, sagt sie. Ihre Stimme zittert.

Ich würde gerne ihre Hand nehmen, um ihr zu signalisieren, wie stark ich sie finde, aber ich lasse es bleiben. Es würde bestimmt ein bisschen blöd aussehen. Auf jeden Fall nicht sehr Musketier-mäßig.

„Hä?“, macht der Typ.

Wenn er jetzt „Was für Fotos?“ fragt, flippt Lena aus. Sie muss sich sehr zusammenreißen, das ist deutlich zu sehen. Ihr Brustkorb hebt sich langsam. Sie stemmt die Hände in die Hüften. Gleich greift sie an.

„Unsere Freundin hätte gerne die Aufnahmen, die du heute von ihr gemacht hast“, komme ich ihr zuvor, bevor sie etwas sagen kann.

„Alle!“, fügt Billi hinzu.

Dina nickt.

Lenas Lächeln wird breiter. Sie nimmt eine Hand von der Hüfte und hält sie dem Kerl hin, die Handfläche nach oben.

„Die Speicherkarte, bitte. Und zwar dalli, wenn ich bitten darf!"

„Ihr spinnt doch!", faucht der Meisterfotograf und knallt uns die Tür vor der Nase zu.

Er knallt tatsächlich die Tür zu.

Damit hatten wir jetzt irgendwie nicht gerechnet.

Lena presst sofort ihren Daumen auf die Klingel.

Billi klopft.

Anna stöhnt auf.

„Ich fass es nicht!", sage ich und raufe mir die Haare.

Wir starren uns an.

„Hey, aufmachen!", ruft Billi.

Hinter unserem Rücken öffnet sich eine Tür.

„Sagt mal, geht's noch?" Eine Frau mit Lockenwicklern in den Haaren und einem kleinen Hund im Arm steht auf der Fußmatte. Sie mustert uns streng.

„Wir haben hier ein kleines Problem", sagt Dina entschuldigend.

„Ihr habt gleich noch ein Problem", schnauft die Dame. Der Hund auf ihrem Arm winselt.

„Kennen Sie diesen Typen?", fragt Lena. „Ihren Nachbarn?"

„Nein. Und wenn, geht es euch nichts an. Was habt ihr überhaupt hier zu suchen?"

„Wir möchten nur schnell etwas holen, das uns gehört", versuche ich so ruhig wie möglich zu erklären, aber die Frau lässt sich nicht beruhigen.

„Dann seid gefälligst leise!“, schnauzt sie uns an.

Die zweite Tür an diesem Abend fällt mit einem lauten Knall ins Schloss. Der Nachhall schallt durch das ganze Treppenhaus.

Ich erwarte jeden Augenblick, dass in den übrigen Etagen nacheinander sämtliche Wohnungstüren geöffnet werden und wir uns mit noch mehr verärgerten Hausbewohnern auseinandersetzen müssen. Aber alles bleibt ruhig. Nur das automatische Treppenlicht verabschiedet sich mit einem leisen Klacken.

Billi schaltet es sofort wieder ein.

„Und jetzt?“, fragt sie.

„Keine Ahnung“, gebe ich zu.

„Vielleicht sollten wir die Polizei anrufen?“, fragt Dina.

„Niemals!“, braust Anna sofort auf.

Ich lege ihr meine Hand auf den Arm.

„Ganz ruhig“, murmele ich. „Es war nur ein Vorschlag.“

Lena drückt noch einmal auf den Klingelknopf. Hinter der Wohnungstür rührt sich nichts.

„So ein Armleuchter!“, schnaubt Billi.

„Hat zufällig jemand was zu schreiben dabei?“, fragt Lena.

Ich wühle in meinem Rucksack und fische einen kleinen Taschenkalender heraus. Dina steuert einen Kuli bei.

„Was hast du vor?“, frage ich.

Lena kritzelt eine Notiz auf ein Blatt und reißt es aus dem Kalender.

„Ich setze ihm eine Frist und teile ihm mit, dass wir in einer halben Stunde wieder da sind. Wenn er die Aufnahmen dann nicht rausrückt, zeigen wir ihn an.“

Anna zuckt zusammen, aber sie sagt nichts.

Gespannt schauen wir zu, wie Lena den Zettel in der Mitte faltet und anschließend durch den Briefschlitz wirft.

„Lesen!", sagt sie laut. „Sofort!"

Sie klopft an die Tür, dann dreht sie sich zu uns um.

„Und jetzt holen wir Verstärkung!"

„Wie, Verstärkung?", fragt Billi.

„Ich rufe Krischan an." Lena zückt schon ihr Handy.

„Ja, klar!" Ich nicke ihr zu und bin sofort einverstanden. „Warum sind wir nicht früher auf die Idee gekommen? Wir alarmieren die Jungs! Paul, Mark und Lukas müssen uns helfen!"

Lukas … Wieso hat Anna den eigentlich nicht schon längst angerufen? Immerhin ist er ihr Freund. Außerdem macht er Bodybuilding und hat ziemlich breite Schultern. Vielleicht schämt Anna sich? Egal … Wir brauchen die Jungs.

So schnell wie möglich.

Unbedingt!

KAPITEL 15

Edle Ritter brauchen keine Rüstung.
Hauptsache, sie kommen schnell.

Im Gänsemarsch hasten wir die Treppenstufen hinunter. Unten zieht Lena die Haustür auf und fummelt mit konzentriertem Gesicht an dem Schloss herum.

„Da ist so ein kleiner Haken drin“, erklärt sie uns, als sie unsere fragenden Blicke bemerkt. „Wenn der so eingestellt ist, fällt die Tür zwar ganz normal zu, aber man kann sie von außen aufdrücken.“

„Ohne Schlüssel?“, frage ich skeptisch.

„Ja, klar. Das ist doch der Sinn der Sache! Wir machen das bei uns auch manchmal. Ist ganz praktisch, wenn die Müllabfuhr kommt. Oder irgendwelche Handwerker oder der Schornsteinfeger ins Haus müssen. Dann müssen die nicht jedes Mal klingeln, wenn sie reinwollen.“

Sie macht es uns vor. Die Tür geht zu und problemlos wieder auf.

„Genial“, sage ich und klatsche sie ab.

Sie grinst.

Als wir im Freien stehen, hebe ich mein Gesicht an. Es nieselt immer noch, etwas stärker als vorhin. Ich spüre die feinen, kalten

Nadelstiche auf meiner Haut und schließe die Augen. Plötzlich ist mein Herz voller Sehnsucht. Wenn Phillip doch nur hier wäre! Ich würde seine Hand nehmen und mich an ihn lehnen. Ich weiß genau, was er sagen würde: Alles wird gut. Aber leider ist er nicht hier. Wir sind nur fünf kleine, ziemlich verzagte Musketier-Mädchen.

Wo sind die Ritter, die uns helfen können?

Mittlerweile ist früher Abend. Die Laternen beleuchten die Straße. Hinter den Fenstern sitzen Menschen und genießen ihren Feierabend. Meine Eltern warten sicher schon mit dem Abendessen auf mich. Ob ich sie lieber mal anrufen soll?

Nein, beschließe ich. Zuerst müssen wir das hier über die Bühne bringen. Außerdem ist es noch nicht so spät, dass sie sich Sorgen machen würden. Schließlich bin ich kein Baby mehr. Wahrscheinlich denken sie eh, dass ich noch bei Lena bin und da Abendbrot esse.

Lena tippt eine Kurzwahlnummer ein.

Sie erreicht Krischan sofort. Er lässt sich von ihr die Lage schildern. Dann beschreibt sie ihm den Weg und sagt, dass wir vor dem Haus auf ihn und die anderen warten. Er verspricht, sich gleich in sein Auto zu setzen und unterwegs die Jungs einzusammeln.

Billi ruft Paul an. Er und Mark sind bei Paul zu Hause. Lukas ist im Fitnessstudio.

Anna senkt die Stimme, während sie mit ihm spricht. Trotzdem bekommen wir mit, wie sie ihm die Situation zu erklären versucht.

„Ich erzähl dir später alles", sagt sie. „Ja, natürlich. Ja, nein. Bis gleich."

„Alles klar?“, frage ich, als sie ihr Handy in die Tasche stopft.

Sie nickt. „Er ist in fünf Minuten hier.“

„Perfekt!“ Ich zwinge mich zu einem Lächeln und merke selbst, wie gequält es ist. Es ist einfach nicht der richtige Zeitpunkt, um zu lächeln.

Wir stehen eine ganze Weile bei ungemütlichem Wetter in einer ungemütlichen Straße, in die uns normalerweise nichts gelockt hätte, und warten auf unsere ritterlichen Retter in ihren schimmernden Rüstungen.

Irgendwann tauchen sie tatsächlich auf. Allerdings nahen sie nicht auf edlen Rössern, sondern klettern der Reihe nach aus Krischans altersschwachem Auto. Er parkt es direkt vor der Haustür, stellt den Motor aus und begrüßt uns mit einem fröhlichen „Moin, Mädels! Wo brennt der Schuh?“.

Ich muss lachen. Krischan ist einfach süß.

Wir versorgen ihn, Lukas, Paul und Mark kurz mit den allernötigsten Informationen.

„So ein Arsch!“, knurrt Mark.

Paul fügt ein weiteres Schimpfwort hinzu, das ich hier nicht wiedergeben möchte.

Lukas geht zu Anna und nimmt sie in den Arm. Er fragt sie etwas. Sie schüttelt den Kopf.

Dann beratschlagen wir, wie wir vorgehen wollen.

„Wir haben keine Chance, in seine Wohnung zu kommen und ihm die Kamera mit der Speicherkarte abzuknöpfen. Er reagiert nicht auf unser Klingeln und Klopfen“, sagt Lena.

Lukas spannt die Muskeln an und lässt seinen Bizeps spielen. Die Hügel sind deutlich zu erkennen, obwohl er eine ziemlich dicke Kapuzenjacke anhat. Ich glaube nicht, dass eine verschlossene Wohnungstür für ihn ein ernsthaftes Hindernis darstellen würde, sollte er den Wunsch verspüren, ohne anzuklopfen einzutreten.

„Bitte seid friedlich", sagt Anna.

„Und leise", füge ich hinzu. „Die Nachbarin von dem Typen hat uns schon gefressen. Wenn ihr jetzt auch noch auftaucht, findet die das bestimmt nicht so lustig."

„Wir sind ganz lieb", verspricht Krischan.

So wie er das sagt, glaub ich ihm aufs Wort.

„Inzwischen hatte er genug Zeit, die Fotos verschwinden zu lassen", meint Mark. „Vielleicht hat er sie schon ins Internet gestellt. Oder auf seinem PC abgespeichert, Kopien in eine Cloud verschoben, per E-Mail verschickt. Was weiß ich. Es gibt tausend Möglichkeiten!"

Anna stöhnt auf.

Ich werfe ihr einen beruhigenden Blick zu, obwohl das, was Mark gerade gesagt hat, in meinen Ohren eher beunruhigend klingt.

Natürlich hat Mark Recht: Wir haben dem Typen viel zu viel Zeit gegeben! Er weiß, dass wir hinter ihm her sind. Er weiß auch, dass wir wiederkommen werden. Und natürlich hat er die Beweise – sprich Annas Fotos – inzwischen längst beseitigt oder an irgendeinen sicheren Ort verschoben.

„Wir haben's vermasselt", seufzt Lena, als hätte sie meine Gedanken gelesen.

„Blödsinn", brummt Krischan. „Lasst uns mal machen. Wir kriegen das schon hin."

Paul nickt. „Logo. So, wie ihr den schildert, ist der Typ nicht der allerhellste. Der geht garantiert davon aus, dass er euch genug eingeschüchtert hat. Ich glaub nicht, dass der ernsthaft damit rechnet, dass sein Handeln irgendwelche Konsequenzen hat."

„Los! Worauf warten wir noch?" Lukas macht ein grimmiges Gesicht.

„Sollen wir vielleicht mitkommen?", frage ich.

„Nein, ihr wartet hier. Wir regeln das", antwortet Krischan.

Ich gestehe, dass ich erleichtert bin. Ich bin wirklich froh, wenn ich dieses Haus nicht noch einmal betreten muss.

Lena drückt die Haustür auf. Krischan, Lukas, Paul und Mark schlüpfen an ihr vorbei in den Flur.

„Dachgeschoss links", sagt Anna noch, dann fällt die schwere Tür mit einem leisen, schmatzenden Geräusch ins Schloss.

Wir schauen uns an.

„Hurra, ein Abenteuer!", quiekt Lena wie eine alberne Comic-Figur.

Keine von uns lacht.

Wir warten und warten. Es kommt mir wie eine halbe Ewigkeit vor.

Ich stehe auf den Eingangsstufen vor dem Haus.

Anna und Dina tigern unablässig hin und her.

Billi hüpft auf der Stelle.

Lena hat sich gegen Krischans Auto gelehnt.

„Wir können uns auch reinsetzen", sagt sie. „Die Türen sind offen."

„Nee, danke." Ich schüttele den Kopf. Inzwischen hat es aufgehört zu nieseln. Die Luft ist klar und kalt. Ich schiebe die

Hände in die Jackentaschen und fühle mein Handy. Ganz kurz verspüre ich den Impuls, Phillip anzurufen. Ich möchte seine Stimme hören. Vielleicht wenigstens die Illusion haben, dass er in meiner Nähe ist.

Ich schaue in den Himmel hinauf und sehe ein paar Sterne. Möglicherweise sind es auch Flugzeuge oder Satelliten, keine Ahnung. Auf jeden Fall sind sie genauso weit von mir entfernt wie Phillip. Absolut unerreichbar. Selbst ein Anruf oder eine SMS würden daran nichts ändern. Die Nähe wäre eine Selbsttäuschung.

Ich würde alles dafür geben, wenn er jetzt bei mir wäre.

Einfach alles.

Irgendwann geht das Licht im Treppenhaus an.

Anna und Dina bleiben stehen.

Billi hört auf zu hüpfen.

Lena und ich gucken uns an.

Die Jungs machen ernste Gesichter, als sie aus dem Haus kommen. Nur Krischan lächelt leicht. Er gibt Lena einen Kuss.

„Und?", fragt sie gespannt.

Lukas geht zu Anna und nimmt sie in den Arm.

„Alles klar", sagt er.

„Wir haben die Speicherkarte!" Paul hält sie in die Höhe.

„Das ist ja super!" Billi klatscht in die Hände.

„Wir haben seinen Fotoapparat gecheckt, sein Handy und seinen PC", ergänzt Mark. „Er hatte die Bilder schon auf der Festplatte gespeichert. Zusammen mit noch ein paar anderen."

Anna holt scharf Luft.

Lukas tätschelt ihre Schulter. Es sieht ein bisschen unbeholfen aus, aber auch irgendwie rührend.

„Hab keine Angst", brummelt er. „Es ist alles okay."

Lena und ich werfen Krischan einen fragenden Blick zu.

„Stimmt das?", frage ich.

Er nickt.

„Der Typ macht keinen Stress mehr. Falls doch, zeigen wir ihn an. Das haben wir ihm ziemlich deutlich zu verstehen gegeben. Ich hab mir seinen Ausweis zeigen lassen. Außerdem wissen wir ja, wo er wohnt. Und er weiß, dass wir wiederkommen werden, wenn er sich nicht an unsere Abmachungen hält."

Wie genau diese Abmachungen lauten und wie sie dem Typen verklickert haben, dass sein Spiel aus ist, möchte ich gar nicht so genau wissen. Ich weiß, dass Krischan ein sehr friedliebender Mensch ist. Allerdings kann er auch ziemlich energisch werden, wenn's sein muss.

Hauptsache, es ist vorbei.

„Er war sehr kooperativ und hat in unserem Beisein alles gelöscht", erzählt Krischan weiter. „Er wird ganz sicher keine Mädchen mehr in seine Wohnung locken, um sie zu fotografieren."

„Genial!", sagt Lena und klatscht ihn ab. „Das habt ihr super gemacht!"

„Danke", schnieft Anna.

Paul reicht ihr die Speicherkarte. Anna nimmt sie mit spitzen Fingern entgegen.

„Und was soll ich damit jetzt anfangen?", fragt sie irritiert.

„Keine Ahnung." Paul zuckt mit den Schultern. „Wirf sie weg, nagel sie an die Wand, spül sie im Klo runter. Dir fällt bestimmt was Schönes ein."

„Löschen und verbrennen", schlägt Dina vor. „Das würde ich damit machen."

Anna nickt, als würde der Vorschlag ihr gefallen. „Und es gibt ganz bestimmt keine Kopien mehr?"

„Du hast doch gehört, was Krischan gesagt hat." Ich lege ihr meine Hand auf den Arm und lächele. „Du musst vor dem Kerl keine Angst mehr haben. Es ist vorbei."

„Okay", sagt sie leise. „Danke, dass ihr mir alle geholfen habt. Ich weiß gar nicht, was ich ohne euch gemacht hätte!"

„Hey, dafür sind Freunde da!" Lena breitet die Arme aus. Dann dreht sie sich um und schüttelt eine Faust. „Und du Armleuchter da oben suchst dir in Zukunft andere Hobbys!", ruft sie gegen die Hauswand. „Lass ja unsere Freundin in Ruhe! Kapiert?"

Krischan verdreht die Augen und lacht. Wir lachen alle. Es ist, als würde die ganze Anspannung mit einem Schlag von uns abfallen.

„Und jetzt?", fragt Billi.

„Jetzt gehen wir in den Dönerladen und essen was!", sage ich. „Ich weiß ja nicht, wie's euch geht, aber ich hab echt Hunger!"

Kurz darauf hocken wir an unserem Fenstertisch von vorhin und lassen uns nach Strich und Faden verwöhnen. Wir trinken Tee, essen Döner, Hummus, Köfte und Tomatensalat mit Zwiebeln. Dazu gibt es frisches, ofenwarmes Fladenbrot.

Ich glaube, noch nie hat mir Essen so gut geschmeckt!

Aber bestimmt liegt das auch daran, dass ich hier mit meinen

Freunden zusammensitze. Sie bedeuten mir so viel, dass ich es kaum in Worte fassen kann. Ich glaube, das gemeinsame Erlebnis hat uns heute noch fester zusammengeschweißt. Es ist ein total schönes Gefühl.

Als Anna zwischendurch ihr Handy zückt, um ihre Mutter anzurufen, folgen Dina, Billi und ich ihrem Beispiel und sagen kurz zu Hause Bescheid, wo wir sind und dass wir demnächst nach Hause kommen. Schließlich ist heute ein ganz normaler Wochentag und morgen wieder Schule.

Mein Vater geht ans Telefon. Er hört die Jungs im Hintergrund lachen und wünscht mir viel Spaß. Ich könnte ihn knutschen.

Während ich mich zufrieden umschaue, fällt mir immer wieder auf, wie vertraut und zärtlich Lena und Krischan miteinander umgehen. Sie füttern sich gegenseitig mit Häppchen von ihren Tellern, ohne dass es albern aussieht. Hier ein Blick, da eine kleine Geste, ein Lachen.

Sie wirken so glücklich und verstehen sich ohne viele Worte. Ich bilde mir sogar ein, klitzekleine Funken zu sehen, die zwischen ihnen hin und her schießen. Direkt von Herz zu Herz, von Fingerspitze zu Fingerspitze. Ihre Augen strahlen vor lauter Liebe.

Ich will, dass zwischen Phillip und mir auch solche Funken hin und her schießen, wenn er wieder da ist.

Ich möchte, dass wir auch so glücklich sind und uns mit Häppchen füttern.

Manchmal hab ich ein bisschen Angst, dass die Trennung uns vielleicht verändert hat. Dass wir uns fremd geworden sind und uns erst wieder aneinander gewöhnen müssen. Ein halbes Jahr ist eine lange Zeit …

Ich wische den Gedanken schnell beiseite.

Phillip und ich lieben uns. Daran gibt es keinen Zweifel.

Wie sollen wir uns jemals fremd sein?

Er ist ein Teil von mir, ich bin ein Teil von ihm.

Erst zusammen sind wir ein Ganzes.

In der Schule haben wir mal Platon durchgenommen. Der hat die These aufgestellt, dass der Mensch ursprünglich aus zwei gleichen Teilen bestanden hat. Zusammen waren die beiden Hälften so perfekt wie eine Kugel. Doch irgendwann fanden die Götter so viel Perfektion langweilig. Ich glaube, es war Zeus, der die Kugelmenschen getrennt hat. Seitdem müssen wir alleine durch die Welt irren und sind dabei immer auf der Suche nach unserer verloren gegangenen Hälfte.

Zum Glück muss ich nicht mehr suchen. Ich hab meine fehlende Hälfte längst gefunden. Sie trägt Phillips Namen.

Bald, denke ich. Bald ist er wieder bei mir.

*

Am nächsten Tag hat Anna sich einigermaßen von dem Schock erholt und ist schon fast wieder die Alte. Die Speicherkarte hat sie in ihrem Zimmer versteckt.

„Ich hab's nicht geschafft, mir die Fotos anzugucken", erzählt sie, als wir nach der Schule zusammen zum Fahrradunterstand gehen.

„Dann schmeiß das Ding doch einfach weg", sage ich.

Zu meinem Erstaunen schüttelt sie den Kopf.

„Nö", meint sie. „Irgendwann will ich mir die Fotos angucken. Vielleicht morgen, vielleicht nächste Woche. Vielleicht auch erst in zehn Jahren. Kann schließlich sein, dass die ganz gut geworden sind, oder?"

Ich glaube, ich starre sie ziemlich fassungslos an.

Sie kichert.

„War nur ein Scherz", beruhigt sie mich. „Ich will die Speicherkarte behalten, damit sie mich immer daran erinnert, wie naiv ich war und dass ich nie wieder so blöd bin. Wie konnte ich nur auf diesen Typen reinfallen!"

„Keine Ahnung", sage ich ehrlich, während ich mein Rad aufschließe und aus dem Ständer ziehe. „Manchmal denkt man einfach nicht nach. Dann macht man Sachen, die man hinterher bereut."

Sie nickt nachdenklich.

„Danke, dass du gleich gekommen bist", sagt sie leise.

„Das hättest du für mich auch getan", antworte ich. „Dafür sind Freundinnen da. Und du bist immerhin meine beste älteste Freundin, die ich habe."

Wir klatschen uns ab.

Bevor wir uns voneinander verabschieden, fällt mir noch etwas ein.

„Hast du zufällig Lust, nachher mit mir in die Schwimmhalle zu kommen? Ich hätte echt Lust, mal wieder richtig zu schwimmen!"

Anna schüttelt den Kopf.

„Ich bin mit Luki verabredet", sagt sie.

„Schade", erwidere ich. „Billi und Lena haben auch keine Zeit.

Und Dina hat heute zu lange Unterricht. Dann muss ich wohl alleine fahren."

„Viel Spaß!", ruft Anna und rollt davon.

„Danke, werd ich haben!", rufe ich zurück.

*

Zwei Stunden später bin ich mir da nicht mehr so sicher. Das Stadtbad ist total überfüllt. Die Luft ist schwül und warm wie im tropischen Regenwald. Auch die Geräuschkulisse erinnert mich an einen Dschungel.

Eine Gruppe kleiner Jungs in Jakobs Alter kreischt wie eine Horde wilder Schimpansen und benimmt sich auch so.

Der Schwimmmeister trillert, ruft und winkt in einer Tour und schafft es trotzdem nicht, sich durchzusetzen.

Zum Glück sind zwei Bahnen für Schwimmer abgesperrt.

Ich stülpe mir die Badekappe über die Haare, setze meine Schwimmbrille auf und lasse mich ins Wasser gleiten.

Es ist lauwarm. Auf der Stelle bereue ich, hier zu sein.

Wie schön war es doch am Waldsee! Frische Luft, kristallklares, kühles Wasser. Über mir nur der blaue Himmel. Manchmal hatte ich den See ganz für mich allein. Und jetzt?

Ich beiße die Zähne zusammen und reihe mich in die Kolonne der Schwimmer ein, die im abgesperrten Bereich unbeirrt Bahn um Bahn zieht. Man sieht nur die Köpfe mit den verschieden bunten Badekappen. Wenig später bin ich eine davon.

Ich fange an zu kraulen und versuche, mich auf meine Atmung zu konzentrieren. Das richtige Luftholen ist das A und O beim Schwimmen. Wenn der Atem fließt, fließt der ganze Rest auch. Dann folgen die Bewegungen automatisch und alles ist ein harmonisches Miteinander. Auf kurzen Strecken bevorzuge ich die Zweieratmung. Das heißt, dass ich beim Einatmen den Kopf immer zu einer Seite drehe und unter Wasser kräftig ausatme, um genug Zeit zum Luftholen zu haben.

Normalerweise funktioniert das super. Schon nach wenigen Zügen habe ich das Gefühl, mit dem Wasser zu verschmelzen. Alles ist im Fluss, auch meine Gedanken.

Normalerweise.

Heute nicht.

Die Uhr im Blick, schaffe ich es gerade mal, eine halbe Stunde durchzuhalten. Dann habe ich genug. Ich schiebe die Brille hoch und kralle mich am Beckenrand fest. Bilde ich es mir nur ein oder ist es noch voller geworden?

Bevor ich frustriert eine Überdosis Chlorwasser schlucken kann, klettere ich aus dem Becken und dusche mich ab.

In der Umkleide raffe ich meine Sachen zusammen. Ich muss hier raus. Ich brauche was zu trinken. Meine Nerven verlangen nach leeren Kalorien. Am besten in Form von Schokolade. Möglichst viel, möglichst süß, möglichst sofort.

Im Schwimmbadcafé ist es ziemlich leer. Ich überschlage blitzschnell meine Finanzen und beschließe, dass ich mir den Luxus einer Zitronenbrause und eines Schokomuffins leisten kann.

Kaum steht beides vor mir, fühle ich mich gleich besser.

Wie gut, dass ich mir vorhin keine Zehnerkarte gekauft habe, wie ich es ursprünglich vorhatte! So schnell sieht die Schwimmhalle mich nicht wieder. Nein, danke. Lieber jogge ich, um in Form zu bleiben. Oder ich geh spazieren und füttere die Enten im Stadtpark. Mit dem Schwimmen warte ich jedenfalls, bis ich wieder an den See kann. Vielleicht bekommen wir ja einen milden Winter. Wenn der See nicht zufriert, ist er im Mai bestimmt schon warm genug. Manchmal haben wir sogar im April schon ein paar schöne Tage. Hach, ich kann es kaum erwarten!

Der Muffin schmeckt köstlich. Innen ist er noch ein bisschen matschig. Richtig schön schokoladig. Lecker!

Ich mache ein Foto, bevor er weg ist, und schicke es an Phillip.

Wish you were here!, schreibe ich dazu.

Die Antwort lässt nicht lange auf sich warten:

Me too!!!

Lächelnd verputze ich den Rest und spüle mit viel Zitronenbrause hinterher.

KAPITEL 16

Wer hat's erfunden?

Weihnachten. Wer hat das eigentlich erfunden? Ich meine jetzt nicht die Sache mit der Geburt Christi, Maria und Josef, die Heiligen Drei Könige, das Kind in der Krippe und der Stern von Bethlehem. Nein, das nicht.

Ich meine das kommerzielle Weihnachten, das uns jedes Jahr früher in Stimmung bringen soll.

Ich meine die Tatsache, dass schon Wochen vor Heiligabend Weihnachtslieder im Radio gespielt werden.

Ich rede davon, dass die Supermärkte schon im Spätherbst ihre Regale für Lebkuchen, Zimtsterne und Marzipanbrot freiräumen.

Davon, dass die Läden in der Innenstadt weihnachtlich geschmückt sind, obwohl man das noch gar nicht sehen möchte.

Davon, dass die Menschen durch die Straßen hetzen und bis zum Umfallen shoppen, als gäbe es morgen nichts mehr.

Wann hat das angefangen, so auszuufern?

Wer hat's erfunden?

Ich habe keinen Schimmer. Ich will's eigentlich auch gar nicht so genau wissen.

•

Ich will nur, dass es aufhört. Oder zumindest ganz schnell wieder vorbei ist. Ich brauch das nicht. Ich will keine Weihnachtsstimmung, kein Lametta, keinen Kaufrausch und keine Weihnachtsplätzchen.

Das heißt, Plätzchen will ich schon. Aber wieso eigentlich nur zu Weihnachten? Wenn ich Hunger auf Plätzchen hab, back ich mir welche!

Nein, ich bin NICHT in Weihnachtsstimmung. Und das liegt nicht daran, dass Phillip nicht da ist. Nicht *nur* jedenfalls. Höchstens zu einem mittleren Prozentsatz.

Es ist kaum zu fassen, dass schon bald Heiligabend ist. Das Wetter scheint davon genauso überrascht zu sein wie ich.

Aktuell haben wir 14 Grad. Es ist mild und regnerisch. Weihnachtswetter geht anders.

Selbst wenn man Weihnachten liebt (ich mag's ja eigentlich; nur dieses Jahr irgendwie nicht), kann man dabei unmöglich an Kerzen, Tannenbäume und Geschenke denken. Trotzdem denke ich zwangsläufig daran. Schließlich müssen die Beanies fertig werden.

Ich habe neue Wolle besorgt und häkele inzwischen fast rund um die Uhr, um meinen verwegenen Plan, meine Familie und alle meine Freundinnen unter eine Mütze zu bekommen (haha, schönes Wortspiel!), in die Tat umzusetzen. Inzwischen bin ich echt eine routinierte Beanie-Häklerin und habe keinen Zweifel daran, dass ich es tatsächlich schaffen werde. Schließlich hab ich sonst nichts zu tun. Außer Schule, okay. Aber meine Abende und die Wochenenden gehören der Mützenproduktion.

Das ist auch eine ziemlich gute Ausrede, um zu Hause bleiben zu können, ohne dass es blöde Reaktionen gibt.

Kino? – Nee, sorry. Geht leider nicht. Ich muss noch ein paar Weihnachtsgeschenke fertig machen. Vielleicht ein anderes Mal. Viel Spaß.

Ich versuche mich aus der Vorweihnachtszeit auszuklinken. Es klappt erstaunlich gut. Man muss es einfach nur wollen und dann konsequent durchziehen.

Klar, dass weder meine Freundinnen noch meine Eltern davon besonders begeistert sind. Aber es ist meine Art, dem ganzen Stress und der Hektik zu entgehen.

Ich besinne mich sozusagen voll auf mich selbst.

Was ist daran so verkehrt?

Sollte man nicht gerade in dieser Zeit einfach mal in Ruhe in sich gehen und sich auf das Wesentliche konzentrieren?

Mir gefällt's.

Zum Glück versteht Phillip mich. Ihm geht es nämlich ganz ähnlich.

„Hier ist es fast noch schlimmer als in Deutschland", hat er gestern gesagt, als wir geskypt haben. „Die ganze Zeit *Jingle bells, jingle bells* – und draußen scheint die Sonne und die Palmenwedel biegen sich im Wind. Hey, ich meine, geht's noch?"

Ich musste lachen, als er das gesagt hat. Aber er hat Recht: Die Vorstellung, bei strahlendem Sonnenschein und mit einem Surfstrand vor der Tür Weihnachten zu feiern, ist wirklich absurd.

Mein Weihnachtsgeschenk für ihn – der extralange Liebesbrief – ist inzwischen übrigens fertig. Fein säuberlich in meiner allerschönsten Handschrift mit violetter Tinte auf himmelblauem Papier. Auch der zweite Phillip-Beanie-Versuch ist gelungen. Ich habe beides in Herzchenpapier verpackt, in einen kleinen Karton gelegt und werde das Päckchen morgen zur Post bringen. Hoffentlich kommt es rechtzeitig an. Die Versanddauer beträgt nur ein paar Tage, das hab ich herausgefunden. Aber leider auch, dass Päckchen und Pakete manchmal ziemlich lange beim Zoll herumliegen.

In den USA ist erst am 25. Dezember Bescherung. Bis dahin muss es unbedingt da sein. Vielleicht sollte ich es lieber per Express schicken? Aber das ist bestimmt sauteuer. Ich werde mich morgen mal bei der Post erkundigen.

Während ich über Päckchenporto und Paketlaufzeiten nachdenke, liege ich auf meinem Bett und häkele das Weihnachtsgeschenk für Jakob fertig. Eine Beanie in den Farben seines Lieblingsfußballvereins, also Rot mit drei schmalen weißen Streifen. Genau wie die Stutzen der Bayern-Spieler.

Mau liegt neben mir und spielt mit einem Knäuel Restwolle, das ich ihm großzügig überlassen habe. Als plötzlich mein Handy klingelt, schaut er auf, spitzt die Ohren und legt seine linke Vorderpfote auf den vibrierenden Kasten.

Ich ziehe mein Telefon unter der Katzenpfote hervor und werfe einen Blick auf das Display.

„Hi, Lena!“

„Hi, Sister! Was geht?“

„Nicht viel. Und bei dir so?“

„Alles tutti. Ich hab gerade einen Anruf bekommen“, sagt sie geheimnisvoll. „Von der Agentur.“

„Und?"

„Irgendein italienischer Nachwuchsdesigner hat mich für ein Casting angefordert. Er sucht für die Präsentation seiner neuen Kollektion noch passende Models."

„Wow! Das ist ja cool!"

„Hm-ja, tja", macht Lena.

Ich stutze.

„Freust du dich nicht? Das ist doch super! Dein erster richtiger Job! Wo findet das Casting denn statt? Sag nicht, in Italien!"

„Doch. Irgendwo in der Nähe von Mailand."

„Wow!", sage ich noch einmal. „Jetzt geht's mit deiner internationalen Karriere los. Kowalski startet durch!"

„Nee, Blödsinn", wehrt sie sofort ab. „Ich weiß noch gar nicht, ob ich hinfahre."

„Was?"

„Ich hab denen gesagt, dass ich's mir überlege. Das Casting ist kurz nach Weihnachten. Da wollte ich eigentlich mit Krischan chillen und in Ruhe unsere Fete planen. Du weißt schon: Silvester. Du kommst doch?"

„Lenk nicht ab!", sage ich streng. „Hier geht es nicht um eine Silvesterparty, sondern um deine Zukunft!"

„Nein", widerspricht sie mir.

„Doch", sage ich.

Sie schmollt.

Mau widmet sich wieder seinem Wollknäuel. Ich ziehe an einem Faden, der daran hängt, und lächele, als er versucht, ihn zu fangen.

„Weißt du, was?", sagt Lena schließlich.

„Was?“, frage ich.

„Ich glaub, ich steig aus der ganzen Sache aus.“ Lenas Stimme klingt nachdenklich. So, als ob sie es wirklich ernst meint.

Ich stopfe mir ein Kissen in den Rücken und setze mich kerzengerade hin, so überrascht bin ich.

„Es war echt lustig“, fährt sie fort. „Es war eine coole Abwechslung in meinem tristen Schülerdasein. Es hat mein Ego gestreichelt, dass ich so etwas wie einen Marktwert habe.“

Sie spricht das Wort *Marktwert* aus, als stünde es in Anführungszeichen.

„Aber diese Modelszene, das ganze Drumherum ...“, sagt sie, „das ist einfach nicht meine Welt. Ich hab das von Anfang nicht wirklich ernst genommen. Wahrscheinlich fehlt mir dieses komische Model-Gen, das man braucht, um eitel und erfolgreich zu sein. Das ständige Rumgezupfe und Getue, das ist echt nicht mein Ding.“

„Hm“, mache ich, weil ich nicht weiß, was ich sonst sagen soll. Dass Lena so wenig in die Modelszene passt wie, sagen wir mal, ein Veganer in ein Steakhouse, war mir irgendwie von Anfang an klar. Dass sie die ganze Sache so wenig ernst genommen hat, allerdings nicht.

„Aber du hast doch einen Vertrag unterschrieben“, erinnere ich sie. „Gibt es da keine Probleme?“

„Nö“, erwidert sie locker. „Ich bin doch noch in der Probezeit, schon vergessen? In dem Agenturvertrag steht ausdrücklich, dass beide Partner – also die Agentur und ich – das Recht haben, das Vertragsverhältnis ohne Angabe von Gründen und ohne Einhaltung irgendwelcher Fristen innerhalb der ersten drei Monate aufzulösen. Zum Glück hab ich noch keine Aufträge angenommen. Sonst könnten die wohl Schadenersatz verlangen. Aber so …"

„Ookay", sage ich gedehnt.

„Okay-gut oder okay-schlecht?", fragt Lena.

„Das-ist-mal-wieder-typisch-Lena-Kowalski-okay", antworte ich lachend. „Mann, du machst echt Sachen! Was sagt Krischan dazu? Und Hannah, Sünje, Gregor?"

„Krischan freut sich natürlich. Alle anderen sagen, dass es meine eigene Entscheidung ist. Ist es ja auch", fügt sie hinzu. „Schließlich bin ich nicht käuflich."

„Nee, das bist du wirklich nicht!", bestätige ich immer noch lachend. „Das hast du hiermit eindeutig bewiesen. Und jetzt? Femen oder Pussy Riot?"

„Erst mal Weihnachten", meint sie. „Gregor kommt zu Besuch. Das wird so richtig familienmäßig bei uns. Und dann Silvester."

„Klingt gut."

„Finde ich auch."

Wir unterhalten uns noch ein bisschen. Ich erzähle ihr von meinem Weihnachtspäckchen für Phillip, worauf sie sagt, dass sie Krischan vielleicht auch mal einen Liebesbrief schreiben will. Nicht zu Weihnachten, sondern einfach nur so zwischendurch.

Dann verabschieden wir uns.

„Wir sehen uns in der Schule", sage ich.

„Jepp", macht sie.

Ich drücke auf die rote Taste und lege mein Handy auf den Nachttisch.

Lena ist so ein Chaos-Huhn, denke ich und nehme mein Handarbeitszeug wieder auf. Wenn Anna das hört, flippt sie garantiert aus. Dass ein Mädchen freiwillig auf eine Karriere auf dem Catwalk verzichtet, passt ganz und gar nicht in ihr Weltbild.

*

Erstaunlicherweise nimmt Anna Lenas Entscheidung vollkommen locker auf, als sie am nächsten Tag in der Schule davon hört. Vielleicht hat das Erlebnis mit dem falschen Fotografen etwas in ihr ausgelöst. Vielleicht hat es sie zum Nachdenken gebracht, dass nicht alles super ist, nur weil es glitzert und glänzt und mit Ruhm lockt.

Alle finden Lenas Entscheidung richtig. Ein bisschen krass vielleicht, aber richtig.

Nur Paul schüttelt den Kopf.

Sein Sweatshirt trägt heute den Aufdruck LIFE IS TOO SHORT TO REMOVE USB-DEVICES SAFELY!

Langsam frage ich mich, ob er irgendwo ein Abo für Klamotten mit dummen Sprüchen hat.

„Ich raff's nicht!", sagt er zu Lena und fasst sich an den Kopf, als wir in der Pausenhalle zusammenstehen. „Ey, denk doch mal an die Kohle, die dir durch die Lappen geht! Du wärst ein bisschen rumspaziert, hättest an der richtigen Stelle mit dem richtigen Körperteil gewackelt und hättest dafür fett kassiert! Wie kann man nur so doof sein und freiwillig darauf verzichten?"

„Dann werde doch einfach selber Model", entgegnet Lena trocken. „Soll ich dir die Nummer der Agentur geben? Ich wette,

Stefano wird begeistert von dir sein. Der macht sofort Laufstegtraining mit dir. Natürlich in High Heels!“

Wir lachen.

Paul grinst.

„Nee, lass mal“, meint er.

Mit Nicole scheint alles wieder in Ordnung zu sein. Sie steht neben ihm und grinst ebenfalls.

Ich schaue aus dem Fenster. Draußen wird es heute gar nicht richtig hell. Regen vermischt sich mit Graupel. Es sieht ungemütlich aus. Aber egal. Noch zwei Tage Schule, dann fangen die Weihnachtsferien an. Endlich.

Als ich einen Schluck Kakao trinke, spüre ich ein leichtes Kratzen in der Kehle. Ich ziehe meinen Schlauchschal ein Stück höher und ignoriere es.

Gleich nach der Schule fahre ich zur Post und schicke Phillips Weihnachtspäckchen ab. Auf den Express-Zuschlag verzichte ich. Das Ganze ist auch so schon ganz schön teuer. Außerdem muss ich noch eine Zollerklärung ausfüllen und haargenau beschreiben, was in dem Paket ist.

EIN WEIHNACHTSGESCHENK, schreibe ich in Druckbuchstaben. EINE MÜTZE, EIN BRIEF. PERSÖNLICH!

Nicht, dass noch jemand auf die Idee kommt, meinen Brief zu lesen!

Leider kann mir die Dame hinter dem Schalter nicht versprechen, dass mein Geschenk rechtzeitig in Kalifornien ist.

„Da hätten Sie es früher aufgeben müssen“, sagt sie ein bisschen schnippisch.

„Danke“, knurre ich zurück.

Dann muss ich zugucken, wie sie mein liebevoll verpacktes Weihnachtsgeschenk mit Schwung in einen großen Sack wirft. Als ich schlucke, kratzt nicht nur mein Hals, sondern auch mein Herz. Ich wünschte, ich könnte mich klitzeklein zusammenfalten, eine Zollerklärung für mich ausfüllen und mich selbst nach Berkeley schicken. Zu Phillip. Per Express.

Ganz egal, wie teuer es ist.

KAPITEL 17

The Happiest Ending Ever

Drei Tage später bin ich krank.

Am ersten Ferientag.

Einen Tag vor Heiligabend.

Ein echter Volltreffer.

Bingo, Klawitter!

Ich wache auf und habe das Gefühl, als hätte mich im Schlaf eine Horde wilder Mammuts über den Haufen gerannt.

Alles tut mir weh, jeder einzelne noch so winzige Knochen. Sogar die Haarspitzen tun mir weh, als ich sie aus Versehen berühre!

Mein Kopf ist komplett dicht. Die Augen triefen. Die Nase kribbelt. Der Hals brennt wie Feuer, wenn ich schlucke.

Außerdem ist mir abwechselnd heiß und kalt.

„Hilfe!“, krächze ich und lasse mich gleich wieder in die Kissen zurückfallen, was ich in derselben Sekunde bereue, weil mein Gehirn dadurch in unangenehme Schwingungen versetzt wird. Ich habe das Gefühl, als würde es von innen gegen die Schädeldecke wabern und dabei rhythmisch pulsieren. Es fühlt sich gar nicht gut an.

Ich habe Schmerzen.

Ich will eine Tablette.

Nein, lieber gleich zwei.

Nein, auch falsch. Ich will sterben.

Und zwar sofort!

Mau liegt in seinem Körbchen und mustert mich besorgt.

Ich bin zu schwach, um ihn zu bitten, jemanden zu holen, der mich von meinem Leiden erlösen kann. Ich schaffe es ja nicht mal, den kleinen Finger zu heben.

Irgendwann – ich habe das Gefühl, es sind Stunden vergangen – rappele ich mich hoch. Ich sitze auf der Bettkante. Mein Zimmer dreht sich um mich herum, was eigentlich ganz lustig sein könnte. Im Moment finde ich es allerdings nicht so witzig.

Es dauert weitere gefühlte Stunden, bis ich meine Füße endlich in die Hausschuhe gezwängt und mich mühsam in eine stehende Position gebracht habe. Wie soll ich es bis zur Zimmertür schaffen, wenn der Fußboden unter mir dermaßen schwankt und rollt?

Irgendwie schaffe ich es. Ich schaffe es sogar die Treppe hinunter und den Flur entlang bis in die Küche. Erstaunlich.

Meine Mutter fühlt zuerst meine Stirn und dann meinen Puls, als sie mich sieht. Hatte ich erwähnt, dass sie Kinderärztin ist? Sie kennt sich aus und weiß, was zu tun ist. Sie bleibt ruhig und sachlich, wofür ich ihr sehr dankbar bin.

„Du gehst sofort wieder ins Bett und legst dich hin“, ordnet sie an und führt mich zur Treppe zurück.

Ich widersetze mich nicht. Im Gegenteil, es ist beinahe schön, wieder in mein Bett zu krabbeln, mich von meiner Mama bis zur Nasenspitze zudecken und mir von ihr über den Kopf streichen zu lassen. Mit einem Mal fühle ich mich wie ein kleines Mädchen. Ich bin ungefähr fünf Jahre alt.

„Da hat es dich aber ganz schön erwischt“, sagt meine Mutter. Ihre Stimme klingt gedämpft, weil meine Ohren so taub sind. „Ich bringe dir gleich Tee und etwas gegen das Fieber. Versuch zu schlafen.“

Schlafen? Das klingt wundervoll!

Sie streicht mir über die Wange. Ich merke es kaum. Trotzdem fühle ich mich getröstet.

Alles wird gut, sagt eine Stimme, die wie Phillips klingt.

Wieso Phillips Stimme?

Ich dämmere weg.

Heiligabend und die Weihnachtstage dümpeln wie irgendetwas Nebulöses, schwer Greifbares an mir vorbei.

Ich erinnere mich vage daran, dass ich mit Phillip telefoniert habe. (Mein Päckchen war natürlich noch nicht da. Blöde Post! Blöder Zoll!) Er hat mir etwas von *final exams* erzählt, irgendwelchen Abschlussarbeiten, die er geschrieben hat, und dass an seiner Highschool jetzt *winter break* ist – also Winterpause –, was vermutlich so etwas Ähnliches wie unsere Weihnachtsferien ist. Viel mehr hab ich in meinem Fieberwahn leider nicht mitbekommen.

Ich weiß, dass ich meine Geschenke (also die Beanies) verteilt habe. Ich weiß auch, dass ich Geschenke ausgepackt habe. Ich habe Klamotten bekommen. Zwei Bücher, einen Kinogutschein, eine DVD, Duschgel und Bodylotion in meinem Lieblingsduft und noch ein paar Kleinigkeiten. Von Phillip hab ich eine Postkarte bekommen, die eine Gruppe Weihnachtsmänner mit Rauschebärten beim Surfen zeigt, und außerdem das Versprechen, dass er mir sein Geschenk persönlich überreicht, wenn er wieder da ist.

Ich habe wenig gegessen, viel Tee getrunken und zwischendurch den Weihnachtsbaum bewundert.

Aber die meiste Zeit habe ich im Wohnzimmer auf der Couch gelegen, einen dicken Schal um den Hals, unter einer Wolldecke vergraben, dösend.

Das wird also meine Erinnerung an Weihnachten sein, als ich fünfzehn Jahre alt war:

Ich habe es im Fieberwahn verpennt.

Erst drei Tage später geht es mir besser. Ich gehe unter die Dusche, ziehe mir frische Klamotten an und versuche, meinen Kreislauf in Schwung zu bringen, indem ich einen langen Spaziergang mit meiner Familie mache. Die frische Luft tut mir gut.

Als wir zurückkommen, steht Lena vor der Tür, um mich zu besuchen. Wir machen uns eine Kanne Tee, schnappen uns ein paar Plätzchen aus der Dose und gehen in mein Zimmer.

Ohne auf meinen angeschlagenen Gesundheitszustand Rücksicht zu nehmen, kommt sie sofort zur Sache, sprich: zur Silvesterparty.

„Hey, das wird so cool! Wir machen ein Büfett und mixen leckere Cocktails. Dann tanzen wir ein bisschen und haben Spaß und um Mitternacht drücke ich dir eine Rakete in die Pfote, die du zum Mond schießen kannst. Na, wie klingt das? Spitzenmäßig, was? Falls du bis dahin noch nicht wieder ganz fit bist –“, sie wirft mir einen prüfenden, nicht besonders mitleidigen Blick zu und sieht dabei wie eine autoritäre Krankenschwester aus, „– verfrachten wir dich einfach in eine ruhige Ecke. Ich glaub, Krischans Opa hat einen Schaukelstuhl. Den leiht er dir bestimmt. Dann kannst du einfach nur zugucken und dich freuen. Hauptsache, du bist dabei!“

„Ach, ich weiß nicht …“, sage ich zögernd.

„Doch, du weißt!“, kommt es sofort energisch zurück. „Du musst dich um gar nichts kümmern. Einfach nur da sein und ein bisschen mit uns feiern. Krischan holt dich abends ab. Einverstanden? Wenn du müde wirst, legst du dich einfach ins Gästezimmer und pennst eine Runde. Gar kein Problem. Du kannst sowieso gerne auf dem Hof schlafen. Da ist Platz genug. Voll praktisch.“

„Ich glaub nicht, dass meine Eltern mir das erlauben. Die wollen bestimmt, dass ich Silvester hier bin und mit ihnen und Jakob feiere.“

„Papperlapapp! Ich rede gleich mal mit deiner Mutter. Wenn sie grünes Licht gibt, kommst du. Einverstanden?“

„Mal sehen“, antworte ich ausweichend.

Im Grunde ist mir klar, dass ich überhaupt keine andere Wahl habe, als zu der Party zu gehen. Es sei denn, meine Eltern haben wirklich etwas dagegen oder ich erleide einen Fieberschubrückfall. Aber das glaube ich nicht. Mir geht's gut. Und wenn Lena sich etwas in den Kopf gesetzt hat, zieht sie das durch. Manchmal ist es ein bisschen anstrengend mit ihr.

*

Am Silvestermorgen bin ich kerngesund. Ich huste zwar noch, aber meine Mutter ist zufrieden.

„Drei Tage kommt sie, drei Tage bleibt sie, drei Tage geht sie", sagt sie und meint damit meine Erkältung.

Ich zähle im Kopf nach und lache.

„Kommt ziemlich genau hin. Aber dass die drei mittleren Tage ausgerechnet über Weihnachten sein mussten!"

„Das kann man sich leider nicht aussuchen", meint meine Mam, während sie mir dabei zuschaut, wie ich meine Übernachtungssachen in den Rucksack stopfe. „Übertreib's bitte nicht auf der Party. Geh nicht raus, wenn du vom Tanzen verschwitzt bist. Leg dich hin, wenn du müde bist. Schon dich noch ein bisschen, okay?"

Ich verspreche es.

„Danke, dass ihr mir erlaubt, auf dem Hof bei Lena und Krischan zu übernachten."

„Wir holen dich auch gerne ab, wenn du es dir anders überlegst. Kurzer Anruf genügt."

„Danke", sage ich noch einmal und meine es auch so.

Ich komme mir irgendwie ganz schön erwachsen vor. Ich wünschte nur, Phillip wäre da. Nicht mal den Jahreswechsel haben wir zusammen. Es ist so ungerecht!

Aber wenigstens kann ich mit meinen besten Freundinnen und Freunden feiern. Mehr darf ich wohl nicht verlangen.

*

Krischan holt mich pünktlich um acht Uhr ab. Er wünscht meinen Eltern und Jakob einen guten Rutsch. Ich streichele Mau zum Abschied, strubbele Jakob durch die Haare und verspreche, um Mitternacht anzurufen. Meine Familie feiert zu Hause, mit Kartoffelsalat, Würstchen, Bleigießen und Wunderkerzen. Auf Böller und Raketen verzichten sie, weil Mau so schreckliche Angst vor der Knallerei hat. Wahrscheinlich verbringt er den Jahreswechsel wie jedes Jahr unter meinem Bett. Armer Kater.

„Bis morgen!", sage ich.

„Bis nächstes Jahr!", kräht Jakob mir hinterher.

Dann sitze ich im Auto und fühle mich merkwürdig frei und ein bisschen traurig zugleich. Ob ich nicht doch lieber zu Hause bleiben soll?

Ehe ich ernsthaft darüber nachdenken kann, Krischan zu bitten, umzukehren, sind wir schon da. Ich zupfe unsicher an meinem Schal. Hätte ich mich vielleicht ein bisschen aufbrezeln sollen? Ich hab gar nicht daran gedacht, meine Freundinnen zu fragen, was sie anziehen. Ich bin einfach in Jeans, T-Shirt und Turnschuhe geschlüpft und hab meine Haare zusammengetüdelt.

Die Party ist schon in vollem Gange. Auf dem Hof von Krischans Eltern gibt es eine umgebaute Scheune, die sie für Polterabende, Hochzeiten, Jubiläen und ähnliche Veranstaltungen vermieten. Es ist der perfekte Ort für eine Silvesterfete.

Durch die Fenster dringen laute Musik und Gelächter nach draußen. Zum Glück gibt es hier weit und breit keine Nachbarn, die es stören könnte.

Lena ist so ähnlich angezogen wie ich, ganz locker und leger in Jeans und T-Shirt. Ich bin erleichtert, als ich es sehe.

Sie zeigt mir das Gästezimmer, damit ich meine Sachen abstellen kann. Das Zimmer ist klein und gemütlich, hat schräge Wände und ein großes Himmelbett.

„Schläfst du auch hier oder bei Krischan?", frage ich augenzwinkernd.

„Das entscheide ich im neuen Jahr", erwidert sie grinsend und greift nach meiner Hand. „Los, komm. Jetzt wird gefeiert!"

Wenig später hocke ich auf einem Strohballen und halte einen alkoholfreien Cocktail mit zerstoßenem Eis in der Hand.

In der Scheune ist es warm. Die Luft ist stickig. Die Musik ist laut. Paul steht hinter einem Pult und spielt den DJ. Er legt einen Mix aus aktuellen Hits und Partykrachern auf. Auf seinem T-Shirt steht in Neonbuchstaben ICH BIN NICHT ALT, ICH BIN RETRO.

Neben ihm steht Nicole und schwingt die Hüften. Ab und zu küssen sie sich.

Anna und Lukas tanzen. Billi und Dina auch.

Mark steht bei Lena und Krischan. Als er mich sieht, winkt er mir zu und kommt rüber.

„Ich hab gehört, du warst krank?", sagt er und zieht einen zweiten Strohballen heran, auf den er sich setzt. „Bist du wieder ganz fit?"

Ich nicke. Wir stoßen mit unseren Gläsern an. Der Cocktail ist wirklich lecker. Limette, brauner Zucker, Ginger Ale und wie gesagt: viel gecrushtes Eis!

Weil eine Unterhaltung bei der lauten Musik nicht wirklich möglich ist, stellen wir irgendwann unsere Drinks ab und tanzen. Allerdings komme ich ziemlich schnell aus der Puste. Meine armen Bronchien wollen anscheinend noch nicht so, wie ich will. Außerdem bekomme ich Hunger.

Ich deute auf das Büfett, das in einem Nebenraum aufgebaut ist. Mark nickt zustimmend.

In dem Nebenraum ist es etwas leiser. Ich nehme mir einen Kanten Brot aus einem Korb und eine Kelle Gulaschsuppe aus einem großen Kessel. Neben dem Büfett stehen Tische und Sitzbänke. Wir suchen uns zwei freie Plätze. Beiläufig nicke ich ein paar Leuten zu, die ich kenne.

„Wann kommt Phillip eigentlich genau wieder?", fragt Mark. Er säbelt ein großes Stück von dem Schnitzel ab, das auf seinem Teller liegt, und ertränkt es anschließend in Curry-Ketchup.

„Am 6. Januar", sage ich und puste in meine Suppe.

„Cool! Das ist ja schon bald!" Mark grinst.

„Noch sechs Tage", bestätige ich.

Marks Grinsen wird breiter.

Warum grinst er so blöd?

Ich konzentriere mich auf meine Suppe und knabbere zwischendurch an dem Brotknust. Als Mark mit einem Typen spricht, der neben ihm sitzt, gucke ich heimlich auf mein Handy. Es ist schon fast elf. Nur noch eine Stunde, dann fängt das neue Jahr an. Mein Herz klopft ein bisschen schneller.

Lena und Krischan kommen an den Tisch. Sie haben schon gegessen und wollen nur Hallo sagen.

„Alles klar bei dir?", fragt Lena. „Geht's dir gut?"

„Ja, sicher", erwidere ich und wundere mich ein bisschen. Seh ich so gebrechlich aus oder warum sind plötzlich alle so fürsorglich und nett zu mir?

Anna, Dina und Billi haben mich vorhin auch schon gefragt, wie's mir geht. War bestimmt lieb gemeint. Aber wenn es mir nicht gut gehen würde, wäre ich wohl kaum hier, oder?

Krischan tuschelt mit Mark. Keine Ahnung, worum es geht. Kurz darauf stehen beide auf.

„Bis später", meint Mark und nickt mir zu.

Ich erwidere das Nicken mit einem Stirnrunzeln.

Als Lena und die Jungs weg sind, überlege ich, ob ich mir noch eine Portion Kartoffelsalat holen soll, aber ich entscheide mich dagegen. So ganz ist mein Appetit noch nicht wieder da. Suppe und Brot waren genau richtig.

Ich bringe meinen Teller weg und schlendere zurück in die Tanztenne.

Pauls Platz hinter dem Pult ist leer. Nicole ist auch nirgendwo zu sehen. Anna und Lukas tanzen eng. Die langsame Musik kommt in Endlosschleife von einer CD.

Ich stelle mich an eine Wand und starre Löcher in die Luft. Es macht keinen Spaß, verliebten Pärchen beim Tanzen zuzuschauen.

Immer wieder zücke ich mein Handy. Immer wieder denke ich, wie komisch es ist, dass hier bei uns schon bald ein neues Jahr anfängt und bei Phillip erst neun Stunden später. Wie kann das angehen? Wir befinden uns schließlich auf einem gemeinsamen Planeten, oder nicht?

Ja, danke. Ich weiß. Es hat etwas damit zu tun, dass die Erde sich dreht. Mit dem Stand der Sonne. Wo sie aufgeht, wo sie untergeht. Welche Seite der Erde ihr gerade zugewandt ist und welche abgewandt.

Auf der einen Seite ist es hell, auf der anderen dunkel.

An dem einen Ort beginnt der Tag, an einem anderen die Nacht.

Zeitverschiebung, Zeitzonen …

Ich glaube, es gibt kaum etwas, das ich mehr hasse, seit es mich persönlich betrifft.

Als ich beim nächsten Mal auf das Display meines Handys schaue, ist es Viertel vor zwölf. Noch eine Viertelstunde.

Ich will mich von der Wand abstoßen und mir noch etwas zu trinken holen, als ich plötzlich im Dunkeln stehe. Die Musik bricht mitten im Stück ab. Es ist totenstill und finster.

Ein paar Jungs fangen an zu grölen. Ein Mädchen kreischt auf. Gut möglich, dass es Anna war.

Irgendjemand hat eine Taschenlampe. Handys leuchten auf.

Dann zählt jemand ganz leise einen Countdown runter.

Hey, Moment, will ich rufen. Ist das nicht ein bisschen zu früh? Es ist noch nicht so weit!

Eine Hand greift nach mir. Ich zucke erschrocken zurück.

Als ein einzelner Spot aufleuchtet, blinzele ich.

Vor mir steht jemand.

Der Spot blendet mich. Ich erkenne nur eine Silhouette. Sie erinnert mich an jemanden. Aber das kann nicht sein.

Ich hebe eine Hand vor die Augen.

„Hi", sagt eine Stimme.

Ich schlucke.

Meine Knie zittern.

Mein Herz stolpert.

Ich hab wieder Fieber. Ganz klar.

Meine Mutter hatte Recht: Ich sollte mich lieber noch schonen. Mich vielleicht ein bisschen hinlegen und ausruhen.

Als die Musik schlagartig wieder einsetzt, halte ich die Luft an. Cro singt. Ich kenne den Text auswendig.

Und immer, wenn du einsam bist,

komm ich rum,

du musst nie wieder alleine sein …

Das Lied heißt *Traum*.

Und genauso fühle ich mich: wie in einem Traum.

Vor mir steht ein Junge. Er schaut mich an und streckt mir seine Hand entgegen. Ich nehme sie. Er zieht mich an sich. Ich halte mich an ihm fest.

Damit der Traum nicht aufhört.

Damit er bei mir bleibt.

Damit ich nie wieder einsam bin.

„Hi, Süße", raunt der Junge mir zu. „Ich hab dich vermisst."

„Verdammt!", sage ich, weil mir nichts Geistreicheres einfällt; weil ich unter Schock stehe; weil tausend Leute um uns herumstehen. Sie lachen und pfeifen und applaudieren.

Und ich sage: „Verdammt, wo kommst du denn her?"

Dann küsse ich Phillip.

Ich heule.

Er auch.

Und dann lachen wir plötzlich und unsere Hände halten sich so fest, als wollten sie sich nie, nie, nie mehr loslassen.

„Prost Neujahr!", ruft jemand.

Happy new year, happy new year, singen ABBA.

„Frohes neues Jahr", flüstert Phillip mir zu und küsst mich zärtlich.

Lena reicht uns zwei Gläser Sekt. Aber wir wollen nichts trinken. Wir wollen uns nur anschauen. Ich glaube immer noch zu träumen.

„Wo kommst du her? Was machst du hier? Wie ist das möglich?“, stammele ich.

„Ich hab's einfach nicht länger ausgehalten“, sagt Phillip und lächelt sein Phillip-Lächeln. Himmel, wie sehr habe ich das vermisst! „Als du Weihnachten so krank warst und ich nicht bei dir sein konnte, hab ich meinem Vater gesagt, dass ich das Rückflugticket auf eigene Kosten umbuche. Ich wollte sofort zu dir. Ich hätte es keinen Tag länger ausgehalten. Leider waren alle Maschinen ausgebucht. Weihnachten, weißt du?“

Er grinst. Ich auch.

„Und heute war ein Platz in einem Flugzeug frei“, antworte ich. „Beziehungsweise gestern.“

„Last minute“, nickt Phillip. „Ich hab mich auf eine Warteliste setzen lassen und bin sofort losgedüst, als die Nachricht kam. Mein Vater hat mich vom Flughafen abgeholt und direkt hierhergebracht. Krischan und Lena wussten Bescheid. Ein paar andere auch.“

„WAS? Und sie haben mir nichts gesagt? Aber das ist –“

Unfair, wollte ich sagen.

Ich komme nicht dazu. Phillip gibt mir einen Kuss.

„– mein Weihnachtsgeschenk für dich“, vollendet er meinen angefangenen Satz. „Leider etwas verspätet, aber ich hoffe, du freust dich trotzdem.“

Ob ich mich freue? Ich falle ihm um den Hals.

Für den Bruchteil einer Sekunde denke ich an mein Weihnachtspäckchen für ihn, das jetzt irgendwo zwischen hier und

Berkeley verschollen ist. Ob es wohl jemals ankommt? Und wenn ja, wo?

Ob es mir etwas ausmachen würde, wenn mein Brief in die falschen Hände gerät?

Kommt darauf an.

Falls jemand den Brief liest und sich darüber freut, ist es gut.

Falls sich jemand darüber lustig macht, ist es schlecht.

Am besten wäre es, wenn mein Päckchen bei einem Schriftsteller landen würde, der einen Liebesroman daraus macht. Dann kann er von mir aus sogar die Beanie behalten.

Wir gehen zu den anderen auf den Hof. Ich blicke überall in strahlende Gesichter. Alle scheinen sich mit uns zu freuen. Anna, Lena, Billi und Dina umarmen mich. Die Jungs klopfen Phillip auf die Schulter. Es ist einfach toll!

Wir trinken ein bisschen Sekt und schauen den Raketen zu, die in den Himmel steigen. Die ganze Zeit halten unsere Hände sich fest. Die ganze Zeit steht er neben mir. Ich kann ihn spüren. Ich fühle ihn atmen, sehe ihn lachen und strahlen und kann mein Glück kaum fassen.

Als wir wieder in der Scheune sind, rufe ich meine Eltern an und wünsche ihnen ein gutes neues Jahr. Ich erzähle ihnen, dass Phillip wieder da ist. Sie freuen sich fast so sehr wie ich und sprechen kurz mit ihm.

Dann tanzen wir.

Ich schaue nicht mehr auf die Uhr.

Es ist mir vollkommen egal, wie spät es ist.

Die Tanzfläche füllt sich wieder.

Es ist laut. Es ist warm. Wir sind mittendrin.

Ich habe das Gefühl zu leuchten. Von innen heraus. Genau wie Phillip.

Dann kommt plötzlich noch einmal Cro aus den Boxen. Wie auf Bestellung.

Oh Baby, nimm meine Hand,

ich hab alles schon gepackt,

komm, wir beide gehen weg von hier …

Phillip guckt mich an. Ich nehme seine Hand.

Wir gehen hinaus und über den Hof. Wir wollen alleine sein.

Im Gästezimmer stellen wir uns ans Fenster und schauen hinaus. Wir haben kein Licht angemacht. Die Stadt ist weit weg. Über den Feldern liegt grauer Dunst. Noch immer schießen vereinzelte Raketen in den Nachthimmel und explodieren mit einem leisen ‚Plopp!', bevor sie ihren Funkenregen entladen.

Irgendwo ist Knallen, Krachen und Heulen zu hören. Ein paar Nachzügler von dem großen Mitternachtsgetöse.

Mein Kopf ruht an Phillips Schulter. Er hat einen Arm um mich gelegt. Ich bin müde und hellwach zugleich. Ich möchte gähnen und gleichzeitig immer noch tanzen. Ich fühle mich total überdreht. Wie ein Aufziehspielzeug.

Phillip wendet sich zu mir um und schaut mir in die Augen.

„Wie ich dich vermisst habe", flüstert er.

„Wie ich *dich* vermisst habe", flüstere ich zurück.

Seine Lippen berühren meinen Mund. Ganz sanft, ganz zärtlich. Ich möchte schnurren vor Glück.

Er küsst meine Haut. Ich vergesse zu atmen. Als unten auf dem Hof ein Knaller explodiert, zucke ich zusammen.

Phillip küsst mich, küsst mich, küsst mich.

Kann ein neues Jahr schöner beginnen?

Irgendwann lassen wir uns einfach auf das Bett fallen. Durch das Fenster fällt ein samtgrauer Schimmer auf uns.

Ich schließe die Augen. Meine Finger erforschen Phillips Gesicht. Sie erspüren die Konturen, fahren seine Augenbrauen nach. Ganz langsam.

„Wir haben Zeit", murmelt Phillip in mein Haar.

„Ich weiß", sage ich.

Die Kissen sind weich wie Schnee. Ich habe Angst, dass alles nur ein Traum ist. Dass ich jeden Moment aufwache und Phillip ist nicht mehr da.

Er scheint es zu spüren. Er liest meine Gedanken und Gefühle, wie nur er es kann.

„Hab keine Angst", raunt er mir zu und küsst meine Wimpern. „Ich bin da. Alles wird gut."

In der Scheune geht die Party ohne uns weiter.

Ich lass für dich das Licht an, singen Revolverheld. *Obwohl's mir zu hell ist. Ich bin für dich leise, wenn du zu laut bist …*

Phillip ist nicht laut. Wir sind beide ganz leise. Lauschen nur auf unseren Herzschlag. Auf den eigenen und den des anderen. Wir halten den Atem an und lauschen so lange, bis unsere Herzen im Takt schlagen.

In dieser Nacht mache ich kein Auge zu.

Niemand stört uns.

Ab und zu lässt uns eine verspätete Silvesterrakete aufschrecken und hüllt das Zimmer für einen kurzen Moment in bunte Farben.

Wir sind einfach wach. Liegen nebeneinander, schauen uns an, erzählen uns alles.

Wir flüstern, wir schweigen, wir lächeln. Alles zusammen.

Liebe, denke ich. So fühlt sie sich also an. Wow!

Irgendwann schläft Phillip ein. Bestimmt ist er müde von dem langen Flug.

Ich denke an die Zeitverschiebung zwischen hier und San Francisco und dass wir uns nicht mehr darum kümmern müssen. Für uns gibt es keinen Zeitunterschied mehr.

Ich denke an das alte Jahr, das hinter mir liegt. An die Trennung von Phillip und wie ich sie überlebt habe. An die Begegnung mit Finn. An meine Familie, meine Freunde. An all unsere kleinen und großen Sorgen und Nöte. Daran, dass ich fünfzehn geworden bin.

Ob ich mich verändert habe?

Bin ich älter, reifer, erwachsener geworden?

Ich glaube schon.

Dann denke ich an das neue Jahr, das gerade erst begonnen hat und vor mir liegt. In ein paar Monaten werde ich sechzehn. Wahnsinn.

Ich denke an den Jungen, den ich liebe. An den Jungen, der zu mir zurückgekehrt ist.

Ich denke an Platon. Daran, dass ich endlich wieder komplett bin und wie gut sich das anfühlt.

Ich denke an mein Leben.

Ich drehe mich um und lächele.

Ein schönes Gefühl hat von meinem Körper Besitz ergriffen. Es kommt mir vor, als würde ich schweben, während ich versuche, im Dämmerlicht des beginnenden Tages Phillip zu betrachten. Es gelingt mir nicht. Aber ich muss ihn auch gar nicht betrachten. Ich habe ihn mir eingeprägt. Jede Sekunde dieser Nacht. Jedes Wort, das er gesagt hat. Jede Berührung von ihm.

Phillip ist der Junge, den ich geliebt habe, bevor ich es wusste. Wir gehörten immer schon zusammen. Gestern. Heute. Für immer.

„Ich liebe dich", flüstere ich ihm zu.

Er lächelt im Schlaf.

Ich nehme seine Hand und bin das glücklichste Mädchen der Welt.

*

Wie wird es weitergehen?
Wir freuen uns auf Band 4.

Wie alles begann?
Hier kommt eine Leseprobe aus Band 1:
Mein Leben, die Liebe und der ganze Rest

Ich bin fünfzehn.

Seit genau einer Sekunde.

Mein Herz schlägt einen Salto.

„Herzlichen Glückwunsch zum Geburtstag!“, flüstere ich in die Dunkelheit.

Der jaulende Klang einer elektrischen Gitarre bringt mich etwas aus dem Konzept. Obwohl ich nicht geschlafen habe (ich war viel zu aufgeregt, um überhaupt ein Auge zuzubekommen), zucke ich zusammen und würge den Klingelton meines Uralthandys schnell ab. Das Gitarrensolo ist ein bisschen zu laut um diese Uhrzeit. Nebenan schlafen meine Eltern, Jakob schnarcht gegenüber leise vor sich hin. Muss nicht sein, dass sie mitbekommen, dass ich mitten in der Nacht telefoniere.

„Halloo?“, melde ich mich unschuldig und halte die Luft an. Natürlich weiß ich, wer dran ist. Es leuchtet mir in Großbuchstaben vom Display entgegen und ist nicht mal im Dunkeln zu übersehen: PHILLIP.

„Happy birthday to you, happy birthday to you …“, singt er leise.

Seine Stimme klingt verschlafen und ein bisschen kratzig. Im Gegensatz zu mir hat er bestimmt schon geratzt. Er muss sich extra den Wecker gestellt haben, um mir als Erster zum Geburtstag zu gratulieren. Der süßeste Junge der Welt hat zu meinem Geburtstag gesungen!

Neben mir streckt sich Mau und schmatzt. Ich kraule ihn mit einer Hand, während ich Phillips Geburtstagsständchen lausche, das sich langsam in Richtung Finale bewegt. Mau sabbert begeistert.

„Alles Liebe zum Geburtstag", sagt Phillip feierlich. „Du hast einen Wunsch frei!"

„Danke." Mein Herzschlag beruhigt sich etwas und macht einem äußerst wohligen Gefühl Platz. Ich kuschele mich tiefer in mein Kissen und presse das Handy ans Ohr.

„Und?", fragt Phillip. „Wie fühlst du dich? Anders als gestern?"

Ich schüttele den Kopf. „Kein bisschen."

„Das kommt noch", verspricht er. „Wart's ab."

„Na, hoffentlich", seufze ich.

Phillip muss es wissen. Er ist schließlich ein ganzes Jahr älter als ich.

Mau springt vom Bett auf die Fensterbank, schiebt seinen Kopf durch einen Spalt im Vorhang und späht hinaus in die Nacht. Sein Schwanz zuckt hin und her. Was er wohl sieht?

Ich unterdrücke ein Gähnen und frage Phillip, was er mir schenkt. Immerhin ist seit ein paar Minuten offiziell mein Geburtstag. Da wird man sich doch wohl nach den Geschenken erkundigen dürfen, oder? Schließlich möchte ich wissen, worauf ich mich freuen kann. Aber Phillip bleibt stur.

„Sei nicht so neugierig“, sagt er, sosehr ich auch bettele. „Lass dich einfach überraschen.“

Wir reden ein bisschen hin und her, über den Vormittag in der Schule, der uns in wenigen Stunden bevorsteht und von dem wir nicht wissen, wie wir ihn überleben sollen, und über meine Geburtstagsparty, die am Abend steigen soll. Mit meinem Geburtstermin hätten meine Eltern sich ruhig ein bisschen mehr Mühe geben können, finde ich. Ich meine, wer hat schon freiwillig am 30. April Geburtstag? In unseren Breitengraden liegt da manchmal noch Schnee. Oder es regnet in Strömen. Echt super für Gartenpartys und Grillfeste. Der einzige Vorteil ist, dass morgen der 1.-Mai-Feiertag ist, denn das bedeutet – bingo! – schulfrei. Juhu!

Bevor wir uns verabschieden, versuche ich es noch einmal: „Wann krieg ich mein Geschenk? Doch nicht etwa erst heute Nachmittag, oder? Das halt ich nicht aus!“

„Soll ich's dir lieber in der Schule geben? Vor allen anderen? Ist nicht dein Ernst, oder?“

Ich kann geradezu spüren, wie Phillips dunkle Augen tief in meine blicken. Blicken würden, meine ich. Wenn er jetzt hier wäre. Neben mir. In meinem Zimmer. Äh, wo waren wir gerade?

„Nee, nicht wirklich“, gebe ich zu. „Aber vielleicht vorher?“

Phillip lacht, aber dann sagt er: „Okay. Wir treffen uns vor der Schule im Park. Halb acht an der Entenbrücke?“

„Yes!“, jubele ich.

„Freu dich nicht zu früh“, dämpft er meine Erwartungen. „Du weißt schließlich noch nicht, was es ist!“

„Egal, ich freu mich trotzdem!“ Und das meine ich genau so, wie ich es sage. „Bis dann!“

„Bis dann“, sagt Phillip und gähnt.

Ich habe das Handy gerade fröhlich geknutscht und auf den Nachttisch zurückgelegt, als es sich noch einmal meldet. Diesmal ist es eine SMS, natürlich auch von Phillip: „SGUTS!“

SGUTS? Was soll das denn heißen? Sieben Gartenzwerge unter tausend Socken vielleicht? Sechs große Ufos taumeln südwärts? Hmmm, das ergibt nicht wirklich Sinn. Ich versuche es noch einmal.

Schlaf gut und träum süß? Oh ja, das ist ein guter Plan!

Irgendwie muss ich nach dem Anruf tatsächlich eingeschlafen sein. Als ich wieder aufwache, ist es kurz vor halb sieben. Fast schon Zeit zum Aufstehen. Mau liegt auf meinen Füßen und schnurrt im Schlaf. Ich strecke mich vorsichtig, um ihn nicht zu wecken, und verschränke die Hände im Nacken.

„Fünfzehn“, sage ich leise vor mich hin. „Eine Fünf und eine Zehn.“

Ich lege mir die Zahlen auf die Zunge, drehe sie in meinem Kopf hin und her und betrachte sie von allen Seiten. Fühlt es sich anders an als gestern? Fühle *ich* mich anders? Wenn ja, wie? Gestern war ich noch vierzehn. Wo ist der Unterschied? Ob es einen gibt? Oder ist das Ganze nur Gerede und jedes neue Lebensjahr gnadenlos überbewertet?

Nein, das kann nicht sein. Irgendetwas muss anders sein, beschließe ich. Immerhin habe ich fünfzehn Jahre meines Lebens darauf hingearbeitet, fünfzehn zu sein. Besonders das letzte Jahr war echt hart. Ich konnte es kaum erwarten, endlich älter zu werden. Und zwar nicht nur, weil es dann mehr Taschengeld gibt.

Aber soll das alles sein? Zehn Euro mehr im Monat und eine weitere Kerze zum Auspusten auf der Torte? Hm …

Ich grüble und grüble, aber außer dass ich jetzt den Mofa-Führerschein machen dürfte (was mir meine Eltern sowieso nie erlauben würden), fällt mir nicht viel ein, was anders sein könnte. Jedenfalls nichts wirklich Positives. Im Bus muss ich jetzt zum Beispiel einen sauteuren Erwachsenenfahrschein lösen, es sei denn, ich mache mich klein und piepse „Einmal zur Schule, bitte!". Danke, darauf kann ich gut verzichten.

Trotzdem. Mit vierzehn ist man irgendwie noch ein Kind, finde ich. Zumindest wird man so behandelt. Mit fünfzehn ist man dagegen schon fast erwachsen. Es MUSS also einen Unterschied geben.

Ich werfe einen Blick auf den Kalender, der über meinem Schreibtisch hängt. Da steht es schwarz auf weiß: Heute ist der 30. April, mein Geburtstag. Ab heute habe ich genau ein Jahr Zeit, um den Unterschied herauszufinden – falls es einen gibt. Ich bin ja sooo neugierig!

Ein einzelner Sonnenstrahl stiehlt sich durch den schmalen Spalt zwischen den Vorhängen und malt einen goldenen Kringel an die Tapete. Kleine Staubkörnchen tanzen in der Luft. Ich liege in meinem Bett und warte. Darauf, dass ich mich anders fühle. Und darauf, dass meine Familie endlich auftaucht, um mir zu gratulieren.

„Happy birthday to youuu, happy birthday to youuuu …", singt jemand im Flur.

Es geht los! Ich flutsche tief unter meine Decke und stelle mich schlafend.

„Guten Morgen, Geburtstagskind!“, ruft meine Mutter, fröhlich wie immer. Die ist jeden Morgen gnadenlos gut drauf, egal wie früh es ist, ob's stürmt oder schneit. Echt unglaublich.

Jemand zieht mir die Bettdecke weg. Das kann nur Jakob sein. Na warte! Ich erwische einen Zipfel und ziehe mit voller Kraft zurück. Jakob fällt halb auf mich und grinst.

„Häppi Börsdeh, du alte Schwester“, sagt er.

Er war gestern beim Friseur und sieht aus wie ein kleines Hähnchen. Die Haare sind stachelig kurz geschnitten und in der Mitte zu einem kleinen Kamm gegelt. Seit er auf die Gesamtschule geht, legt er Wert auf sein Äußeres. Sehr süß.

„Danke“, sage ich und befreie mich von ihm, um meine Geschenke entgegenzunehmen. Vorher hält mein Vater mir allerdings noch einen Schokoladenkuchen mit fünfzehn Kerzen unter die Nase. Da ist sie also, die Zusatzkerze! Ich hole tief Luft, kneife die Augen zusammen und puste. Dann werde ich umarmt. Links von Papa, rechts von Mama. Irgendwo dazwischen sind Jakob und der Kuchen. Und Mau, der von dem Radau aufgewacht ist und mitspielen will, indem er versucht, meine Zehen zu fangen.

„Aua!“, protestiere ich. „Lass das! Ich hab Geburtstag!“

„Beeil dich, Conni“, sagt meine Mutter. „Unten wartet dein Geburtstagstisch auf dich.“

Mein Vater stellt den Kuchen auf den Nachttisch. Wie jetzt, keine Geschenke? Na gut, vielleicht ist es etwas Größeres. Ich will mal nicht so sein. Eigentlich habe ich mir ein iPad gewünscht, und das ist nun wirklich nicht so groß, als dass meine Eltern es nicht hätten nach oben tragen können. Es muss also etwas anderes sein. Fragt sich nur was? Ein rosa Elefant vielleicht?

Ich hüpfe aus dem Bett. Wenn ich mich beeile, schaffe ich es vielleicht noch, vor Jakob ins Bad zu kommen. Er hat zwar seine Haare gestylt, aber angezogen ist er noch nicht. Wenn er das Badezimmer erst mal blockiert hat, kann es Stunden dauern, bis er wieder rauskommt, das weiß ich aus leidvoller Erfahrung. Aber heute darf ich auf keinen Fall zu spät kommen. Phillip und sein Geschenk warten auf mich! Und mein Geburtstagstisch! Mit oder ohne Elefant.

„Bin gleich unten!", rufe ich, schnappe meine Klamotten vom Boden – uaah, schon wieder voller Katzenhaare! – und hechte quer über den Flur ins Badezimmer.

Atemlos betrachte ich mich im Spiegel. Seit ich meine Haare wachsen lasse, sehe ich endlich ein bisschen älter aus. Aber nur ein bisschen, wie ich seufzend feststelle. Äußerlich habe ich mich also schon mal nicht verändert – wenn man von dem fetten Pickel absieht, der sich quasi über Nacht auf meiner Stirn angesiedelt hat. Ausdrücken oder abdecken? Ich quetsche ein bisschen daran herum, aber es tut sofort weh. Also abdecken. Aber zuerst kommt das Wunderwaschgel, das jede Hautunreinheit schon im Keim erstickt.

Alles leere Versprechungen ... Nach dem Waschen ist der Schmarotzer noch genauso fett und fies wie vorher – und ich entdecke sogar noch zwei! Beide am Kinn! So ein Mist. Bekomme ich etwa meine Tage oder was ist hier los? Im Kopf rechne ich nach. Tatsächlich, morgen oder übermorgen ist es so weit. Kein Wunder, dass ich aufblühe. Wenn die wundersame Pickelvermehrung in diesem Tempo weitergeht, werde ich pünktlich zu meiner eigenen Party heute Abend wie ein Streuselkuchen aussehen. Hilfe! Vielleicht kann ich den Fiesling auf der Stirn mit meinen Ponyfransen unsichtbar machen. Aber was ist mit seinen Freunden auf dem Kinn? Da hilft nur möglichst elegant die Hand vorhalten und durch.

Ich hüpfe unter die Dusche, überprüfe nebenbei, ob mein Busen gewachsen ist – leider nicht –, und schlüpfe in Jeans und Sweatshirt. Anschließend benutze ich reichlich Abdeckcreme, fixiere meinen Pony in Strähnen über der Stirn und übe, wie ich meine Hand halten muss, damit man die blühende Landschaft auf meinem Kinn nicht sieht. Nicht gerade umwerfend, aber es geht.

Minuten später stehe ich unten auf der Matte, bereit, meine Geschenke entgegenzunehmen. Auf dem Tisch im Wohnzimmer erwarten mich – neben einem Blumenstrauß und dem Schokokuchen, den Papa brav wieder nach unten getragen hat:

» Eine Geburtstagskarte mit Musik, die „*You are my Sunshine*" spielt, wenn man sie öffnet. Cool!
» Eine witzige Pop-up-Karte von Mandy mit William und Kate und zwei Möpsen, die Kopfstand machen.
» Ein großes rechteckiges Geschenk (eine Schachtel mit einem Ballkleid vielleicht!?).
» Zwei deutlich kleinere, dicke, ebenfalls rechteckige (Bücher, wie ich meine Eltern kenne).

Ich entscheide mich spontan für eines der kleineren und reiße das Einwickelpapier herunter. Bingo! Mama ist so vorhersehbar.

Es ist ein Roman über ein afrikanisches Mädchen, das als Model Weltkarriere gemacht hat.

„Klingt spannend", sage ich zu Mama und bedanke mich.

„In dem Buch steckt noch ein Gutschein", sagt sie. „Kino für zwei. Inklusive Popcorn."

„Cool. Danke!" Dann weiß ich ja, was Phillip und ich demnächst vorhaben: Kuscheln in der Dunkelheit des Neustädter Kinos. Hoffentlich gibt's einen Film mit Überlänge!

In dem anderen kleinen Geschenk steckt ein gerahmtes Foto von Mau. Jakob hat es mit meiner alten Kamera gemacht, die ich ihm vererbt habe. Die Aufnahme ist toll geworden, mit scharfen Kontrasten und Gegenlicht. Mau muss ganz still gehalten haben. Und ungelogen, er grinst mich an! Ich umarme meinen kleinen süßen Bruder, bevor er sich wehren kann.

Mandy hat mir neben ihrer Karte, auf die sie unzählige Kreuze und Os – für jede Menge Hugs and Kisses – gekritzelt hat, einen Geschenkgutschein geschickt, den ich online einlösen kann. Spitze!

Und dann kommt endlich das große Hauptgeschenk!

In Gedanken verabschiede ich mich von meinem iPad-Traum und reiße voller Elan die Tesastreifen von dem bunten Papier. Was darunter zum Vorschein kommt, lässt mich sprachlos werden, was bei mir ziemlich selten vorkommt.

„Aber … aber … das ist ja …", stammle ich.

Meine Eltern machen Gesichter wie Knecht Ruprecht und sein Gehilfe. Jakob grinst.

„Cooooool!", jubele ich, als meine Stimme sich entschließt, mir wieder zu gehorchen. „Wahnsinn! Danke! Danke!"

Papa wirft mir einen Blick über die Schulter. „Er hat ein eingebautes Modem und Wireless LAN. Du kannst damit überall ins Internet, wenn ein Hotspot in der Nähe ist.“ In seiner Stimme schwingt Stolz mit, als er mir etwas von den ganzen Gigabytes und der tollen VGA-Grafikkartenauflösung vorschwärmt.

Ich höre nur mit halbem Ohr zu, wenn überhaupt. Ich bin fassungslos. Meine Eltern sind nicht nur über ihre eigenen Schatten gesprungen – „Wozu brauchst du einen neuen PC, Conni? Der alte, den wir dir vor hundert Jahren überlassen haben, statt ihn dem Museum zu schenken, tut's doch noch!“ –, sie haben sich geradezu selbst überflügelt!

Ich streichele glücklich über die glänzende Oberfläche meines neuen himbeerfarbenen Laptops. Endlich ein eigenes Laptop, nur für mich allein! Kann sich irgendjemand vorstellen, wie lange ich mir das gewünscht habe? Es hat sogar ein Blu-Ray-Laufwerk! Das ist viel besser als ein iPad!

Mama und Papa nicken mir zu.

„Wahnsinn“, krächze ich noch einmal. „Danke!“

„Und jetzt wird gefrühstückt!“, beschließt mein Vater.

Gute Idee!

*

Carlsen-Bücher gibt es überall im Buchhandel und auf carlsen.de

Umschlag- und Innengestaltung: Gunta Lauck

Abbildung Katze © Michael Kloth, plainpicture/Fancy Images; Mütze, Luftschlangen und Konfetti: Gunta Lauck, Hamburg; Lippenstift, Pinsel, Nagellack: © picsfive, fotolia; HVV-Plan © HVV; HVV-Papier: © picofotolia.com

Lektorat: Susanne Schürmann

Druck und Bindung: CPI books, GmbH, Leck

ISBN 978-3-551-26003-1

Printed in Germany

Dank an Kerstin Kopper für die Mütze!

Connis Soundtrack: Volbeat, Revolverheld, Guns 'n Roses, Jan Delay, Cro, Nana Mouskouri, Britney Spears, ABBA

MIX
Papier aus verantwortungsvollen Quellen
FSC www.fsc.org
FSC® C083411